人體農場

The Body Farm

女法醫史卡佩塔 Kay Scarpetta 5

Patricia Cornwell

派翠西亞・康薇爾——著　蔡梵谷——譯

女法醫史卡佩塔系列 05

人體農場　The Body Farm

作　　者　派翠西亞・康薇爾 Patricia Cornwell
譯　　者　蔡梵谷
封面設計　莊謹銘
行銷企劃　陳彩玉、林詩玟
業　　務　李再星、李振東、林佩瑜

副總編輯　陳雨柔
編輯總監　劉麗真
事業群總經理　謝至平
發行人　何飛鵬

出　　版　臉譜出版
台北市南港區昆陽街16號4樓
電話：886-2-25000888　傳真：886-2-25001952

發　　行　英屬蓋曼群島商家庭傳媒股份有限公司城邦分公司
台北市南港區昆陽街16號8樓
客服專線：02-25007718；25007719
24小時傳真服務：02-25001990；25001991
服務時間：週一至週五9:30~12:00；13:30~17:00
劃撥帳號：19863813　戶名：書虫股份有限公司
讀者服務信箱：service@readingclub.com.tw
城邦網址：http://www.cite.com.tw

香港發行　城邦(香港)出版集團有限公司
香港九龍九龍城土瓜灣道86號順聯工業大厦6樓A室
電話：852-25086231　傳真：852-25789337
電子信箱：hkcite@biznetvigator.com

馬新發行　城邦(馬新)出版集團
Cité(M) Sdn. Bhd.(458372 U)
41, Jalan Radin Anum, Bandar Baru Seri Petaling,
57000 Kuala Lumpur, Malaysia.
電話：603-90563833　傳真：603-90576622
電子信箱：services@cite.my

四版一刷　2024年5月

I S B N　978-626-315-485-8

售價420元　(本書如有缺頁、破損、倒裝，請寄回更換)

城邦讀書花園
www.cite.com.tw

國家圖書館出版品預行編目資料

人體農場/派翠西亞・康薇爾 (Patricia Cornwell) 著；
蔡梵谷譯．-- 四版．-- 臺北市：臉譜出版：
英屬蓋曼群島商家庭傳媒股份有限公司城邦分公司
發行，2024.05，
面；　公分．--（女法醫．史卡佩塔；5）
譯自：The body farm.
ISBN 978-626-315-485-8（平裝）

874.57　　113003477

導讀

死亡的翻譯人

唐諾

日前，我個人在Discovery頻道上看過一支有關法醫和刑案的影片。因為豐碩的法醫知識和經驗而成為真實世界神探的李昌鈺博士也在片子裡露了一手，他示範了人體血液從無力滴落到沛然噴灑所造成的不同現場血跡狀態，並由此可重建致死的原因、方式和真確位置，這個絕技他拿來應用在一名警員車內殺妻卻謊稱車外車禍致死的駭人刑案。李昌鈺從噴灑在車前座、儀表板以及車窗上的血跡（該警員宣稱血跡是車禍之後，他把妻子抱入車內所造成的），證實死者當時係坐在駕駛座旁，血液噴灑的出處也全部來自同一個點，相當於死者頭部的高度，而且只有鈍器的用力重擊才足以造成如此大量且強勁的血液噴灑——和我們絕大多數的推理小說結局一樣：他漂漂亮亮的破案了。

該影片一開頭為我們鏘鏗留下這麼兩句話：每具屍體都有一個故事，它只存在法醫的檔案簿裡。

談到這個，我們得再提一下E. M.佛斯特，這位著名的英籍小說家以為，人的一生是從一個他已然忘記的經驗開始（出生），到一個他必須參與卻不能了解的經驗結束（死亡），我們只能在這兩個黑暗之間走動，而兩個有助於我們開啟生死之謎的東西，嬰兒和屍體，並不能告訴我們什麼，「只因為他們傳達經驗的器官和我們的接收器官無法配合。」

我們當然了解，佛斯特所說的生死之謎是大哉問的文學哲學思辯之事，但他「訊息」和「接收」兩造之間無法配合的俏皮話，卻為我們留下一個滿好玩的遊戲線索來：是不是其間失落了一個轉換的環節呢？是不是少了一個俗稱「翻譯」的東西呢？

在人類漫長的歷史裡，其實這個翻譯人的角色一直是有的。

至少，我們曉得的就有這麼兩個職位，其中較為古老的一種是靈媒。靈媒不僅較古老，翻譯的野心也較大，他試圖把佛斯特所言「結束那一端的黑暗」裡的一切譯成我們人間的語言，但也許正因為他宣稱的管轄範疇實在太遼闊了，太無所不能了，因此反而變得可疑，讓人愈來愈不敢相信他譯文的「信達雅」。

另一個歷史稍短的我們今天則稱之為法醫或驗屍官（但這也不完全是現代的產物，很久、很久之前我們中國人曾叫他「仵作」）。相形之下，這個翻譯人就謙卑踏實多了，原則上他不去瞻量眞正的死後世界種種，他也不強做解人，他關心的只是死亡前的事，尤其是進入死亡那一瞬間的方式和原因，但他是信而有徵的，經得住驗證。

從文學、法醫到警務

派翠西亞．康薇爾所一手創造出來的凱．史卡佩塔便是這麼一位可堪我們信任的死亡翻譯人，維吉尼亞州的女性首席法醫，這組推理系列小說的靈魂人物。

凱．史卡佩塔的可信任，從結果論來看，充分表現在她從質到量的驚人成功上頭，舉例言之，一九九〇年她的登場之作《屍體會說話》，一口氣囊括了當年的愛倫坡獎、約翰．克雷西獎、安東尼獎、麥卡維帝獎以及法國Roman d'Aventures大獎；而又比方說六年之後的一九九六年三月一日，這個系列的六部著作同時高懸《今日美國》的前二十五名暢銷排行之內，分別是第一、第二、第八、第十四、第十五和第廿四。

事情會到這種地步，想來不會是偶然的，必有理由。

我個人的看法是，在這裡，康薇爾成功寫出了一個專業、強悍、實戰派而且禁得住科學挑剔的罪案工作者。身為一個實際上和一具一具屍體拚搏的法醫，而不是抽著板煙夸夸其談的安樂椅神探，這樣的小說基本上有著一翻兩瞪眼的透明性，因為她的揭示工作，不能仰仗語言的煙霧，乃至於「弄鬆」到用人生哲理、人性幽微或那些「扯哪裡去了」的語言自圓其說，檢驗她的不是高度唯心不確定的語言論述，而是冰冷無情、說一是一的一具顯微鏡，這種無所遁逃的特質，使得如此書寫的推理小說只有兩種極端的結果：一是再不聰明的讀者都能一眼瞧出的假充內行失敗之作，另一則是結實可信的真正耀眼之作。

可想而知，這樣的小說也就不是可躲在書房，光靠聰明想像來完成的。

說來，康薇爾的真實生涯，好像便為著創造出凱．史卡佩塔而準備的，她原本是記者，而且前夫還是英國文學的教授，然而，她奇特的轉入維吉尼亞州的法醫部門工作，從最基層的停屍處檢驗記錄人員幹到電腦分析人員，最後，在她寫作之路大開，成為專業小說作家之前，她又轉入了警務工作——就這樣，文學、法醫到警務，三點構成一個堅實的平面，缺一不可。

人的存在

屍體會說話？這是眞的嗎？

我們回過頭來再一次問這個問題，是爲了清理一下某種實證主義的廉價迷思，就像我們經常在生活中聽到，甚至偶然也方便引用脫口而出，數字會說話、資料會說話、事實會說話……云云。這裡，隱藏著某種虛假的客觀，說多了，甚至好像連人都可以不存在似的。

一具屍體，乃至於萬事萬物的存在，的確都不是當下那一刻的冰涼實體而已，它或彰或隱保留了自身在時間裡的記憶刻痕（最形而下比方說某次闌尾炎手術的疤痕或體內的某個器官病變受損），這都可以被轉換理解成某種訊息，可堪被人解讀出來，因此，我們遂俏皮的說，儘管它並不眞正出聲，卻仍然像跟我們說著話一樣——這原本可以是積極的提醒，讓人們在實證的路上更積極更深化，主動去尋求並解讀事物隱藏的訊息，叫出它的記憶。

然而，問題在於：這是怎麼樣的訊息？向誰而發？由誰來傾聽？

從法醫的例子到佛斯特「訊息」到「接收」的說法，我們由此很容易看得出來，這個訊息說的並不是我們人間的普通語言，在通常的狀態之下我們是聽不懂的，我們得仰賴一個中介者，一個能解讀兩種不同語言的專業翻譯人。就像一具客觀實存的屍體擺在我們面前，我們大概只能駭怕的發現，它是死亡的，頂多稍稍猜得出它可能是暴烈或安然死亡而已，然而，在李昌鈺博士或我們的凱·史卡佩塔首席女法醫的操弄解讀之下，這具屍體卻可以像花朵在我們眼前綻開一般，神奇的讓我們看到它的死因、它的死亡細節和眞正關鍵，看到我們並不參與的生前遭遇和記憶，以及其他。

神奇但又可驗證，這樣的事最叫人心折。

這個中介者或翻譯者，必定得是人，一種專業的人——這個「專業」，指的不是他的職業，而是他的知識和經驗，並由此堆疊出來的洞見之力。從這裡我們知道，實證主義的進展，最終並非走向一種人的取消，相反的，它在最根深柢固之處，會接上能動的、思維的人。

所謂強悍

也因著這樣，我個人會更喜歡凱·史卡佩塔多一點，就像我也喜歡當前美國冷硬推理小說的兩位奇特私探，分別是蘇·葛拉芙頓筆下的肯西·梅爾紅和莎拉·派瑞斯基的維艾·華沙斯基一樣，只因爲她們都是女性。

這極可能是我的偏見，但我的想法是，在男女平權尙未完成的現在，女性的專業人員，尤其是存在著粗魯暴力的男性主體犯罪世界之中，不管做爲私探或者法醫，她們都得承受較多的不利和風險，包括先天生物構造的脆弱和後天社會體制形塑的另一種脆弱，但意識到這樣的脆弱在小說的思維裡是好的，就像大導演費里尼所說，「害怕的感覺隱藏著一種精微的快樂。」我們會看到凱在面對屍體的溫柔和面對罪犯的心情跌宕起伏，正如我們會看到梅爾紅和華沙斯基在放單面對並不得不緝捕男性罪犯時的狼狽和必然的害怕，這個確實存在的脆弱之感，引領著小說的思維走向一種精微的、豐饒的層次，而不是那種打不退、打不死、像坦克車一樣又強力、又沒腦袋的無趣英雄。

我個人多少覺得海明威筆下那種提著槍出門找尋個人戰鬥如找尋獵物的男性沙文英雄，以及當代波士頓冷硬大師羅勃·派克筆下的硬漢史賓塞看成是可笑的；對於海明威我寧可喜歡和他同期同名、深鬱細緻的福克納；至於羅勃·派克，他一向以雷蒙·錢德勒的繼承人自居，但老實說，他那位打拳練舉重、一雙鐵拳一枝快槍幾乎打遍天下無敵手的史賓塞，較之於高貴、幽默、若有所思的元祖冷硬私探菲力普·馬羅，實在只是個賣肌肉的莽漢而已。

我稱凱·史卡佩塔是專業且「強悍」的女法醫，正如我們大家仍都同意梅爾紅和華沙斯基仍隸屬於所謂「冷硬」私探一般，我相信，在這裡，強悍冷硬的意義是訴諸於一種專業的知識層面、一種強韌的心智層面和一種精緻的思維層面，在這些方面，並不存在著肉體的強弱和性別的差異，要比的，只是如何更專業，更強韌以及更精緻而已。

讓我們帶著這樣的心情，進入這位專業女法醫所為我們揭示的神奇死亡世界，聽她跟我們翻譯一個個死亡的有趣故事吧。

人物介紹

凱・史卡佩塔	法醫病理學家
彼德・馬里諾	里奇蒙警局凶殺組警探
班頓・衛斯禮	聯邦調查局嫌犯人格分析專家
康妮・衛斯禮	班頓・衛斯禮的妻子
馬克・詹姆斯	聯邦調查局探員，史卡佩塔前男友史
露西	卡佩塔的外甥女
費爾丁	法醫辦公室副主任
蘿絲	史卡佩塔的秘書
湯馬士・凱茲	人體農場實驗室的刑事鑑識科學家
桃樂絲	史卡佩塔的妹妹
賴爾・薛德	田納西大學人類學系系主任，人體農場實驗室即由該系負責管理
葛洛莉亞・關愛	里奇蒙戶籍資料處登錄人員
法蘭克・羅德	參議員，史卡佩塔的高中學長

愛蜜莉・史丹娜	遭綁架後殺害的十一歲女孩
鄧妮莎・史丹娜	愛蜜莉・史丹娜的母親
恰克・史丹娜	愛蜜莉・史丹娜的父親
倫恩・麥斯威爾	愛蜜莉・史丹娜的同學，她心儀的對象
克里德・林賽	愛蜜莉・史丹娜學校的工友
麥斯・法古森	北卡羅萊納州州調查局幹員
赫薛爾・莫特	北卡羅萊納州黑山鎮警局隊長
詹姆士・簡列特	北卡羅萊納州一家地區醫院的病理學家
嘉莉・葛里珊	露西在工程研究處的同事
魯西亞・雷	葬儀社負責人
法蘭克・高特	富商之子，變態殺人魔

人體農場

The Body Farm

1

十月十六日，當朝陽由夜幕後方窺探時，鹿隻模糊的身影潛行至我窗戶外的濃密樹林邊緣。破曉時分，我視線外的靶場傳來刺耳的砰砰聲，我上方及下方的水管鳴響著，其他房間也亮了起來。我在槍聲中入睡又醒來。

那是維吉尼亞州的匡提科永不止息的噪音，坐落於此的美國聯邦調查局國家學院有如一座孤島般，四周都是海軍陸戰隊。我每個月有幾天會待在學院內的安全部門，在此沒有人能打電話給我，除非我要他們打過來，或是在會議室內喝多了啤酒也不用擔心有人會跟蹤我。

我的套房可不像菜鳥幹員及來訪員警嚴苛的宿舍，我房內有電視、廚房、電話，以及一間不必與別人共用的浴室。此地禁止抽菸及喝烈酒，不過我懷疑那些蟄居於此的幹員及受保護的證人能像我一樣恪遵這條規則。

我將咖啡放入微波爐內加熱，然後打開手提箱，取出昨夜住進此處之後就等著我處理的一份檔案。我尚未加以檢視，因爲我無法聚精會神翻閱這種東西，只好讓它留待明天。依此而言，我變了。

從我讀醫學院起，就習慣在任何時刻面對任何傷痛。我曾經全天候在急救室工作，也曾獨自在停屍間內通宵達旦解剖屍體。我的睡眠一向只是在某個陰暗角落打個盹，這種地方後來我很少想起。隨著歲月流轉，有些事也爲之改觀了。我開始害怕熬夜工作，每當我生命中恐怖的景象不知不覺地浮現時，我便會噩夢連連。

愛蜜莉・史丹娜十一歲，她纖細的身軀已萌現性徵，兩週前的十月一日她在日記中寫道：

噢，我好快樂！快要天亮了，媽不知道我在寫日記，因為我是在床上用手電筒。我們到教堂參加聚餐，倫恩也在場！我看得出來他注意到我了。然後他給我一個「火球」！我在他不注意時將它收藏起來，放在我的秘密盒裡。今天下午我們青年團契要聚會，他要我早點去與他碰面，而且不要告訴任何人

當天下午三點，愛蜜莉離開位於黑山的住處，此地位於艾須維爾東方，她開始徒步兩哩路前往教堂。聚會後，其他孩子記得看到她於下午六點夕陽西沉時獨自離去。她沒有走大路，提著個吉他盒抄捷徑繞過一個小湖。幹員相信她就是在這段路上撞見了幾小時後奪走她性命的那個男人。或許她曾停下來與他交談。或許因爲天色漸暗，她忙著趕路回家而未能察覺到他。

黑山是北卡羅萊納州西部的一座小鎭，有七千個居民，當地警方難得偵辦過凶殺案或兒童遭性侵害案。他們從來沒有辦過兒童遭姦殺的案件。他們從來沒有想過來自喬治亞州奧爾班尼的鄧波爾・布魯克斯・高特，雖然他的面容在當地張貼的十大通緝要犯名單中露著笑臉。在這處景色

如詩似畫、以名作家湯馬士·伍爾夫及名宣道家比利·葛拉翰而舉世馳名的地方，根本不會去注意窮凶惡極的歹徒及他們的滔天大罪。

我搞不懂高特怎麼會看上這個地方，或怎麼會看中愛蜜莉這個思念著父親與名叫倫恩的男孩的柔弱小孩。然而兩年前高特在里奇蒙地區以殺人為樂時，他挑選犯案對象似乎也同樣的不合情理。事實上。如今仍讓人百思不解。

我走出我的套房，經過晨曦普照的玻璃走廊，這時高特在里奇蒙所犯下的血腥暴行之回憶似乎使清晨也蒙上一層陰影。我曾一度幾乎可以逮到他。我有一瞬間眞的差點就可以將他繩之以法，卻又讓他跳窗兔脫，逃逸無蹤。當時我未配帶槍械，而且攜帶槍械朝人開槍也不是我的職責。不過我一直無法甩脫當時在我心靈烙下的令人不寒而慄的疑惑。我不斷地自問，我當時原本還能做些什麼。

烈酒在聯邦調查局國家學院一向不受歡迎，我很後悔前一晚在會議室內喝了幾杯。這個早上我沿著艾德格·胡佛路慢跑，比平日還難熬。

「噢，天啊，」我想著。「我撐不下去了。」

海軍陸戰隊在可以俯瞰道路的靶場上架設了帆布掩體與望遠鏡。我慢跑經過時，可以感受到虎視眈眈的男性目光，我知道他們留意到我那件T恤衫上所印的「司法部」金字。那些阿兵哥或許以為我是個女調查員或來訪的女警，我想像到我外甥女跑過同樣路段時，就覺得渾身不自在。我希望露西能挑選其他地方實習。顯然，我已經影響了她的生活，這令我誠惶誠恐。我已經習慣在苦悶或察覺到已有老態時，就不自主為她的訓練操心。

ＨＲＴ，也就是調查局的「人質營救小組」正在外頭演習，直升機的螺旋槳沉悶地撲打著空氣。一部車門彈痕累累的小貨車呼嘯而過，隨後是一個車隊的士兵。我折回頭，開始跑一哩半回到學院，如果不是因為學院屋頂布滿了天線，而且坐落於偏僻的樹林中，外觀很可能讓人誤以為是座現代的褐色磚造旅館。

我總算跑到了警衛室，繞過拒馬，舉起手疲憊地朝玻璃後的警官敬了個禮。我氣喘如牛又汗流浹背，正打算走完剩下的路時，察覺到身後有一部車在減速。

「妳是想自殺還是怎樣？」彼德・馬里諾坐在他那部配有裝甲的皇冠維多利亞型汽車前座，大聲叫嚷著。無線電天線像釣竿般地抖動著，儘管我再三叮嚀，他還是沒有繫上安全帶。

「要自殺有更簡單的方法，」我隔著他搖下的前座車窗說著。「例如開車不繫安全帶。」

「天曉得我什麼時候必須匆忙跳下車。」

「如果出車禍，你當然會匆忙跳下車，」我說。「或許由擋風玻璃摔出去。」

馬里諾是經驗豐富的凶殺案刑警，我們的總部都是在里奇蒙，他最近獲得升遷，調派到「第一管區」，也就是該市最血腥的區域。他多年來一直參與聯邦調查局的「暴力罪犯逮捕計畫」（ＶＩＣＡＰ）。

他五十出頭，是長期跟污穢扭曲的人性打交道下的受害者，以及營養不良、酗酒的犧牲品，他的臉龐飽受艱辛歲月的侵蝕，蒼白的灰髮也日漸稀薄。馬里諾身材臃腫走樣、個性剛烈。我知道他是來此參加史丹娜命案的專案會議，不過對他後座的行李則頗感不解。
「你要待上一陣子嗎？」我問。
「班頓替我報名參加『街頭求生訓練』。」
「你跟誰？」我問，因爲街頭求生訓練並不針對個人，而是一個特遣小組。
「我和我管區的小組。」
「可別告訴我，你的新職務包括了破門而入。」
「獲得升遷的喜悅之一，就是再度穿上制服，披掛上陣。如果妳沒有注意到，醫生，他們已經不再出動『週六夜間特遣小組』了。」
「謝謝你的提醒，」我淡然說道。「記得衣服要穿厚一點。」
「啥？」他戴著墨鏡，眼睛掃視著駛過的車輛。
「漆彈打起來滿痛的。」
「我不打算中彈。」
「我不曉得有人會打算中彈的。」
「妳什麼時候過來的？」他問我。
「昨天晚上。」
馬里諾由他的汽車遮陽板取出一包菸。「妳聽到的消息多嗎？」
「我看了一些資料。顯然北卡羅萊納州的刑警今天早晨會將這個案子的大部分資料送過來。」

「是高特。一定是。」

「當然有雷同之處。」我審慎地說。

他抖出一支馬波羅牌香菸，叼在唇間。「就算必須下到地獄裡才能找到那個王八蛋，我也要將他逮捕歸案。」

「如果你在地獄裡找到他，我希望你讓他留在那邊就行了。」我說。「你午餐有空嗎？」

「只要是妳付錢。」

「一直都是我付錢。」我實話實說。

「也應該一直由妳付。」他將車駛入車道。「妳是個該死的醫生。」

我緩步走過車道，進入體育館的後方。我走進更衣室時，三個身材姣好、衣不蔽體的年輕女性瞥視著我。

「早，女士。」她們異口同聲地說著，馬上暴露了她們的身分。「緝毒小組」幹員讓人深感困擾的多禮，在聯邦調查局國家學院內是衆所周知的。

我不自在地開始脫掉濕衣服，我一直無法習慣此地像部隊裡的阿兵哥式作風，這裡的女性可以一絲不掛地聊天，或毫不遲疑地展示身上的瘀痕。我緊抓著一條毛巾，匆匆走向蓮蓬頭。我才剛將水扭開，突然有一對熟悉的碧眼珠子由塑膠帘幕後探視，嚇了我一跳。肥皀由我手中飛了出去，在地面的瓷磚上滑行，在我外甥女沾滿泥巴的耐吉運動鞋附近停了下來。

「露西，我們能不能等我出去後再聊？」我將帘幕用力拉上。

「哇塞，今天早上阿連把我整得死去活來，」她開心地說著，將肥皂踢進來。「太正點了。下次我們跑黃磚路時，我會問他妳能否參加。」

「不，謝了。」我揉搓著頭髮上的洗髮精。「我可不想搞得韌帶拉傷或骨折。」

「呃，妳眞的應該跑上一回，凱阿姨。那是此地的一種通關儀式。」

「我不來這一套。」

露西沉默了片刻，然後語氣猶豫地說：「我有話想問妳。」

我將頭髮沖洗乾淨，將眼前的髮絲撥開，扯著帘幕往外望。我外甥女站在浴室隔間後面，全身髒兮兮，滿身大汗，她那件灰色的聯邦調查局T恤衫上沾滿了血漬。她今年二十一歲，即將由維吉尼亞大學畢業，她的臉蛋輪廓鮮明姣好，褐色短髮在陽光照射下亮麗動人。我記得以前她留著紅色長髮，戴著牙套，身體肥胖。

「他們要我畢業後回來，」她說。「衛斯禮先生已經寫了一份申請書，很有可能會獲准。」

「妳想問的是什麼？」我看出她又顯現猶豫不決的神情。

「我只是很想知道妳對此有何看法。」

「妳知道目前人事凍結。」

露西仔細端詳著我，想要看出我不想讓她知道的訊息。

「反正我才剛出校門，也不能立刻就成為新幹員，」她說。「重點是現在先讓我進入工程研究處，或許經由申請獲得許可。至於之後我要何去何從，」——她聳聳肩——「誰知道？」

「工程研究處」（ＥＲＦ）是聯邦調查局最近才興建的綜合大樓，與學院共用同一片土地，外觀樸實。他們的內部運作屬於機密，我想到自己身為維吉尼亞州首席法醫，是聯邦調查局「調查支援組」的法醫顧問，卻從來不曾獲准踏入我外甥女每天行經的走道。

露西將運動鞋及運動短褲脫掉，並將運動衫與胸罩也脫了。

「我們稍後再談這個話題。」我走出沐浴間時說著，她隨後走了進去。

「哎喲！」水噴到她的傷處時她叫了聲。

「多用些肥皂和水清洗。妳的手怎麼搞成這樣子？」

「我滑下一座隄防時繩子磨的。」

「眞該用酒精消毒。」

「休想。」

「妳什麼時候會離開工程研究處？」

「我不知道。看情形。」

「我回里奇蒙之前會來找妳。」我轉身走回更衣室時向她承諾，然後開始弄乾頭髮。

過不到一分鐘，露西毫不害臊地走過我身旁，身上除了我送她當生日禮物的那只布雷特寧手錶外，全身一絲不掛。

「狗屎！」她邊穿衣服邊低聲罵著。「妳不會相信我今天要做些什麼事。要將硬碟重新格式化，然後重新安裝全部資料，因爲我硬碟空間老是不夠，需要更多空間，要更動許多檔案。我只希望我們不會再有硬體方面的問題了。」她言不由衷的抱怨著。露西熱愛她每天工作的每一分鐘。

「我在跑步時看到馬里諾。他這個星期要待在這裡。」我說。

「問他想不想打靶。」她將跑鞋塞進她的置物櫃內，使勁地將門關上。

「我想他應該會打得不亦樂乎。」我在她身後說著，這時候又有六個身著黑衣的緝毒小組幹員走了進來。

「早安，女士。」她們將靴子脫掉時，鞋帶拍打著鞋子的皮面。

待我著裝完畢，將我的運動背包放回我的房間，已經是九點十五分，我遲到了。

我通過兩道安全門，匆匆走下三層樓梯，在清槍室搭電梯，然後往下六十呎到達聯邦調查局國家學院最底層，我一向在此飽受煎熬。會議室內有九名刑警、聯邦調查局的調查員、一位「暴力罪犯逮捕計畫」的人格分析師，全坐在一張長橡木桌旁。我拉開馬里諾身旁的一張椅子，屋內衆人七嘴八舌地發表議論。

「這傢伙對湮滅證據懂得還不少。」

「只要服過刑的都懂。」

「重要的是他對這種行爲感到很自在。」

「那我覺得他應該沒有服過刑。」

我將我的資料與在房內傳閱的其他專案資料放在一起，並低聲告訴一位調查員，我要一份愛蜜莉·史丹娜日記的影印本。

「呃，我不同意，」馬里諾說著。「一個人服過刑這個事實並不意味著他會害怕再度入獄。」

「大部分人會害怕——你知道，就像俗話說的，熱火爐上的貓。」

「高特可不是大部分人。他喜歡熱火爐。」

我接到一疊雷射列印的史丹娜家那棟有牧場風格的房子。屋後的一樓窗戶被撬開了，歹徒就是由此進入一間鋪著白色油地氈及藍色方格花紋壁紙的小洗衣間。

「如果我們將社區、家庭、受害人本身都考慮在內，則高特越來越大膽了。」

我循著圖片中鋪著地毯的走道望向主臥室，這房間是以小紫蘿蘭花束及飛翔的氣球圖案當裝飾。我數了數，有罩篷的床鋪上總共擺了六個枕頭，櫥櫃內還擺了好幾個。

「我們這裡討論的是很脆弱的小窗戶。」

那間裝飾得充滿小女生風味的臥室是愛蜜莉的母親鄧妮莎的房間。依據她向警方的供述，她在大約凌晨兩點在槍口下醒過來。

「他可能在耍我們。」

「那也不是第一次了。」

史丹娜太太描述攻擊她的人是中等身材，中等體格。因為他戴著手套、面罩，身穿長褲、夾克，所以她不能確定他的種族。他將她的嘴巴塞住，並用艷橘色膠帶綑綁她，將她關在櫥櫃內。然後他沿走道前往愛蜜莉的房間，將她從床上抓走，帶著她消失在黑暗的凌晨。

「我想我們應該小心不要一直認定這個傢伙，認定就是高特。」

「言之有理。我們必須保持開放的心胸。」

我打岔。「那位母親的床是否鋪過了？」

針鋒相對的討論停了下來。

一位看來色瞇瞇、臉色紅潤的中年刑警說：「沒錯。」他精明的灰色眼眸也同時像昆蟲般盯著我的灰黃色頭髮、我的雙唇、我的灰白條紋上衣領口上的灰色領巾。他目不轉睛的繼續看著，眼光往下移至我的雙手，他望向我的金質凹刻圖章戒指，也注意到我沒有戴結婚戒指。

「我是史卡佩塔醫生，」我說著，當他凝視著我的胸部時，我冷冰冰地向他自我介紹。

「麥斯．法古森，艾須維爾的州調查局。」

「我是黑山警局的赫薛爾．莫特隊長。」一位穿著簡便的卡其服、老得可以退休的人由桌子對面伸出一隻長滿厚繭的大手。「眞是幸會，醫生。久仰大名。」

「顯然，」——法古森對著衆人說——「史丹娜太太在警方到達之前已經將床鋪整理過了。」

「爲什麼？」我追問。

「或許是難爲情吧，」現場唯一的女性調查員麗茲・蜜兒說。「已經有一個陌生人闖入她臥室了，如今又有警方要來。」

「警方到達時她穿什麼衣服？」我問。

法古森掃視著一份報告。「一件有拉鏈的粉紅色長袍及襪子。」

「她穿著這種衣服就寢？」我身後傳來一股熟悉的聲音。小組組長班頓・衛斯禮將會議室的門關上，眼光與我短暫交會。他高大英挺，五官輪廓明顯，有一頭銀色頭髮，穿著單排釦黑色西裝，帶著一疊文件與幻燈片。他動作靈巧地坐在首座，以一枝萬寶龍筆做了些筆記，衆人皆靜候著。

衛斯禮頭也沒抬又說了一次，「我們是否知道她受到攻擊時就是穿著這身打扮？或是她事後才穿上的？」

「我覺得那應該稱爲禮服而不是長袍，」莫特開口。「法蘭絨質料，長袖，長達足踝，拉鏈在前面。」

「她裡面除了內褲外什麼都沒穿。」法古森自行補上一句。

「我不會問你是怎麼知道的。」馬里諾說。

「有內褲的線條，沒有胸罩的線條。政府花錢要我觀察入微。聯邦政府，」——他環視著衆人——「可不是花錢要我拉屎。」

「除非你吃的是黃金，否則沒有人會花錢要你的屎。」馬里諾說。

法古森取出一包香菸。「有人介意我抽菸嗎？」

「我介意。」

「是的，我也介意。」

「凱，」衛斯禮將一個厚公文封推到我面前來。「驗屍報告，還有許多照片。」

「雷射印表機印的？」我問，不是很熱中，因爲這種列印的照片看來像點陣印表機的圖片，遠遠的看還差強人意。

「不是。是沖洗的相片。」

「好。」

「我們是否在尋找犯案者的特質和犯罪手法？」衛斯禮環視衆人，有幾個人點點頭。「我們也有一個呼之欲出的嫌犯。或是說，我想我們認爲我們有。」

「我深信不疑。」馬里諾說。

「我們先檢視犯罪現場，然後做受害者研究，」衛斯禮翻閱著資料說道。「我想我們最好暫時將已知的涉嫌者排除在外。」他由眼鏡上端掃視著我們。「我們有地圖嗎？」

法古森將影印資料遞給他。「上頭註明了受害者的家和教堂。我們認爲她在教堂聚會後回家時可能會繞過的小湖的路徑也有標示。」

愛蜜莉．史丹娜臉龐及身材都很柔弱嬌小，看來會讓人誤以爲才八或九歲。她去年春天所拍的距今最近的學生照，身穿一件明亮的黃綠色有鈕釦毛線衣；她的淡黃色頭髮分邊後用一個像鸚鵡的髮夾固定住。

就我們所知，她沒再拍其他照片，直到十月七日星期六的晴朗早晨，一個老人前往托馬霍克湖享受垂釣之樂。他在泥濘的湖邊擺設一張休閒椅時，注意到附近樹叢間有一隻粉紅色短襪。他心想，那隻短襪應該穿在腳上。

「我們沿著路徑前進，」法古森說著，他這時在放映幻燈片，他的原子筆的影子指向螢幕，「我們在此找到屍體。」

「那邊距離教堂和她家多遠？」

「如果開車的話，距兩邊都大約一哩路。如果是直線距離則短一些。」

「繞過小湖的路徑是直線距離？」

「差不多。」

法古森再度說下去。「她頭朝北躺著。我們在左腳上找到一隻沒穿好的短襪，右腳上有另一隻。我們找到一只手錶和一條項鍊。她原本穿著藍色法蘭絨睡衣和內褲，這些衣物至今仍未尋獲。這一張是她後腦部傷處的特寫。」

原子筆的影子移動著，我們上方隔著厚牆隱約傳來室內靶場的槍聲。

愛蜜莉．史丹娜陳屍時是赤裸的。依照班康郡法醫的詳細檢查，認定她曾受到性侵害，她的大腿內側、前胸也有大片的瘀痕，肩部則有些地方的肉不見了。她也被塞住嘴巴，用艷橘色膠帶綑綁，她的死因是小口徑的槍在她後腦一槍斃命。

法古森不斷放映著幻燈片，當那小女孩陳屍於草叢間的蒼白屍體由黑暗中放映出來時，眾人一片沉默。我所認識的刑警都無法適應兒童的重傷害及謀殺案。

「我們知不知道黑山由十月一日至七日的天氣狀況？」我問。

「多雲。入夜後華氏四十幾度，白天五十多度，」法古森回答。「大部分如此。」

「大部分？」我望著他。

「平均而言，」燈再度亮起時，他字正腔圓緩緩說道。「妳知道，就是將溫度全部加起來，再除以天數。」

「法古森幹員，任何特殊的溫度起伏都攸關重大，」我冷靜地說著，以掩飾我對這個人逐漸加深的反感。「例如每一個溫度高得不尋常的日子，都可能改變屍體的狀況。」

衛斯禮又翻過一頁在做筆記。待他停筆時，抬頭望著我。「史卡佩塔醫生，如果她在被綁架後不久便遭殺害，她在十月七日被人發現時會腐壞到何種程度？」

「依照所描述的情況來看，我認爲她應該已經有相當程度的腐爛，」我說。「我也認爲會長蛆，或許還有其他死後的傷害，得視屍體受肉食動物的啃食情況而定。」

「換句話說，她的模樣應該比這更慘，」——他拍拍照片——「如果她已經遇害六天的話。」

「比這腐壞得更嚴重，是的。」

現。

衛斯禮的髮際泛著汗水的亮光，他漿過的白襯衫衣領也已汗濕了。他額頭及頸部的血管浮

「我很訝異沒有狗靠近她。」

「那我就不能苟同了，麥斯。這裡可不像都市，到處都是癩皮的流浪狗。我們都將狗關起來，或用皮帶拴住。」

馬里諾積習難改，又在剝泡沫乳膠質的免洗咖啡杯了。

她的屍體蒼白得近乎灰色，右下方有綠色污漬。指尖已乾枯，皮膚往後縮離指甲。她的頭髮及腿部皮膚都有脫落的跡象。我看不出因反抗而受傷的跡象，也沒有因掙扎而引起的傷痕、瘀痕，或指甲斷裂。

「樹木和其他植物想必使她免於日曬，」我說道，腦中閃過模糊的影像。「看來她的傷口也沒有流太多血，否則我認為應該引來更多肉食動物。」

「我們認為她是在其他地方遇害的，」衛斯禮打岔。「沒有血，衣物不見了，陳屍地點，種種都可顯示她是在其他地方遭到凌辱及殺害，然後棄屍。妳能否看出她那些肌肉不見了是不是死後才形成的？」

「在死亡時或是大約遇害的時候。」我回答。

「又是要清除咬痕？」

「依照我現有的資料，我無法回答你這個問題。」

「依妳之見，這些傷痕是否與艾迪・希斯的傷痕如出一轍？」衛斯禮指的是高特在里奇蒙謀殺的那個十三歲男孩。

「是的。」我打開另一個公文封，取出一疊用橡皮圈綁著的驗屍照片。「這兩個案子都同樣是在肩部及大腿內側有皮膚遭割除。而且艾迪・希斯也是同樣頭部中彈，遭棄屍。」

「我也發現雖然性別不同，但那女孩與男孩的體型類似。艾迪・希斯身材細小，尚未進入青春期。史丹娜家的女孩很嬌小，幾乎未達青春期。」

我指出，「有一點值得注意的差異是，史丹娜家的女孩身上沒有十字形記號，傷口邊緣也沒有淺傷口。」

馬里諾向北卡羅萊納州的警官們解釋，「在艾迪・希斯那件案子中，我們認爲高特起初試圖藉著一把刀將咬痕刮除。然後他判斷這麼做無濟於事，因此他就割除大約我襯衫口袋這麼大片的皮膚。這一次，對他抓來的這個女孩，或許他乾脆就這麼將咬痕割掉。」

「你知道，我對這些假設眞的很不自在。我們不能認定就是高特。」

「已經將近兩年了，麗茲。我懷疑高特會重新做人，或是到紅十字會當義工去了。」

「你無法斷定他沒這麼做。邦狄就曾在一個救難中心工作過。」

「而上帝也和『山姆的兒子』談話。」

「我可以向你保證，上帝什麼也沒有告訴柏寇維茲。」衛斯禮語氣平板地說。

「我的看法是，或許高特——如果是高特的話——這次乾脆就將咬痕割掉了。」

「嗯，沒錯。像做其他事情一樣，這些傢伙熟能生巧。」

「老天，我希望這個傢伙的手法可別越來越高明。」莫特用一條摺妥的手帕輕輕按著他的上唇。

「我們是否已經準備對此事提出報告？」衛斯禮環視眾人。「你們是否同意是白人男性？」

「這附近絕大多數都是白人。」

「正是如此。」

「年齡？」

「他做事很有條理，那表示有相當歲數了。」

「我同意。我不認為我們討論的是個年輕的罪犯。」

「我會從二十多歲開始。或許年近三十。」

「我會由年近三十至三十開外。」

「他做事有條不紊。例如他所選擇的武器，是他隨身攜帶的而不是現場找來的。而且他似乎可以毫無困難地控制受害人。」

「依照家人和朋友的說法，要控制愛蜜莉不難。她很害羞，容易受驚嚇。」

「再加上，她體弱多病，經常出入醫院診所。她很習慣聽大人的話。換句話說，她對人百依百順。」

「不盡然如此，」衛斯禮面無表情地翻閱著那小女孩的日記。「她不想讓她母親知道她熬夜到凌晨一點，拿著手電筒在床上寫日記。她似乎也不打算告訴她母親，她那個星期天下午要早一點到教堂參加聚會。我們是否知道這個男孩，倫恩，如預期地提前出現？」

「他到五點開始聚會時才現身。」

「愛蜜莉和其他男孩的關係如何？」

「她有典型的十一歲小孩的交友關係。你愛我嗎？在是或否上面畫個圈。」

「那有什麼不對？」馬里諾問道，惹來哄堂大笑。

我將照片擺在我面前排列，有如在排塔羅牌，而我的不安則逐漸升高。腦後的槍傷深入頭顱右太陽穴的腔壁區，貫穿腦膜及腦動脈中央的分支。然而沒有挫傷，沒有腦膜出血或顱內出血。陰部也沒有嚴重傷害的反應。

「你們轄區內有多少旅社？」

「我估算大約十家。如今有些是提供食宿的民宅。」

「你們有保留投宿旅客的登記嗎？」

「老實說，我們沒想過要登記。」

「如果高特在鎮上，他總得找個地方投宿。」

她的驗屍報告也同樣令人費解：玻璃體的鈉含量高達每公升一百八十毫當量，鉀質則達五十八毫單位。

「麥斯，我們從『輕鬆旅遊汽車旅館』著手。事實上，如果你可以去查那一家，那我就去查『橡實旅社』以及『蘋果花旅社』。或許也要到『登山客旅社』看看，雖然那一家距離遠了些。」

「高特最有可能待在最不會引人側目的地方。他不會讓人注意到他進進出出的。」

「他也沒有多少選擇，我們沒有那麼大規模的旅館。」

「或許不會去投宿『紅搖椅旅館』或是『黑莓旅館』。」

「我看不會，不過反正還是得去查一查。」

「艾須維爾地區呢？那邊或許有幾家大型的旅館。」

「那邊自從將烈酒當成飲料後，事情就層出不窮。」

「你認為他將那個女孩帶到他的房間，在房內將她殺害？」

「不。絕對不會。」

「你無法挾持一個像這樣的小人質到處跑而不被人發現的。總會有像清理房間、客房服務之類的。」

「所以如果高特投宿在旅館內，我會很訝異。愛蜜莉被綁架之後，警方便開始尋找她。這件新聞人盡皆知。」

負責驗屍的是詹姆士．簡列特醫生，他是奉命前往現場的法醫。簡列特醫生是艾須維爾一家醫院的病理學家，與州政府簽了合約，在這個北卡羅萊納州西部與世隔絕的山區，偶爾出現需要法醫驗屍時，就由他執行。他的結論「頭部的槍傷有若干發現無法解釋」根本於事無補。我將眼鏡摘下來，揉搓著鼻樑，聽著班頓・衛斯禮說話。

「你們轄區內的度假小屋、出租土地呢？」

「有啊，長官，」莫特回答。「多的是。」他轉向法古森。「麥斯，我想我們最好也去查查這些地方。列一張清單，看看有誰租了哪些地方。」

我知道衛斯禮察覺了我的困擾，他說：「史卡佩塔醫生，妳好像有什麼要補充的？」

「我對她的傷口缺乏生命反應感到很困惑，」我說。「雖然她的屍體狀況顯示她遇害只有幾天，她的電解質卻與她的身體檢查結果不符……」

「她的什麼？」莫特一臉茫然。

「她的鈉質含量偏高，因為鈉在死後會相當穩定，我們可以論斷她在遇害時鈉含量就很高。」

「那是什麼意思？」

「那可能意味著她嚴重脫水，」我說。「順便一提，她的體重依她的年齡而言太輕了。我們是否知道她有飲食失調的問題？她是否曾嘔吐？上吐下瀉？有沒有服用利尿劑的病歷？」我環視著衆人。

沒有人回答，於是法古森說：「我會去找她母親問問看。反正我回去時也得去找她談談。」

「她的鉀質含量也偏高，」我繼續說。「這一點也得解釋一下，因為在死後細胞壁破裂，會釋出鉀，使玻璃體的鉀含量急遽升高。」

「玻璃體？」莫特問。

「眼球內的液體用來檢驗非常可靠，因為那是隔離且受到保護的，因此不會受到污染、腐敗，」我回答。「重點是，她的鉀含量顯示，她的死亡時間比其他的證據所顯示的還要久。」

「多久？」衛斯禮問。

「六或七天。」

「這有沒有其他的解釋？」

「暴露在高溫下也會加速腐敗。」我回答。

「呃，應該不是這種情形。」

「或者是數據搞錯了。」我補充道。

「妳能否查證一下？」

我點頭。

「簡列特醫生認為她腦部的子彈使她當場斃命，」法古森說道。「依我看若當場斃命，就不會有任何生命反應了。」

「問題是，」我解釋，「她腦部所受到的傷害應該不會當場斃命。」

「她中彈後還能存活多久？」莫特問道。

「數小時。」我回答。

「有其他可能嗎？」衛斯禮問我。

「腦震盪。有點像電流的短路——頭部受到撞擊，當場斃命，我們找不到任何外傷。」我停頓了一下。「或者也可能她全部的外傷都是死後才造成的，包括槍傷。」

每個人對此都沉吟了半晌。

馬里諾的免洗咖啡杯此時已被他剝得成爲泡沫乳膠碎片了，他面前的菸灰缸塞滿了口香糖的包裝紙。

他說：「妳找到任何證據可以顯示她或許是先被悶死的？」

我告訴他沒有。

他開始將原子筆的筆頭按進再按出。「我們再深入討論她的家庭。我們對她父親的了解除了他已過世之外還有什麼？」

「他是史萬南諾的寬河基督學院的老師。」

「就是愛蜜莉就讀的學校？」

「不是。她唸的是黑山公立小學。她父親大約一年前過世。」莫特補充道。

「我注意到了，」我說。「他名叫恰克？」

莫特點頭。

「他是怎麼過世的？」我問。

「我不確定。不過是自然死亡。」

法古森補充道，「他有心臟病。」

衛斯禮站起來，走向白板。

「好。」他取下一枝黑色奇異筆的筆套，開始書寫。「我們來重複一下細節。受害者來自中產家庭，白人，十一歲，最後一次有人看到她是，她同伴在十月一日下午約六點左右看見她獨自從教堂的聚會回家。她在回家路上抄捷徑，沿著托馬霍克湖走，那是一個人造的小湖。

「如果你們看地圖，就會看到湖的北端有一間俱樂部的會所，以及一座公共游泳池，這兩個場所都只有在夏季開放。這邊則有全年開放的網球場及野餐區。依照受害者母親的說法，愛蜜莉在六點半過後不久回到家。她直接回到她房間內練習吉他，直到晚餐。」

「史丹娜太太有沒有說愛蜜莉當晚吃了些什麼？」我問眾人。

「她告訴我，她們吃通心麵、起司以及沙拉。」法古森說。

「幾點？」依照驗屍報告，愛蜜莉的胃中含有少量的褐色流質。

「她告訴我大約晚上七點半。」

「那麼她凌晨兩點被綁架時應該已經消化了？」

「是的，」我說。「到那時候應該早就消化掉了。」

「有可能是她被拘禁期間沒有進食太多的食物和飲水。」

「那說明了她的鈉含量偏高，以及她可能脫水？」衛斯禮問我。

「當然有此可能。」

他又寫了一些註記。「那棟屋子沒有安裝保全系統，沒有狗。」

「我們知不知道有沒有東西遭竊？」

「或許有幾件衣服。」

「誰的？」

「也許是那位母親的。她被關在櫃子裡時，她認爲她聽到那人開抽屜的聲音。」

「如果如此，那麼他的動作很俐落。她也說她看不出來有沒有什麼東西遺失了或被翻動了。」

「那位父親是教哪一科？我們有沒有這方面資料？」

「聖經。」

「寬河是基督教基本主義教派的大本營之一。那些孩子一大早就唱著『罪惡不會支配我』。」

「眞有這種事。」

「我說的是千眞萬確的。」

「耶穌基督。」

「是啊，他們也常常和祂說話呢。」

「或許他們可以想辦法管教我的孫子。」

「狗屎，赫薛爾，你那個孫子已經沒有人管得動了，都是你寵壞他了。他如今有幾部迷你腳踏車？三部？」

我再度開口。「我想多了解愛蜜莉的家庭。我想他們應該是虔誠的教徒。」

「非常虔誠。」

「還有其他兄弟姊妹嗎？」

莫特隊長疲憊地深吸了一口氣。「這個家庭最可憐的就是這一點。他們幾年前還有一個孩子，嬰兒猝死症候群。」

「是死在黑山嗎？」我問。

「不，女士。那是在史丹娜家搬來之前發生的。他們來自加州。妳知道，我們這邊的居民來自四面八方。」

法古森補充說：「有許多外國人搬到我們的山區養老、度假、參加宗教聚會。狗屎，如果我能給每一個浸信會教友五分錢，我就不會坐在這裡了。」

我望了馬里諾一眼。他的怒火顯而易見，他滿臉通紅。「就是那種地方讓高特得以逍遙法外。那地方的人們閱讀《人物》雜誌、《國家詢問報》、《遊行》中那些王八蛋的豐功偉業。不過就沒有人想過那個鼠輩或許會進城來。對他們而言他就像是科學怪人。他只是子虛烏有的。」

「別忘了他們還以他爲題材拍了一部電視影片。」莫特又說道。

「那是什麼時候的事？」法古森蹙眉說道。

「去年夏天，馬里諾隊長告訴我的。我記不得演員的名字了，不過他曾演過許多『終結者』之類的電影。對吧？」

馬里諾沒有搭理。他正怒不可遏。「我認爲那個王八蛋仍在那邊。」他將椅子往後推，又塞了一團口香糖到菸灰缸中。

「什麼都有可能。」衛斯禮淡然地說。

「好吧。」莫特清了清喉嚨。「無論你們願意提供什麼協助，我們都感激不盡。」

衛斯禮瞄了手錶一眼。「彼德，你要不要再關燈？我想我們將舊案再重新放映一次，讓來自北卡羅萊納州的兩位來賓看看高特在維吉尼亞州過的是什麼樣的日子。」

隨後那個小時，恐怖的畫面在黑暗中閃現，有如我最可怕的噩夢中若干支離破碎的夢境。法古森與莫特看得目不轉睛。他們一句話也沒說。我沒有看到他們眨眼。

2

會議室的窗戶外頭，圓滾滾的土撥鼠正在草地上曬太陽，我吃著沙拉，馬里諾則將他盤中那份炸雞特餐吃得一乾二淨。

天空是淡藍色的，樹木則隱約可看出在盛秋之際它們必是姹紫嫣紅。就某方面而言，我有點羨慕馬里諾。他這種大快朵頤的需求，與我的壓抑相較之下，像是一種解脫，我的壓抑籠罩在我頭上，像一隻貪得無饜的大鳥。

「露西希望你待在這裡時能找時間和她打靶。」我說。

「看她的態度有沒有改善再說。」馬里諾將他的盤子推開。

「有意思，她平常提起你時也是這麼說。」

他掏出一支香菸。「妳介意嗎？」

「那無關緊要，反正你是抽定了。」

「妳就是不會說說別人的好話，醫生。」他說話時叼在嘴中的香菸晃動著。「我並不是沒有減少抽菸量。」他點起打火機。「說實話吧。妳每一分鐘都在想抽菸。」

「你說對了。我每一分鐘都在想，我怎麼會做這種既令人不愉快又損人不利己的行爲。」

「狗屎。妳哈香菸哈得要死。此刻妳恨不得妳是我。」他吐出一口煙，望向窗外。「總有一天這地方會因爲那些惹人厭的土撥鼠而變得奇臭無比。」

「高特幹嘛到北卡羅萊納州去?」我問。

「他幹嘛到任何地方去?」馬里諾的眼神變得冷峻了。「妳問起那王八蛋的所有問題,答案都是一樣。因爲他爽。而且他也不會因爲史丹娜家的女孩這案子就此洗手不幹了。某個小孩——某個女人、男人,哼,全都一樣——一旦高特手癢了,就會落得在錯誤的時機出現在錯誤的地點。」

「你眞的認爲他還在那邊?」

他彈彈菸灰。「是的,我眞的認爲如此。」

「爲什麼?」

「因爲樂趣才剛開始,」他正說著,班頓·衛斯禮走了進來。「全世界最精采的好戲,而他就隔岸觀火,當黑山警方正急得昏頭轉向不知如何是好時,他在暗中竊笑不已。附帶一提,當地平均一年只有一件凶殺案。」

我望著衛斯禮走向沙拉吧。他舀了些湯在碗中,拿些餅乾擺在盤子裡,然後放了幾塊錢在收銀員不在時供顧客自行投幣的一個紙盤中。他看起來好像沒有注意到我們,不過我知道他有一種天賦,可以將他周遭環境鉅細靡遺盡收眼底,然而卻裝做一副渾然不覺似的。

「愛蜜莉·史丹娜的若干身體跡象使我猜她的屍體可能冷凍過。」在衛斯禮朝我們走來時我告訴馬里諾。

「沒錯。我確定是冷凍過。在醫院的停屍間。」馬里諾朝我做鬼臉。

「我好像錯過了什麼重要話題。」衛斯禮拉了張椅子坐下說著。

「我在想，愛蜜莉的屍體在棄置於湖濱之前曾經冷凍過。」我說。

「有何根據?」他伸手取胡椒粉罐時，上衣的袖口露出司法部的金質袖口環。

「她的皮膚蒼白而乾燥，」我回答。「她的屍體保存得很好，而且未受到昆蟲或動物的侵害。」

「那意味著高特不可能待在供旅客投宿的旅館了，」馬里諾說。「他總不可能將屍體塞在他的小冰箱中吧。」

衛斯禮一向一絲不苟，舀了一匙蛤蜊湯在口中，一滴也沒有掉出來。

「有沒有發現什麼證物?」我問。

「她的飾物和襪子，」衛斯禮回答。「還有膠帶，只可惜在採集指紋之前就被拆除了。在停屍間中膠帶已經支離破碎。」

「老天。」馬里諾低聲說。

「不過那膠帶相當獨特，可以循線追查。事實上，我不敢說我見過艷橘色的膠帶。」他望著我說道。

「我是沒見過。」我說。「你們實驗室中對此有什麼進一步的了解嗎?」

「尚無進展，只知道有一種油脂的紋路，也就是說那捲膠帶的邊緣曾沾到油脂。無論如何這值得重視。」

「你們實驗室有些什麼？」我問。

衛斯禮說：「棉花棒、屍體底下的泥土，以及將她由湖邊運走時所用的被褥和皮袋。」

他越說我越感到心灰意冷。到底有多少證物遺漏了，有多少微物證據遭到湮滅了。

「我想要她的照片和報告影印本，若實驗室的報告送來了我也要一份。」我說。

「我們的就是妳的，」衛斯禮回答。「實驗室會直接與妳聯絡。」

「我們必須盡快查驗屍體，」馬里諾說。「有些情況令人不解。」

「我們要設法理出個頭緒，這點很重要。」衛斯禮附和。「妳能否進一步查驗？」

「我盡力而爲。」我說。

「我應該到胡根巷去了。」馬里諾起身望了下手錶。「事實上，我猜他們不等我就先開始了。」

「我希望你先換件衣服，」衛斯禮告訴他。「穿一件有頭套的毛線衫。」

「唷，那我豈不是要熱得不支倒地了。」

「總比被九釐米口徑的漆彈打得不支倒地好，」衛斯禮說。「那種漆彈打起來痛得要命。」

「怎麼？你們兩位聊起來了？」

我們望著他離去。他扣上外套鈕釦，裹住圓滾滾的腹部，順了順稀疏的頭髮，邊走邊整理長褲。馬里諾像貓一樣，習慣在進入或離開一個場合時刻意將自己的外貌打理一番。

衛斯禮望著馬里諾座位前凌亂的菸灰缸。他將眼光移向我，我覺得他的眼神似乎出奇的冷峻，他的嘴巴緊抿著，似乎從來沒有笑過。

「妳得設法讓他改一改。」他說。

「我希望我有這種能耐，班頓。」

「妳是最有可能有這種能耐的人了。」

「那太恐怖了。」

「眞正恐怖的是他在開會時滿臉通紅。他該做的事都沒做。油炸食品、香菸、喝酒。」衛斯禮將眼光移開。「桃麗斯走了之後，他就自甘墮落。」

「我看已經有點改善了。」我說。

「迴光返照。」他的眼光再度與我交會。「基本上他還是在自我戕害。」

基本上馬里諾確實如此，而且這一生都是如此。我也不知該如何是好。

「妳什麼時候回里奇蒙？」他問，我則很想知道他的家庭生活。我對他的妻子充滿好奇。

「看情形，」我回答。「我想花點時間與露西聚一聚。」

「她已經告訴妳，我們希望她回來服務？」

我望向外頭陽光下的草坪以及微風吹拂的樹葉。「她很興奮。」我說。

「妳則不然。」

「不。」

「我了解。妳不想讓露西分攤妳的現實生活，凱。」他的臉色不知不覺間柔和了起來。「我想這一點令我感到欣慰，至少，妳在某些方面並不是絕對的理性或客觀。」

我不只在某一方面不是絕對的理性或客觀，衛斯禮對此也心裡有數。

「我甚至不了解她在那邊從事什麼工作，」我說。「如果那是你的子女，你會做何感想？」

「就像我平日對我的子女的想法。我不要他們當警察或當兵。我不要他們整日與槍械爲伍。然而我又希望他們熟悉此道。」

「因爲你知道外面的世界槍枝充斥。」我說著，眼光再度移向他，而且停留得久了些。

他將餐巾揉成一團，丟在他的盤子上。「露西熱愛她的工作。我們也是如此。」

「我很欣慰能聽到這句話。」

「她很傑出。她幫我們開發的那套暴力罪犯逮捕計畫軟體會使一切完全改觀。以前我們根本無力到全球各地追查那些畜生。妳能否想像如果高特在澳洲謀殺了史丹娜家的女孩？妳想我們能夠知道嗎？」

「很可能無法得知，」我說。「當然不會這麼快。不過我們不知道殺害她的人是不是高特。」

「我們只知道，再耗下去就會有更多人喪生。」他伸手拿我的盤子，再疊到他的盤子上。

我們站起身來。

「我想我們應該去探望妳的外甥女。」他說。

「我想我無法獲准進去。」

「是不准。不過給我一點時間，我保證可以讓他們通融。」

「那就太好了。」

「我們看看，現在一點鐘。能否在四點半回到這裡和我碰面？」我們離開會議室時他說著。

「對了，露西在華盛頓過得怎麼樣？」他指的是最不受歡迎的宿舍，床鋪太小，浴巾也小得什麼都遮不住。「很遺憾我們無法提供她更多的隱私。」

「不用遺憾。讓她有個室友也好，她不見得必須與她們處得來。」

「天才在工作及遊戲時不見得總能和別人處得來。」

「她的成績單就只有群育曾經不及格。」我說。

隨後幾小時我都在打電話，試著與簡列特醫生聯絡，但徒勞無功，他當天顯然是休假，去打高爾夫了。

我很欣慰聽到我在里奇蒙的辦公室一切運作正常，當天的案件至目前爲止只需要例行檢查，也就是檢視屍體以及抽取的體液。所幸前一晚沒有凶殺案，而且我手邊兩樁這星期必須上法庭的案子都已經處理妥了。我在約好的時間與地點和衛斯禮碰面。

「把這個配上。」他交給我一個特別來賓通行證，我將之夾在外套口袋上，與我的名牌別在一起。

「沒問題？」我問。

「有點麻煩，不過我已經設法解決了。」

「我眞慶幸我通過身家調查了。」我諷刺地說。

「呃，算是勉強過關啦。」

「謝謝你喔。」

他停下腳步，然後在我走過一道門時輕輕觸碰我的背部。

「我應該不用叮嚀妳，凱，妳在工程研究處的所見所聞都不得離開這棟大樓。」

「沒錯，班頓。你是不用叮嚀我。」

會議室外頭、福利社裡擠滿了穿著紅襯衫的國家學院學生，他們正在瀏覽所有冠上「ＦＢＩ」字樣的商品。體格強健的男女彬彬有禮地走過我們身旁前去上課，在五顏六色的衣服中就是沒有看到一件藍襯衫，因爲已經有一年多沒有招收新幹員了。

我們沿著一道長廊走到大廳，前方櫃枱上一個電子看板提醒來賓要將來賓證配掛好。在前門外頭，遠方的達達槍聲劃過完美的午後。

工程研究處總共有三座灰色水泥與玻璃帷幕大樓，有大型的紅褐色門及高大的環形圍牆。一排排停放的車輛顯示此地人數多得超乎我想像，因爲工程研究處似乎將員工不斷呑進來，然後在外界不知不覺間就將他們送走。

到達前門，衛斯禮在牆上一套有數字鍵的感應器旁停了下來。他將右手大拇指插入一個讀取鏡頭，讓它掃描他的指紋，然後要求他輸入他的識別碼。鎖喀嗒一聲開了。

「你顯然來過。」我在他替我拉開門時說道。

「識途老馬了。」他說。

我忍不住暗忖著，他到這裡會是爲了什麼公務。我們沿著鋪有灰色地毯的走道前行，燈光柔和，一片靜謐，足足有兩個足球場那麼長。我們經過一些實驗室，裡面的科學家穿著樸素的西裝及實驗室外套，不知正在忙些什麼，我這麼走馬看花也看不出所以然來。男男女女在擺滿了工具、硬體、顯示器，以及奇怪儀器的小隔間內工作。在沒有窗戶的雙扇門後，有一部強力電鋸正在鋸木頭。

走到一部電梯時，又得用衛斯禮的指紋才能登堂入室，進入露西每天工作的寧靜場所。二樓基本上有如加裝了空調的頭蓋骨，圍繞著一個人工頭腦。牆壁與地毯都是沉靜的灰色，整個空間規畫有如一個製冰盤。每個小隔間都有兩張制式標準的桌子，上頭有新型的電腦、雷射印表機，及一疊疊的紙。露西很好找。她是唯一穿著有「ＦＢＩ」字樣工作服的分析師。

她背對著我們，正在用耳機講電話，一隻手在操作手寫輸入系統的尖筆，另一手在鍵盤上按著鍵。如果不是我認得她，我會誤以爲她是在作曲。

「不，不，」她說。「一長音然後是兩短音，那可能就是顯示器故障，也許是裝著顯示晶片的那片板子。」

她眼角餘光發現我們時，將旋轉椅轉了過來。

「是的，如果只有一短音，那就差很多，」她向電話另一頭的人解釋。「那麼問題就可能出在主機板上。聽著，大衛，我稍後再打給你好不好？」

我注意到她桌上有一部掃描器，有一半被紙張遮蓋住。地板上及架子上全都是令人肅然起敬的電腦程式操作手冊、一盒盒的磁片與磁帶、一疊疊的電腦與軟體雜誌，以及印有司法部印戳的淡藍色五花八門的出版品。

「我想我應該讓妳阿姨看看妳在忙些什麼。」衛斯禮說。

露西將耳機拿下來，我看不出來她是否很高興看到我們。

「我現在正忙得焦頭爛額，」她說。「我們有幾部四八六電腦出了狀況。」她為了讓我進入狀況又補充說明。「我們利用個人電腦發展出一套犯罪人工智慧網路，簡稱為ＣＡＩＮ。」

「ＣＡＩＮ？」我驚訝地說。「用這個縮寫來代表一套追查暴力罪犯的系統，還真夠諷刺（譯註：ＣＡＩＮ就是《聖經》中亞當與夏娃的兒子該隱，殺死親弟弟亞伯）。」

衛斯禮說：「妳可以將之視為是世界上第一個犯下謀殺罪的人藉此表達最深的懺悔。也許它是寓意只有謀殺犯才最了解謀殺犯。」

「基本上，」露西繼續說：「我們的企圖心是要讓ＣＡＩＮ成為盡可能模擬真實世界的自動系統。」

「換句話說，」我說：「它應該像我們一樣能夠思考以及行動。」

「正是如此。」她又按了幾個鍵。「妳所熟悉的犯罪分析報告就在這裡。」螢幕上顯示的是我幾年來每當遇到無名屍或遭連續殺人犯謀殺的屍體時，所塡寫的那些長達十五頁的熟悉表格上的問題。

「我們將它簡化了一些。」露西又顯示了幾頁。

「其實那些表格根本不是問題，」我指出。「重點在於要求調查人員詳盡塡妥後送過來。」

「如今他們可以有所選擇了，」衛斯禮說。「他們可以在自己的轄區內用終端機連線塡寫表格，或者用傳統的方式以紙筆書寫，然後依往日的方式寄來或傳眞過來。」

「我們也在研發手寫辨識技術，」露西繼續說。「手寫辨識系統可以讓調查人員在車上、辦公室裡、等著上法庭時都能使用。凡是紙張上的字體——無論是不是手寫的——都可以掃描進系統中。

「當這套ＣＡＩＮ有所發現或需要額外資訊時，就要與操作者互動了。它會經由數據機與調查人員溝通，或經由語音留言，或是電子郵件。」

「潛力無窮。」衛斯禮告訴我。

我知道他帶我來此的眞正原因。這個小隔間感覺上遠離了市區那些必須去實地辦案的部門、銀行搶案、緝毒等。衛斯禮要我相信，如果露西替聯邦調查局工作，她的安全無虞。然而我也很清楚，因爲我知道在心靈上是危機四伏。

我外甥女在她的電腦上向我展示的那些空白表格，不久就會塡上使暴力犯罪成爲事實的那些姓名與身體描述。她會建立一套資料庫，那也將成爲屍體殘骸、折磨、武器、傷口等的垃圾處理場。有朝一日她會聽到無聲的尖叫。她會在過往人潮中想像著受害人的面孔。

「我想你用來協助警方辦案的，對我們也有所幫助。」我告訴衛斯禮。

「法醫也會是這套網路的一部分，這是理所當然的。」

露西又向我們展示了許多畫面，進一步闡述連我都覺得極爲困難的一些文字處理。我的結論是，電腦是現代的「巴別塔」（譯註：Babel，聖經中造成語言紛亂的高塔）。技術越高，語言就越混亂。

「這是結構查詢語言的高妙之處，」她解釋。「那是一種陳述而不是引導，也就是說，使用者指明他要由資料庫中存取『什麼』資料，而不是他要『如何』存取。」

我開始留意到有一個女人朝我們的方向走過來。她很高，步伐優雅而堅定，她緩緩攪動著一個小鋁罐內的刷子時，實驗室的長外套衣襬在膝蓋處飄揚著。

「我們已經決定要採用這一套了嗎？」衛斯禮繼續與我外甥女聊。「一套主機？」

「事實上，目前的趨勢是傾向於客戶與資料庫伺服器的小型化環境。你知道，迷你電腦，區域網路。一切都變得輕薄短小。」

那個女人轉入我們的隔間內，她望過來時，眼光與我正面交會，銳利地望了一眼之後才移開。

「是不是有什麼會要開而我不知道？」她淡然一笑，將那個罐子擺在她桌上。我明顯地感受到她很不高興有人來干擾。

「嘉莉，我們得稍後再處理我們的計畫，抱歉。」露西說。她補充說明：「我想妳已經見過班頓・衛斯禮了。這位是凱・史卡佩塔醫生，我阿姨。這位是嘉莉・葛里珊。」

「幸會。」嘉莉・葛里珊對我說，我被她盯得渾身不自在。

我看著她坐入她的椅子內，隨手順了順她黑褐色的頭髮，她的長髮挽成傳統的法國式，盤在腦後。我猜她年約三十五歲，她平滑的肌膚、黑色的眼睛，及鮮明的輪廓，使她的臉龐看來有一股高貴的美感，既出色又罕見。

當她拉開一個抽屜時，我注意到她的工作場所與我外甥女相較之下，眞是井然有序，因爲露西沉迷於她自己的神秘世界，無暇顧及要如何存放書籍或紙張。她雖然智慧成熟，卻仍像個還在嚼口香糖、內務凌亂的大學生。

衛斯禮開口了。「露西，妳何不帶妳阿姨到處走走？」

「好啊。」她似乎不大情願地關掉螢幕起身。

「那麼，嘉莉，告訴我妳在這裡到底是忙些什麼。」我們離開時我聽到他這麼說著。

露西回頭看了他們一眼，我對她眼中閃爍的神色相當詫異。

「妳在這個部門所看到的都是一目了然的，」她說著，有點心不在焉，也相當緊張。「就是人和工作站。」

「他們全都在研究暴力罪犯逮捕計畫？」

「參與犯罪人工智慧網路研究的只有三個人，在這裡做的大部分都是策略性工作。」——她再度轉頭看了一眼。「妳知道，所謂策略性就是使用電腦以求提升某種設備的效率，例如各種電子監測裝置，以及人質營救小組使用的若干機器人。」

她心不在焉地帶我走到走廊的另一頭，這裡有另一道由電腦鎖操控的門。

「我們只有少數幾人獲准進入這裡。」她說著，掃描她的大拇指並輸入她的個人識別碼。暗灰色的門應聲開啓，房內是一片冰冷的空間，整齊地擺著工作站、顯示器，架子上有數十部閃著燈的數據機。一束束的線路由裝備後方延伸出來，然後消失於隆起的地板底下，顯示器上有亮藍色的字體不斷盤旋而上，毫不避諱地標示著「ＣＡＩＮ」，室內的燈光就如同室內的空氣一樣，明亮而冰冷。

「所有的指紋資料都存放在這裡。」露西告訴我。

「由門鎖上採集的？」我環顧四周。

「由妳在各處所看到的門禁所使用的掃描器。」

「這套精密的電腦鎖系統是工程研究處的發明嗎？」

「我們在此將它補強以及排除疑難雜症。事實上，目前我正在進行相關的工作。有好多事待辦。」

她俯身看一部顯示器，調整螢幕的亮度。

「我們最後也會存放外界的指紋資料，到時候警方逮捕嫌犯時就可以用掃描器來當場採集指紋，」她繼續說。「嫌犯的指紋會直接送入犯罪人工智慧網路，如果他有前科而且資料曾經建檔，我們可以在幾秒鐘之內查出來。」

「我猜這會與全國的自動指紋比對系統連線。」

「全國，也希望是全世界。重點是使所有的網路都連接到此來。」

「嘉莉也在從事犯罪人工智慧網路計畫嗎？」

露西似乎吃了一驚。「是的。」

「所以她是三個成員之一。」

「沒錯。」

我看露西無意再多說，於是解釋：「我覺得她看起來很出類拔萃。」

「我想妳這句話可以套用在這裡的每個人身上。」我外甥女回答。

「她是哪裡人？」我繼續追問，因爲我一見到嘉莉．葛里珊就對她有點反感，不知何故。

「華盛頓州。」

「她人好嗎？」我問。

「她很擅長她所從事的工作。」

「妳這是答非所問。」我笑著說。

「我設法避免涉及此地人員的個性問題。妳爲什麼那麼好奇？」她的語氣不知不覺間顯出了戒心。

「我感到好奇，因爲她讓我感到好奇。」我簡潔地說。

「凱阿姨，我希望妳不要再這麼處心積慮想保護我，何況妳的職業會使妳不自覺地對每個人都往壞處想。」

「原來如此，那麼我的職業也會使我不自覺地認爲每個人都死了。」我冷冷地說。

「那太荒謬了。」我外甥女說。

「我只是希望妳在此能結識一些友善的人。」

「如果妳可以不要再擔心我有沒有朋友，我也會感激不盡。」

「露西，我不是想干涉妳的生活，我只要求妳小心一點。」

「不，妳要求的不是這樣。妳是在干涉。」

「我不是這個意思。」我說，而露西偏偏就是最容易惹我生氣的人。

「妳就是這個意思。妳眞的不希望我待在這裡。」

我隨後所說的話才剛說出口就令我懊悔了。「我當然希望。讓妳來這裡接受這種該死的實習的人就是我。」

她一語不發地瞪著我。

「露西，對不起。我們別再鬥嘴了，拜託。」我壓低聲音，伸手按住她的臂膀。

她將手掙開。「我得去做些檢查。」

令我訝異的是，她就這麼一走了之，留下我獨自待在一間門禁森嚴的屋內，這裡的氣氛與我們的談話一樣冰冷。螢幕上五彩繽紛，我腦中則是一片茫然，只見眼前閃著紅綠光與電腦數字。露西是我唯一的妹妹桃樂絲的獨生女，而我自己又膝下猶虛。然而我對我外甥女的愛不能單單依此來解釋。

我了解她常遭忽略、孤苦無依的羞恥秘密，我雖然外表故做堅強，然而內心與她一樣悲痛。當我在撫慰她的傷口時，我也是在自我療傷。這是我無法向她啓齒的。我走出門，確定門已經拉上並鎖住，我折回原處時，衛斯禮一眼看出我沒人帶領。露西也沒有再現身道別。

「怎麼了？」衛斯禮在我們走回聯邦調查局國家學院時問道。

「我和她恐怕又是意見不合了。」我回答。

他瞥視我一眼。「改天記得叫我告訴妳，我和麥可之間的意見不合。」

「如果有身爲人母或阿姨這門課，我想我應該去上。事實上，我早就想學了。我只不過問她在這裡有沒有交到什麼朋友，她就鬧脾氣了。」

「妳擔心什麼？」

「她獨來獨往的。」

他滿臉困惑。「妳以前也暗示過這一點。不過老實說，她在我印象中一點也不是獨來獨往的。」

「什麼意思？」

我們停下來讓幾部車子通過。夕陽西斜，照得我背部及頸部一片暖和，他將西裝外套脫下，挽在手臂上。

在可以通行時他輕輕碰碰我的手肘。「我前幾天晚上在『世界與榮耀』餐廳，露西也和一個朋友在場。事實上，很可能就是嘉莉．葛里珊，但我眞的不敢確定。不過她們似乎玩得很開心。」

我感覺有如衛斯禮告訴我露西劫持了一架飛機般的強烈震驚。

「而且她也曾數度因爲晚上逾時回來而被叫到會議室。妳看到的只是妳外甥女的一面，凱。使父母或家長震驚的是他們沒有看到的那一面。」

「你所說的這一面我全不知情。」我說著，仍然無法釋懷。一想到露西有些層面是我不知情的，只會令我更無所適從。

我們默默走了一段路，到達大廳時我平靜地問：「班頓，她有喝酒嗎？」

「她年紀夠大了。」

「這我知道。」我說。

我正打算再追問，但他迅速取下他的呼叫器，打斷了我的思緒。他將呼叫器拿高，蹙眉看著上頭顯示的號碼。

「到組裡去，」他說：「我們看看這是怎麼回事。」

3

衛斯禮在晚上六點二十九分回電給赫薛爾・莫特隊長時，莫特的聲調近乎歇斯底里。

「你在哪裡？」衛斯禮再度對著免持聽筒的話機問了一聲。

「在廚房裡。」

「莫特隊長，放輕鬆。告訴我你到底在什麼地方。」

「我在州調查局幹員麥斯・法古森家的廚房裡。我簡直不敢相信。我從來沒有見過這種情況。」

「那邊還有別人嗎？」

「這裡只有我一個人。除了樓上，我剛才告訴過你了。我已經打電話給驗屍官，任務分派員正在找人過來。」

「放輕鬆，隊長。」衛斯禮冷靜得出奇地說著。

我可以聽到莫特沉重的喘息聲。

我對他說：「莫特隊長？我是史卡佩塔醫生。我要你將現場一切保留原狀。」

「噢，天啊，」他失聲叫道。「我已經將他解下來……」

「沒關係……」

「我進來時我……天啊，我不能就讓他那個樣子。」

「沒關係，」我安撫他。「不過現在不能讓任何人碰他，這一點很重要。」

「驗屍官呢？」

「也不。」

衛斯禮看著我。「我們要出發了，我們在晚上十點之前就可以與你碰面。這期間，你稍安勿躁。」

「是，長官。我會坐在這張椅子上，直到我的胸口不再疼痛。」

「什麼時候開始痛的？」我想知道。

「當我進來發現他時，我的胸口就開始疼痛。」

「以前痛過嗎？」

「就我記得沒有。不像這樣。」

「描述一下痛的位置。」我心生警覺說道。

「就在中間。」

「疼痛有沒有延伸到你的臂膀或頸部？」

「沒有，女士。」

「有沒有暈眩或出汗？」

「有點冒汗。」

「你咳嗽時會痛嗎？」

「我沒有咳嗽，所以不能確定。」

「你有沒有心臟病或高血壓？」

「就我知道沒有。」

「你抽菸嗎？」

「我正在抽。」

「莫特隊長，我要你仔細聽好。我要你將菸熄掉，設法冷靜下來。我很擔心，因為你受到嚴重驚嚇，你是個癮君子，那很可能會得冠狀動脈心臟病。你在那邊而我在這邊。我要你立刻打電話叫救護車。」

「痛苦已經減輕了一些。驗屍官應該馬上就到了。他是個醫生。」

「那應該是簡列特醫生了？」

「我們這裡就他一個醫生。」

「胸口疼痛可不是鬧著玩的，莫特隊長。」我語氣堅決地說。

「不會，女士，我不會鬧著玩的。」

衛斯禮寫下地址與電話號碼。他掛上電話，再打另一通。

「彼德．馬里諾還在附近嗎？」他問電話另一頭的人。「告訴他我們有緊急狀況。要他帶些過夜用的用品，盡快趕到人質營救小組與我們會合。我見到他時會向他解釋。」

「聽著，我要凱茲參與此案，」我在衛斯禮起身時說。「我們需要將所有東西都採證，以免事情與表相不符。」

「好主意。」

「我懷疑他那麼晚了還會待在『人體農場』裡。你或許應該試著打他的呼叫器。」

「好。我看看能否找到他。」他指的是我在諾斯維爾的法醫同事。

十五分鐘後我到達大廳時，衛斯禮已經在那邊，肩上揹著一口背袋。我只能匆匆回到房內將便鞋換成一雙較得體的鞋子，再胡亂抓了些日用品，包括我的醫事包。

「凱茲醫生此刻已經由諾斯維爾出發了，」衛斯禮告訴我。「他會到現場與我們碰面。」

夜色已濃，遠方一輪銀色明月，樹木在風中沙瑟作響，有如雨聲。衛斯禮與我沿著傑佛遜雕像前的車道走，經過一條將聯邦調查局國家學院與靶場隔開的道路前進。我在距離我們最近那個可以烤肉及野餐的非軍事區樹林裡，看到一個熟悉的身影，由於不該出現在這種場合，所以我一時以爲看錯了。然後我想起露西曾向我提過，她有時候會在晚餐後獨自到這裡來漫步思考，我忍不住想藉機向她陪不是。

「班頓，」我說。「我馬上回來。」

我走近樹林邊緣時隱約聽到交談聲，我異想天開地以爲我外甥女是不是在自言自語。露西坐在一張野餐桌的桌面上，我再走近一些，正打算開口叫她時，發現她是對著一個坐在她下方的長椅上的人談話。他們靠得很近，因此兩人的側影合而爲一，我僵立在一棵高大濃密的松樹陰影下。

「那是因爲妳總是這麼做。」露西以我一聽就知道受了傷害的語氣說道。

「不，那是因爲妳總是認爲我在這麼做。」那個女人以安撫的語氣說著。

「那麼，不要給我理由。」

「露西，我們能否別再談這個話題？拜託。」

「讓我來一下那種東西。」

「我希望妳不要開始。」

「我不是開始。我只想哈一口。」

我聽到劃火柴的聲音，一道小火光劃過黑暗。頃刻間我看到我甥女的側影在黑暗中浮現，她湊近她的朋友，我看不見她朋友的臉。她們來回傳遞香菸時，香菸頭發出微光。我默默地轉身離去。

我回到衛斯禮身旁時，他再度跨開步伐前進。「妳認識的人？」他問。

「我以爲是。」我說。

我們默默走過空蕩蕩的靶場，一排排槍靶形成靜立不動的輪廓。靶場後有一座控制塔浮現在完全以輪胎搭建而成的一棟建築後方，那是人質營救小組——也就是聯邦調查局的特種部隊——實彈演練的場所。一部藍白色的貝爾噴射遊騎兵式直升機停放在附近的草坪上，像一隻酣睡中的昆蟲，駕駛與馬里諾站在機身外。

「都到齊了？」我們靠近時駕駛問道。

「是的。謝了，惠特。」

惠特是典型的健美猛男，穿著一身黑色飛行裝。他打開直升機門協助我們登機。馬里諾和我坐在後座，衛斯禮在前座。螺旋槳開始旋轉，引擎開始熱機，我們也戴上耳機。

幾分鐘後我們飛離地面，黑暗的地表忽然遠在我們腳下，通風孔開啓，艙內燈熄滅。我們交談的聲音飄忽不定，直升機往南朝一座山城加速飛去，當地又有一個人喪生。

「他一定是到家後不久，」馬里諾說。「我們知道……」

「是不久。」衛斯禮的聲音由副駕駛座傳來。「他在開完會後立刻回去匡提科。搭下午一點的國內班機。」

「我們知道他那班飛機到達艾須維爾的時間嗎？」

「大約四點半。他可能在五點鐘回到家中。」

「在黑山？」

「沒錯。」

我說。「莫特在六點發現他。」

「老天。」馬里諾轉向我。「法古森一定是剛剛——」

駕駛打岔，「我們有音樂，如果有人想聽的話。」

「當然。」

「哪一類？」

「古典樂。」

「狗屎，班頓。」

「少數服從多數，彼德。」

「法古森回到家中不久。這一點很確定，無論該怪誰或怪什麼。」我在法國作曲家白遼士的背景音樂中，重拾我們斷斷續續的話題。

「看來像是意外，像是自慰出了差錯。不過我們不得而知。」

馬里諾以手肘頂頂我。「有沒有阿斯匹靈？」

我摸黑在手提包內找出一把迷你手電筒，然後再伸手到醫事包內繼續找。在我表示愛莫能助時，馬里諾暗咒了聲，我這才發現他仍然穿著參加漆彈訓練時所穿的運動褲、有頭套的運動衫、繫帶長靴。他看起來像是某個棒球小聯盟球隊的酗酒教練，我忍不住將手電筒照向他上背部及左肩部明亮的紅漆上。馬里諾中彈了。

「是啦，不過妳應該看看其他人。」他的聲音忽然傳入我耳中。「喂，班頓，有沒有阿斯匹靈？」

「暈機？」

「玩過頭了。」馬里諾說著，他厭惡飛行。

天公作美，我們以一百零五節的時速飛過清朗的夜空。我們下方的車輛有如眼睛明亮的水蟲在滑行，而萬家燈火則如同樹林中的小火般閃爍。若非我神經緊繃，晃動不已的夜色很可能會將我搖入夢鄉。影像紛至沓來，問題震耳欲聾地浮現，使我無法定下心來。

我腦中浮現露西的臉龐，她湊近她女朋友以手遮著火光時，她的下巴及臉頰可愛的曲線。她們激情的聲音在我的腦中響起，我不知道我爲什麼會目瞪口呆，我不知道那有什麼關係。我想不透衛斯禮到底知道多少。我外甥女自從秋季這學期開學之後便一直在匡提科實習，他與她見面的機會比我多。

一路上沒有什麼風，直到我們進入山脈，一時之間整個地表似乎成爲一片漆黑的平原。

「爬升到四千五百呎。」我們的駕駛員的聲音由耳機中傳來。「大家都還好吧？」

「我看你們這裡不能抽菸吧？」

到了九點十分，一片漆黑的夜空出現了點點繁星，藍脊有如一座黑色的海洋，無聲無息地聳立著。我們沿著濃密的樹林前進，平穩地轉向一座磚造建築，我猜那是一所學校。我們在一處角落找到一座足球場，警方的燈光將我們的降落區照得一片通明。足球場上百萬燭光的夜間照明燈在我們降落時照在我們機腹上。惠特將我們有如小鳥般平穩降落在五十碼線上。

「『戰馬之家』，」衛斯禮讀著圍牆上懸掛的旗幟說。「希望他們這一季打得比我們好。」

在螺旋槳逐漸停下時，馬里諾望向窗外。「我自從高中參加美式足球隊之後，就沒有再觀賞過高中足球賽了。」

「我不知道你打過美式足球。」我說。

「是喔，十二號。」

「打什麼位置？」

「助攻員。」

「可以想見。」我說。

「這裡其實是史萬南諾，」惠特宣布。「黑山就在東方。」

兩位穿制服的黑山警局員警前來與我們會面。他們看來稚氣未脫，似乎仍未達可以開車及配槍的法定年齡，他們試著不盯著我們瞧，他們的臉色蒼白、神情惶恐。我們像是搭太空船在一陣眩光中蒞臨一般。他們不知道要如何看待我們，也不知道他們的小鎮發生了什麼事。他們開車接我們離去，一路上沒聊幾句話。

過了一陣子，我們停在一條有消防車及警示燈的小街上。我算了算，除了我們這一部警車之外還有其他三部，一部救護車、兩部消防車、兩部沒有標示的車輛，以及一部凱迪拉克車。

「太好了，」馬里諾關上車門時嘀咕著。「大家都來了，連他表哥艾伯納也來了。」

刑案現場的警戒條由前陽台圍到庭院內的樹叢間，將灰色的二層樓鋁牆房子的兩側都隔開來。一部福特布隆可汽車停放在碎石車道上，後面停著一部沒有標示的雲雀牌警車，車上有警用天線及警示燈。

「那些車子是法古森的？」我們走上混凝土台階時衛斯禮問道。

「停在車道那些，是的，長官，」警員回答。「他在角落那個窗戶。」

當赫薛爾．莫特隊長突然由前門現身時，我有點錯愕。他顯然沒有聽從我的忠告。

「你感覺如何？」我問他。

「我一直撐著。」他看到我們之後如釋重負，我幾乎以爲他會給我們一個擁抱，不過他臉色蒼白。他的襯衫衣領上已經汗濕了，眉頭與頸部也有汗水的亮光。我聞起來有股菸臭味。

我們在走廊處裹足不前，我們背向通往二樓的樓梯。

「已經採取什麼措施了？」衛斯禮問。

「簡列特醫生拍了許多照片，不過他什麼都沒有碰，就如妳吩咐的。如果妳想找他的話，他就在外頭與警員談話。」

「外面的車子很多，」馬里諾說。「人都到哪裡去了？」

「有幾位弟兄在廚房，有一兩位在院子裡和後面的樹林中四處搜查。」

「不過他們沒有上樓？」

莫特重重吐了一口氣。「好了，我不想站在這裡向你撒謊。他們的確曾經上樓看過，不過沒有人破壞現場，這一點我可以向你保證。醫生是唯一靠近的人。」

他開始上樓。「麥斯是……他是……呃，可惡。」他停下腳步回頭望著我們，眼中泛著淚光。

「我仍搞不清楚你是怎麼發現他的。」馬里諾說。

莫特設法保持冷靜，我們也繼續上樓。二樓的樓板與一樓一樣鋪著暗紅色地毯，上了厚漆的松木有蜂蜜的顏色。

他清了清喉嚨。「今天傍晚大約六點我順道過來看看麥斯是否要出去吃晚飯。他沒有來應門時，我以爲他在洗澡或什麼的，於是自行進門。」

「你可知道他曾有過這種行爲？」衛斯禮委婉地問道。

「沒有，長官，」莫特充滿感情地說。「我無法想像。我眞的搞不懂……呃，我聽過有些人使用稀奇古怪的情趣用品。我不知道那是做什麼用的。」

「重點是在自慰時使用繩套會壓迫到頸動脈，」我解釋。「這會使氧及血液無法流向腦部，那似乎可以增強高潮的快感。」

「也有人稱之爲快感來時你也快走了。」馬里諾以他一慣的油腔滑調說道。

我們走向走廊盡頭亮著燈的門口時，莫特沒有跟過來。

州調查局幹員麥斯・法古森的臥房相當男性化、很質樸，有松木櫥櫃，書桌上方還有一個擺滿了獵槍與步槍的架子。他的手槍、皮夾、證件，以及一盒「驃悍騎士」牌保險套擺在鋪有被褥的床鋪旁的桌上，我早上在匡提科看到他穿的那件西裝整齊地掛在一張椅子上，鞋子與襪子就在附近。

一張木製吧台椅擺在浴室與櫥櫃之間，他的屍體就在椅子邊，以一條色彩繽紛的阿富汗針織毯蓋著。上方有一條已經割斷的尼龍繩，由木質天花板上的一個掛鉤懸垂下來。我由醫事包中取出一雙手套與溫度計。我將那條毯子拉開，露出法古森悲慘的死狀時，馬里諾暗咒了一聲。我懷疑他的恐懼比挨子彈還強烈。

他面朝上躺著，D罩杯的黑色胸罩內塞著襪子，聞起來有一絲麝香味。他死前穿上的黑色尼龍內褲已褪下到膝蓋處，一個保險套仍垂掛在他的陰莖上。一旁的雜誌顯示他對受虐的波霸型女性有偏好。

我檢查緊纏著他頸部的那條尼龍繩的套索。那條繩子老舊又起毛了，在完美的絞刑結第八圈處被割斷了。他的眼睛幾乎閉上，他的舌頭吐出來。

「這符合他坐在椅子上的情形嗎？」馬里諾抬頭望著天花板上的斷繩。

「是的。」我說。

「所以他是達到高潮然後滑倒？」

「不然就是昏了過去，然後滑倒。」我回答。

馬里諾走到窗戶旁，俯身看窗台上一個裝著琥珀色液體的玻璃杯。「威士忌，」他說。「完全沒加水或幾乎沒加。」

肛溫是華氏九十一度，與我預期的相符。法古森如果在這個房間過世大約五小時，他的屍體又蓋著，就應該是這個體溫。細部肌肉已經開始僵硬。保險套黏附著，裡頭一大灘的分泌物已經乾了，我走到床邊看那個盒子，有一個保險套不見了，我走入主臥室的浴室時，在垃圾筒中找到紫色的鋁箔包裝紙。

「有意思。」我在馬里諾拉開抽屜時說。

「什麼？」

「我原本以爲他會在套上繩索時將保險套戴上。」

「我覺得那很合理。」

「那麼爲什麼包裝紙不在他屍體附近？」我將包裝紙由垃圾中挑出來，盡量減少觸碰位置，然後將之置入一個塑膠袋內。

馬里諾沒有答腔，於是我補充道：「呃，我猜那得看他是什麼時候將內褲脫掉而定。或許他在將繩索套在脖子上之前就脫了。」

我再走回浴室。馬里諾蹲在一座櫃子旁，凝視著屍體，滿臉難以置信及鄙夷。

「我一直認爲最悲慘的事是死在馬桶上。」他說。

我抬頭看著天花板的掛鉤，看不出來已經裝在那邊多久了。我正打算問馬里諾他有沒有找到其他的色情雜誌時，我們被走道上一聲沉重的撞擊聲嚇了一跳。

「搞什麼鬼……」馬里諾叫道。

他衝出門，我緊隨在後。

莫特隊長癱倒在樓梯附近。他面朝下，動也不動地趴在地毯上。我跪在他身旁將他翻過身來，他已經臉色發青。

「他心跳停止了！叫醫護小組過來！」我將莫特的下顎扳開，以免他的氣管阻塞。

馬里諾砰砰跑下樓，我則將手指按在莫特的頸動脈上，摸不到脈搏。我重擊他的胸口但是他的心臟沒有反應。我開始做心肺復甦術，重壓他的胸口一次、兩次、三次、四次，然後將他的頭往後仰，朝他的嘴中吹氣。他的胸口鼓起，我數四下後再度吹氣。

我維持每分鐘六十下的壓縮節奏，額頭汗如雨下，我自己也脈搏加速。我的臂膀痠痛，到了第三分鐘幾乎快不聽使喚時，我聽到樓梯口傳來醫護人員與警員的聲音。有人扶著我的手肘，將我帶開，這時幾雙戴著手套的手接過急救工作。有人高喊維持秩序，並以搶救行動以及急診室中那種冷靜的聲音宣布各項行動。

我靠在牆上設法喘氣，這時我注意到一個矮小、金髮的年輕人很不協調地穿著高爾夫裝，正在階梯頂端望著搶救行動。他朝我這個方向望了幾眼後，怯生生地朝我走來。

「史卡佩塔醫生？」

他眉毛以下的熱忱臉孔已受日照曬傷，顯然是沒有戴帽子造成的。我想起他可能就是外頭那部凱迪拉克車的車主。

「有何指教？」

「詹姆士．簡列特，」他說著，證實了我的猜測。「妳還好吧？」他遞了一條摺疊整齊的手帕給我。

「我沒事，很欣慰你在這裡。」我誠懇地說著，因爲我無法將自己的病人交給非醫學院畢業的人照料。「我能否將莫特隊長交給你照顧？」我擦拭臉龐與頸部時，手臂發抖著。

「沒問題。我會送他到醫院。」簡列特隨後把他的名片遞給我。「妳今天晚上如果有任何問題，可以打我的呼叫器。」

「你明天早上會替法古森驗屍？」我問。

「是的。歡迎妳來協助。然後我們再討論這一切。」他望著走道另一頭。

「我會到場。謝謝你。」我擠出一絲笑容。

簡列特跟著擔架出去，我回到走道另一頭的臥室。我由窗口望著街道上閃動著的紅光，莫特也被抬上救護車。我不知道他能否活下來。我在法古森癱軟的保險套及僵硬的胸罩上感受到法古森似乎仍健在著，這一切顯得很不眞實。

救護車的尾端門關了起來。警笛聲像是抗議似的卡了幾聲，然後開始鳴叫。我沒有注意到馬里諾已經走入房間了，直到他觸碰我的臂膀。

「凱茲在樓下。」他告訴我。

我緩緩轉身。「我們需要另一個小組。」我說。

4

指紋可以留在人類的皮膚上，許久以來理論上都認爲有此可能。然而採集到這些指紋的可能性卻微乎其微，使我們大都無意嘗試。

皮膚是很棘手的表層，因爲它有可塑性，而且有滲透性，再加上它有水分、毛髮及油脂阻隔，即使凶手的指紋眞能印到受害人身上，也會因爲留置時間過長或暴露在各種元素下而無法保存。

湯馬士・凱茲醫生是位傑出的刑事鑑識科學家，他大部分心力都在汲汲於追求這難以掌握的證據。他也是推斷死亡時間的專家，他同樣不遺餘力地以一般人無從得悉的方式來從事這方面的研究。他的實驗室稱爲「人體農場」，我曾數度前往造訪。

他身材矮小，有一雙專注的藍眼眸、一大撮白頭髮，他雖然見過無數窮凶惡極的場面，他的臉孔卻出奇地慈祥。我與他在樓梯頂碰面時，他帶著一部抽風機、一個工具箱，以及看來像是吸塵器吸管的古怪裝置。馬里諾跟在他身後，帶著凱茲稱爲「氰基丙烯酸酯神奇吹氣機」的裝置，那是一個雙層的鋁盒，裝有一片鐵板與一具電腦風扇。他在他的東田納西車庫內花了數百個小時，改良這個簡單的儀器。

「我們要到哪裡去？」凱茲問我。

「走道盡頭的房間。」我幫他拿抽風機。「你這趟旅程可順利？」

「車潮比我預期的多。告訴我屍體怎麼處理。」

「他的繩子已割斷，用一條毛毯覆蓋著。我沒有檢查他。」

「我保證不會耽誤妳太多時間。我可以不用花時間弄帳篷，做起來就方便多了。」

「你說帳篷是什麼意思？」我們走入臥室時馬里諾蹙眉問道。

「我以前都用一具塑膠帳篷架在屍體上，在裡面採集。不過會造成太多水汽，皮膚也會呈霜狀。史卡佩塔醫生，妳可以將抽風機架在窗口。」凱茲環視四周。「我可能要用一鍋水。這裡有點乾。」

我告訴他截至目前的情況。

「妳有理由認爲這不是單純的自慰引起的窒息意外嗎？」他問。

「除了所處的情況之外，」我回答：「沒有。」

「他正在處理史丹娜家女孩的案子。」

「我們所謂的所處的情況指的就是這個。」馬里諾說。

「天啊，這件新聞鬧得滿城風雨。」

「我們今天早晨在匡提科開會討論這個案子。」我補充道。

「他直接回家，然後就發生這種事。」凱茲若有所思地望著屍體。「妳知道，我們上星期在鄧普斯特發現一個妓女，她的足踝上有一隻手的明顯輪廓。她已經死亡四或五天了。」

「凱？」衛斯禮走到門口。「能否借一步說話？」

「你就用這一套儀器檢查她？」馬里諾的聲音跟著我們傳到了走道上。

「沒錯。她塗指甲油，結果顯示那也大有用處。」

「什麼用處？」

「採集指紋。」

「這要擺在什麼地方？」

「無所謂。我要用煙薰整個房間。這地方恐怕會被我弄得亂七八糟。」

「我想他應該不會抱怨。」

在樓下的廚房裡，我注意到電話旁有一張椅子，我猜莫特就是在這裡坐了幾個小時等我們到達。附近的地板上有一杯水及一個塞滿菸蒂的菸灰缸。

「妳看看。」衛斯禮說著，他習慣在奇怪的地方尋找奇怪的證物。

他由冰箱的冷凍庫內拿出來的食物堆滿了流理台。我靠近他，看他打開一個用保鮮膜包著的小包，裡面是皺縮的冷凍肉，邊緣處已經乾枯，令人聯想起泛黃的蠟質羊皮紙。

「會不會是我想錯了？」衛斯禮的口氣凝重。

「天啊，班頓。」我說著，瞠目結舌。

「這就擺在其他這些上面。絞牛肉、豬小排、披薩餅。」他用戴著手套的手指推了推那些包裝。「我原本希望妳會告訴我，那是雞皮，也許是他用來當魚餌或天曉得做什麼用的東西。」

「沒有毛孔，而且毛髮太細，像人類的毛髮。」

他默不作聲。

「我們必須用乾冰將這裝起來，跟著我們運回去。」我說。

「今晚是來不及了。」

「我們越快做檢驗就能越早確認那是人類。DNA可以證實身分。」

他將那個小包放回冰箱。「我們必須檢查指紋。」

「我會將那些生理組織放入塑膠袋中，我們也會將包裝紙送到實驗室裡。」我說。

「好。」

我們登上樓梯。我的脈搏降不下來。馬里諾與凱茲站在走道盡頭已經關起的門外頭。他們將一條管子伸入原本裝門把的地方，壓縮機嗡嗡作響，將「超級膠水」的蒸汽打入法古森的臥室內。

衛斯禮沒有提起那最明顯的犯案手法，所以我開口了。「班頓，我沒有看到任何咬痕或有人試圖湮滅的任何東西。」

「我知道。」他說。

「快好了，」凱茲在我們走近時告訴我們。「這種大小的房間，只要大約一百滴的超級膠水。」

「彼德，」衛斯禮說：「我們有一個出乎預料之外的問題。」

「我還以爲今天的意外已經夠多了。」他說著，漠然望著管子，將蒸汽打入門內。

「這樣應該行了。」凱茲說著，他對周遭人們的感受向來極爲遲鈍。「現在我只要再用抽風機將蒸汽吹掉就行了。那得花上一兩分鐘。」

他將門打開，我們都退開來。他對那種刺鼻的味道似乎絲毫不以爲意。

「他吸這種東西或許會很爽。」馬里諾在凱茲走進房間時低聲說道。

「法古森的冷凍庫內有像是人類皮膚的東西。」衛斯禮開門見山地說。

「你又要拿這個來讓我頭大？」馬里諾吃了一驚說道。

「我不知道我們在處理的到底是什麼情況，」衛斯禮在抽風機開始運轉時說道。「不過我們有一個刑警死了，在他的冷凍漢堡與披薩之間找到了可以使他揹負刑責的證據。我們有一個刑警心臟病發。另外還有一個被謀殺的十一歲女孩。」

「可惡。」馬里諾說著，滿臉通紅。

「我希望你們帶了足夠的衣服，可以待上一陣子。」衛斯禮朝我們補上一句。

「可惡，」馬里諾又說了一次。「那王八蛋。」

他凝視著我，我知道他在想什麼。我有一部分希望他是錯的。不過如果高特並沒有在玩他慣用的惡毒把戲，則我不確定另一個可能性會更好。

「這棟房子有地下室嗎？」我問。

「有。」衛斯禮回答。

「有沒有大冰箱？」我問。

「我沒有看到。不過我沒有到地下室去。」

凱茲在臥室內將抽風機關掉。他朝我們示意可以進門了。

「哇，這要怎麼清理？」馬里諾環視四周說道。

超級膠水乾掉後會變成像水泥一樣的白色硬層。房內所有表層都結上一層，包括法古森的屍體。凱茲調整手電筒的角度，照射牆壁、家具、窗台、桌子上方槍械的膠水痕跡。不過只有一處讓他蹲了下來。

「是尼龍，」我們慈祥的瘋狂科學家開心地說著，蹲在屍體旁彎身湊近法古森拉下來的內褲。「你知道，那是採集指紋的好位置，因爲織得很緊密。他噴了某種香水。」

他將他那把精密刷子的塑膠套子拉開，刷毛像海葵般散開來。凱茲打開一罐磁粉的蓋子，撒上磁粉後採集到法古森亮麗的黑色內褲上一枚非常清晰的指紋。法古森的頸部也有一些殘缺不全的指紋，凱茲也在上頭撒了些黑色粉末做比對。然而不夠完整，無濟於事。我觸目所及都是一層奇怪的白霜，使這個房間顯得冷冰冰的。

「當然，他內褲上的指紋或許是他自己的，」凱茲思索著，繼續幹活。「他將褲子拉下來時留下的。他手上或許沾著什麼東西。例如保險套上或許有潤滑油，如果他的手指沾到這些潤滑油，就會留下清晰的指紋。妳要這個嗎？」他指的是內褲。

「恐怕如此。」我說。

他點頭。「沒關係。照片也可以。」他取出相機。「不過妳處理完內褲後，我想只要妳不使用剪刀，指紋便可以保存完整。這種超級膠水就是有這個好處。就算炸藥也炸不開。」

「妳今天晚上還要在這裡處理什麼事？」衛斯禮問我，我看得出來他急著想離開。

「我想尋找任何在屍體運送後無法保存的東西，也要處理你在冷凍庫內找到的東西，」我說。「還有我們必須檢查地下室。」

他點點頭，告訴馬里諾：「我們處理這些事情時，你能否負責這地方的警戒？」

馬里諾似乎對這差事不大熱中。

「告訴他們，我們需要全天候警戒。」衛斯禮語氣堅定地補上一句。

「問題是，這個小鎮沒有足夠的警力可以全天候警戒，」馬里諾走開時沒好氣地說著。「那王八蛋剛剛做掉了警局的一半人手。」

凱茲抬頭說話，他的精密刷子豎在半空中。「你們似乎已經很確定你們在找的人是誰了。」

「都還不確定。」衛斯禮說。

「湯馬士，我要請你幫一個忙，」我告訴我這個獻身科學的同事。「我需要你和薛德醫生幫我在『人體農場』進行一項實驗。」

「薛德醫生？」衛斯禮說。

「賴爾·薛德是田納西大學的人類學家。」我解釋。

「我們什麼時候開始？」凱茲在他的相機內裝了一捲新底片。

「立刻，如果可能的話。要花上一個星期。」

「剛過世的屍體或舊的？」

「剛過世的。」

「那位老兄眞的叫做那個名字？」衛斯禮追問。

凱茲拍了一張照片後回答。「當然。就是賴皮的賴，出爾反爾的爾。這要追溯到他曾祖父，南美戰爭時的一個軍醫。」

5

麥斯．法古森的地下室可以由他屋後的混凝土階梯走下去，我由階梯上堆積的落葉看得出來，已經許久沒有人走過了。不過我也不敢太過確定，因為山區已經進入秋季。即使在衛斯禮試著推門時，也有落葉如流星般飄墜。

「我必須破窗而入。」他說著，再試了幾次門把，我舉起手電筒照著。

他伸手入夾克內，由肩部的槍套中掏出一把九釐米口徑手槍，以槍柄猛力敲打門中央的大玻璃。我雖然早有心理準備，仍然被玻璃的碎裂聲嚇了一跳，我也預期警方應該會迅速由黑暗中出現。不過卻沒有聽到任何腳步聲或人聲隨風飄來，我想像著愛蜜莉．史丹娜臨終前想必感受過面對死亡的恐懼。無論她當時置身何處，都沒有人聽到她微弱的呼喚，沒有人來救她。

衛斯禮小心翼翼地將手伸入窗戶缺口的破玻璃間，摸索著門把。

「可惡，」他說著，推了推門。「門栓想必已經生鏽了。」

他將手再伸進去一些以抓牢一點，然後奮力地扭動頑強的門鎖，忽然間鎖開了。門猛然彈開，力道之強使衛斯禮滑了一跤，將我手中的手電筒也撞落了。手電筒彈了幾下滾動著，消失在混凝土間，一道冷冽、充滿惡臭的空氣朝我撲襲而來。我在伸手不見五指的黑暗中，聽到衛斯禮移動時玻璃碎裂的聲音。

「你沒事吧？」我摸索著向前，雙手往前方伸出。「班頓？」

「老天。」他站起身來時，說話的聲音有點抖。

「你還好吧？」

「可惡，我不敢相信有這種事。」他的聲音離我越來越遠。

他沿著牆壁摸索前進時，玻璃吱嘎地應聲碎裂，然後他踢到一個像是空油漆罐的罐子，叮噹響了一聲。當一個裸露的燈泡在我上方亮起時，我瞇起眼睛，待眼睛適應後，看到班頓．衛斯禮全身髒兮兮，渾身是血。

「我看看。」我輕輕握住他的左手腕，他則掃視四周，看來有點眩暈。「班頓，我們必須送你上醫院，」我檢視著他掌心的撕裂傷說道。「你的幾處傷口內有玻璃碎屑，需要縫合。」

「妳是個醫生。」他用來裹住手的手帕立刻就染紅了。

「你必須到醫院去。」我又說了一次，注意到他左腿長褲上也有深色血跡。

「我厭惡醫院。」他表面冷靜，不過眼中卻顯出強烈的痛楚。「我們到處看看，然後離開這個洞穴。我保證這期間不會失血而死。」

我搞不懂馬里諾到哪裡去了。

看來州調查局幹員法古森已經有好幾年沒有進入他的地下室了。我也看不出來他有什麼理由要進來，除非他偏好灰塵、蜘蛛網、生鏽的園藝工具，以及腐爛的地毯。混凝土地板與煤磚牆都已滲水，蟋蟀的殘骸告訴我，曾有大量昆蟲生於斯、死於斯。我們四處查看，沒有什麼可以讓我們懷疑愛蜜莉・史丹娜曾來此造訪。

「我看夠了。」衛斯禮說著，他的鮮紅血跡已在滿布灰塵的地板上形成一個圓圈。

「班頓，我們得處理你的出血。」

「妳有何建議？」

「朝那個方向看一下。」我要求他背向著我。

他沒有問爲什麼便依言而行，我迅速脫下鞋子，撩起裙子。一轉眼我便已將褲襪脫掉。

「好。把你的手臂伸過來。」我告訴他。

我將他的手臂緊緊夾在我的手肘與體側處，這是外科醫生面對這種情況都會採行的方式。不過當我用褲襪包紮他的手傷時，我可以感覺到他在凝視著我。我強烈的感受到他的氣息拂過我的頭髮，他的臂膀觸碰著我的胸部，而我的頸部也一陣明顯的臊熱，我擔心他也會感受到。我手足無措地匆匆完成這克難的包紮，然後退開來。

「那應該可以讓你撐到我們找個地方，然後我再做正式的處理。」我迴避他的目光。

「謝謝妳，凱。」

「我想我應該問，接下來我們要去哪裡？」我故做平靜地說著，以掩飾我心頭的悸動。「除非你要我們睡在直升機上。」

「我吩咐彼德負責安排住宿。」

「你的生活危機四伏。」

「平常不會這麼危險。」他將燈關掉，沒有打算再將地下室鎖起來。

月亮有如一個切成一半的金幣，它周圍的天空一片暗藍，法古森的鄰居們的燈火由遠方的樹梢間忽隱忽現。不曉得他們是否知道他已經過世了。我們走到街道上，看見馬里諾坐在黑山警局巡邏車的前座抽著香菸，一張地圖攤開在腿上。車內燈亮著，駕駛座上的年輕警官仍和幾小時前他在足球場接我們時一樣誠惶誠恐。

「你怎麼了？」馬里諾問衛斯禮。「你決定敲開一扇窗戶？」

「差不多。」衛斯禮回答。

馬里諾的眼光由衛斯禮的褲襪綁帶移到我裸露的腿上。「好啊，眞有意思，」他呢喃著。「我希望我當年在學急救時他們有教這一套。」

「我們的袋子呢？」我沒有搭理他。

「在後行李箱內。」年輕警官說。

「這位拜爾德警官是心地善良的童子軍，他會載我們到輕鬆旅遊汽車旅館，我已經在那邊訂好房間了，」馬里諾仍是那種欠揍的口氣。「三間豪華套房，一人一晚三十九塊九毛九。我替我們爭取到折扣，因爲我們是警察。」

「我不是警察。」我瞪了他一眼。

馬里諾將菸蒂彈到車窗外。「放輕鬆點，醫生。在好日子時，妳看起來會像個警察。」

「在好日子時，你看起來也會像個警察。」

「我想我受到羞辱了。」

「不，受到羞辱的是我。你應該知道不能代表我爭取折扣或做其他事情。」我說，因爲我是一位公務員，受到非常明確的法規限制。馬里諾很清楚我不能不按規矩行事，因爲我有敵人。我有很多敵人。

衛斯禮打開警車的後座車門。「妳先上。」他平靜地對我說。然後他問拜爾德警官：「我們有沒有莫特的進一步消息？」

「他在加護病房，長官。」

「他的情況如何？」

「聽起來不大樂觀，長官。目前仍然如此。」

衛斯禮跟在我後頭上車，優雅地將他裹著繃帶的手臂靠在大腿上。他說：「彼德，我們得找這邊許多人談談。」

「是啊，你們兩位在地下室玩醫生遊戲時，我早就在著手進行了。」馬里諾拿起一本筆記本，翻了幾頁字跡潦草的筆記。

「我們準備出發了嗎？」拜爾德問。

「早就可以了。」衛斯禮回答，他也對馬里諾感到不耐煩了。

車內燈熄掉，車子開上路。有一陣子馬里諾、衛斯禮，以及我自行交談，彷彿那位年輕警官不在場，車子開過陌生的黑暗街道，涼爽的山風由半開的車窗吹入。我們規畫明天早晨的工作方針。我會協助簡列特醫生替麥斯．法古森驗屍，而馬里諾則去找愛蜜莉．史丹娜的母親訪談。衛斯禮會帶著在法古森的冷凍庫中找到的生理組織飛回匡提科，我們的下一步就視這些行動的結果而定。

我們看到輕鬆旅遊汽車旅館在我們前頭的美國七十號國道上浮現時，已經是凌晨兩點，它的黃色霓虹燈映著黑暗的夜空。我開心極了，比投宿五星級飯店還要開心，然而一到櫃枱聽說餐廳已經打烊，沒有客房服務也沒有酒吧，心頭不禁涼了半截。事實上櫃枱人員操著北卡羅萊納州的腔調建議我們，都這個時刻了，倒不如等著吃早餐，而不要回頭吃已經錯過了的晚餐。

「你開玩笑，」馬里諾說著，暴跳如雷。「我如果不吃點東西，我的腸子要磨穿了。」

「眞是抱歉，先生。」那個櫃枱人員只是個大孩子，臉頰紅潤，頭髮幾乎和霓虹燈招牌一樣黃。「不過好消息是，每一層樓都有自動販售機。」他指出。「還有一家『齊先生便利商店』，距離這裡還不到一哩路。」

「我們搭的便車已經開走了。」馬里諾瞪著他。「什麼？要我在三更半夜走一哩路到一家齊先生便利商店？」

那位櫃枱人員的笑容僵住了，眼神流露出倉皇不安，他望著衛斯禮和我，向我們求援。不過我們早已疲憊不堪，自顧不暇。當衛斯禮將他血跡斑斑、裹著褲襪的手靠在櫃枱上時，那少年大驚失色。

「先生！你需要醫生嗎？」他的音調高了八度而且聲音還分岔。

「把房間鑰匙給我就行了。」衛斯禮回答。

那位櫃枱人員轉身，緊張地由掛鉤上拿下三把鑰匙，結果兩把掉在地毯上。他俯身拾起來，其中一把又掉了一次。最後，他將鑰匙交給我們，鑰匙上附著塑膠製的號碼牌，斗大的字體在二十步外都看得一清二楚。

「你有沒有聽說過幹這一行要做好保全？」馬里諾的口氣彷彿與那個少年有不共戴天之仇。「你應該將房間號碼寫在一張紙條上，私下塞給客人，免得被歹徒知道他將老婆及勞力士錶藏在哪個房間裡。如果你沒有看新聞的話，距離你們這裡不遠處，在一、兩個星期前才剛發生一件凶殺案。」

那位櫃枱人員心慌得無言以對，望著馬里諾像拿起一件犯罪的證物般拿起他的鑰匙。

「沒有小酒吧的鑰匙？意思是說這時刻連在房間裡喝點酒也甭提了？」馬里諾又將音量提高了些。「算了，我不想再聽到壞消息了。」

我們沿著一條通道走到那間小旅館的中央，這時各扇窗戶內的電視螢幕閃著藍光，厚玻璃的薄窗帘後也有影子晃動。我們爬樓梯到二樓前往我們的房間時，沿路各道門紅與綠的顏色交替出現，使我想起莫諾波利地區的組合式旅館與住家。我的房間整理得整潔而舒適，電視機固定在牆上，玻璃杯與冰桶用保鮮膜裹著。

馬里諾沒有跟我們道晚安便逕自進入他的房間，關門的聲音重了一些。

「他是哪根筋不對了？」衛斯禮跟著我進入我房間時問道。

我不想談馬里諾，只由床邊拉了張椅子。我說：「我們得先清理一下你的傷口。」

「沒有止痛藥免談。」

衛斯禮出去將冰桶裝滿冰塊，並由他的背包內取出酒倒了一小杯。他調著酒，我則在床上鋪一條毛巾，將鑷子、縫合線等醫療用品擺在上頭。

「會痛，對不對？」他望著我，喝了一大口威士忌。

我戴上眼鏡回答：「會痛得要命。跟我來。」我走向浴室。

隨後幾分鐘，我們肩並肩站在洗手枱邊，我用溫肥皀水替他清洗傷口。我的動作盡可能輕柔，他沒有抱怨，不過我可以感覺到他手部細微肌肉的抽動。我望向鏡子，看著他的臉，他滿頭大汗、臉色蒼白。他的手掌心有五處撕裂傷。

「你沒有割到動脈眞是萬幸。」我說。

「我還眞的是大難不死呢。」

我望著他的膝蓋，說道：「坐在這裡。」我將馬桶蓋蓋上。

「妳要我將褲子脫掉嗎？」

「不是脫掉就是剪掉。」

他坐了下來。「反正這條褲子也毀了。」

我用小手術刀將他左腿處的細質毛料褲管割開，他靜靜坐著，腿伸直。他膝蓋上的傷口很深，我將傷口徹底清理乾淨，並將毛巾鋪在地上，免得血滴得到處都是。待我帶衛斯禮回臥室時，他停下來拿起那瓶威士忌，在他的酒杯內再斟滿酒。

「順便一提，」我告訴他：「我喜歡這個想法，不過我在開刀之前不喝酒。」

「我想我應該覺得慶幸。」

「是的，的確如此。」

他坐在床上，我坐在椅子上，將椅子拉近了些。我撕開一包棉花棒，開始替他消毒傷口。

「老天，」他喘著氣說。「那是什麼，強酸？」

「是局部消毒殺菌用的碘酒。」

「妳在醫事包裡隨身攜帶著？」

「是的。」

「我沒想到妳的大部分病患都會接受急救。」

「很遺憾，並非如此。不過我是有備無患。」我伸手拿鑷子。「或是在刑案現場的某個人會需要——像你。」我夾出一片碎玻璃，放在毛巾上。「我知道你或許會覺得很震驚，衛斯禮幹員，不過我剛進入這一行時，是由醫治活生生的病患開始的。」

「是什麼時候開始處理死者的？」

「立刻。」

我夾出一小片碎玻璃時他肌肉緊繃。

「穩住。」我說。

「馬里諾是有什麼問題？他最近很惹人反感。」我又夾了兩片碎玻璃在毛巾上，用棉紗止血。「你最好再喝一口酒。」

「爲什麼？」

「我已經將所有的碎玻璃都夾出來了。」

「這麼說妳已經完成手術，我們可以慶祝了。」他聽起來鬆了好大一口氣。

「不盡然。」我湊近他的手，很滿意已經清得一乾二淨。然後我打開一包縫合線。

「不替我麻醉？」他抗議。

「縫合這些傷口只需幾針而已，替你施打麻醉劑時的疼痛，會和縫合時一樣難受。」我平靜地解釋，將線穿過針孔。

「我還是寧可接受麻醉。」

「呃，我沒有麻醉劑。你不要看或許會好一些。你要不要我將電視打開？」

衛斯禮將頭別開，咬著牙說：「快點弄好就是。」

我縫合時他沒有抗議，不過我在觸碰他的手和腿時，可以感覺到他在顫抖。我將他的傷口用棉紗包紮起來時，他深吸了一口氣。

「你是個好病人。」我拍拍他的肩膀站起來。

「我老婆可不這麼想。」

我記不得他最近一次提起他老婆康妮的名字是什麼時候。他偶爾提起她，彷彿像是在談他感受到的某種力量，像是地心引力。

「我們到外面坐，喝完我們的酒。」他說。

我屋外的陽台是公共設施，一直延伸至整個二樓。這個時刻即使有少數賓客尚未就寢，也距離我們太遠，聽不到我們的交談。衛斯禮將兩張塑膠椅拉在一起。我們之間沒有桌子，所以他將我們的酒杯與那瓶威士忌擺在地面。

「妳要再加一些冰塊嗎？」他問。

「這樣就可以了。」

他已經熄掉了房內的燈，我們前方模糊的樹影開始搖晃。遠方高速公路上只看到零零星星幾盞小小的車頭燈。

「如果用一至十分來打分數，妳會將今天打幾分？」他在黑暗中平靜地說道。

我猶豫了一下，因為我進這一行之後曾經歷過許多慘痛的日子。「我想我會打七分。」

「假設十分是最悲慘的。」

「我還沒有遇過十分的。」

「那會是什麼情況？」我感受到他在看著我。

「我不確定。」我說著，深恐談起最糟的遭遇會再度面臨的那種慘況。

他靜默不語，我不曉得他是不是在想著那個既是我的愛人也是他好朋友的人。幾年前馬克在倫敦遇害時，我相信再也沒有比那更痛苦的事了。如今我擔心我錯了。

衛斯禮說：「妳一直沒有回答我的問題，凱。」

「我告訴你了，我不確定。」

「不是那個問題。我現在是在談馬里諾，我問妳他是怎麼了。」

「我想他很不快樂。」我回答。

「他總是不快樂。」

「我說的是『很』。」

他等我說下去。

「馬里諾不喜歡改變。」我補充道。

「他的升遷？」

「那是一點，還有我所發生的情況。」

「什麼情況？」衛斯禮將威士忌倒入我們的酒杯中，他的手臂與我的輕輕觸碰著。

「我與你們單位的合作關係是個重大的改變。」

他未置可否，等著我的下文。

「我想他或許察覺到我改變了我的夥伴關係。」我體認到我越說越語焉不詳了。「那很令人不安。我是說，對馬里諾而言很不安。」

衛斯禮仍未表示意見，他輕啜著酒，杯內的冰塊叮噹作響。我們都很清楚馬里諾的問題出在哪裡，不過那與衛斯禮和我的所作所爲無關。那是馬里諾自己的感受。

「依我個人的看法，馬里諾對他的私生活很沮喪，」衛斯禮說。「他很寂寞。」

「我相信這兩點都是事實。」我說。

「妳知道，他和桃麗斯相處了三十多年，然後忽然發現他又變成單身漢了。他茫無頭緒，不知應該如何因應。」

「他也不曾眞正地處理過她的離去。那件事就這麼一直懸而未決，等著某件不相干的事來引爆它。」

「我對此一直很擔心。我很擔心那件不相干的事會是什麼。」

「他還很想念她。我想信他仍然愛著她。」我說。夜深人靜再加上喝了點酒，令我替馬里諾感到分外難過。我生他氣總是不會持續太久。

衛斯禮調整一下坐姿。「我猜那應該打十分。至少對我而言。」

「你是指康妮離開你？」我望著他。

「失去你深愛的人。失去一個與你鬧脾氣的孩子。沒有結局。」他凝視著前方，柔和的月光映照出他明顯的輪廓。「也許我是在自欺欺人，不過我想只要有一個結果，一個結局，讓我可以擺脫過去，那麼我幾乎什麼都可以接受。」

「我們永遠無法擺脫過去。」

「我同意無法完全擺脫。」他繼續凝視著前方說道：「馬里諾對妳的感受，他無法處理，凱。我想他一直有這種感受。」

「最好都不要去說破。」

「聽起來很冷酷。」

「我不想冷酷，」我說。「我不希望他覺得遭到拒絕了。」

「妳怎麼會認爲他不是已經覺得遭到拒絕了？」

「我不是認爲他沒有這種感覺。」我嘆了口氣。「事實上，我很確定他這一陣子很沮喪。」

「事實上，應該說是『嫉妒』。」

「嫉妒你。」

「他有沒有試過邀請妳出去？」衛斯禮像是沒聽到我剛才說的那句話般繼續追問。

「他曾帶我參加警察聯誼舞會。」

「嗯。那情況很嚴重了。」

「班頓，我們別拿他開玩笑了。」

「我不是在開玩笑，」他溫和地說。「我很關心他的感受，我知道妳也一樣。」他停頓了一下。「事實上，我很了解他的感受。」

「我也了解。」

衛斯禮將他的酒放下來。

「我想我應該回去房內，設法睡一、兩個小時。」我說著但沒有行動。

他手伸過來握住我的手腕，他的手指頭因爲剛才握著酒杯而顯得冰冷。「天亮時惠特會來載我離開這裡。」

我想握住他的手。我想撫觸他的臉。

「我很遺憾必須離開妳。」

「我需要的只是一部車子。」我說著，心跳加速。

「這裡不知道什麼地方可以租車。或許機場吧？」

「我想你就是因此才能當聯邦調查局幹員。你可以推論出這種事來。」

他的手指往下滑，開始用大拇指撫著我的手。我早就知道我們總有一天會發展到這種地步的。當他要求我擔任他在匡提科的法醫顧問時，我就很清楚這種危險性。我原本可以拒絕的。

「你會痛嗎？」我問他。

「早上會，因爲我會宿醉。」

「現在已經是早上了。」

他撫摸我的頭髮時，我將頭往後仰，閉上眼睛。我感受到他的臉湊近了，他用手指撫觸著我的頸部，隨後用他的嘴唇。他像是早就渴望許久了般地愛撫我，我只覺得一陣天旋地轉。我們的吻像跟老天爺偷來的火種。我知道我已陷入無以名之的罪衍之中，不過我不在乎。

我們寬衣解帶上床。我們小心避開他的傷口，不過沒有受到影響，做愛直到天際泛著曙光。

事後我坐在陽台望著滿山晨曦，樹葉抹上新彩。我想像著他的直升機升空，在半空中像舞者般迴旋。

6

在市中心，伊森車站對街有一家黑山的雪佛蘭租車公司，拜爾德警官在清晨七點四十五分送馬里諾和我到這裡來。

顯然當地警方曾在各商家散布消息，表示聯邦政府人員已經到達，而且在輕鬆旅遊汽車旅館「明查暗訪」。我雖然沒有感受到夾道歡迎的熱烈場面，不過在我們開著一部嶄新的卡普來斯車前行時，沿途各商家的人都站在門口觀望，這讓我覺得自己不是沒沒無聞之輩。

「我聽到有人叫妳『名探昆西』。」馬里諾打開一包速食店買來的餅乾說著。

「我曾聽過更難聽的。你可知道你現在吃的那些東西含有多少鹽分和脂肪？」

「是啦，我吃的這些有三分之一是鹽和脂肪。我有三份餅乾，我打算吃個一乾二淨。如果妳的記憶力不佳，別忘了我昨天沒有吃晚餐。」

「口氣別那麼衝。」

「我沒吃飯又沒睡好，口氣就會衝。」

我沒有說出我睡得比馬里諾還少，不過我懷疑他可能已經知道了。他今天早晨不肯正眼看我，我也察覺到他的怒氣之下也隱藏著黯然神傷。

「我根本沒辦法入眠，」他繼續說。「那地方的隔音設備眞爛。」

我將帽沿拉低，彷彿這麼做可以減輕我的不自在，然後我打開收音機，一直轉台，直到有一台在播放邦尼．萊特的音樂。馬里諾租的那部車子正在加裝警用無線電及掃描設備，要到晚上才能交車。我要送他到鄧妮莎．史丹娜的住處，稍後再由別人去接他。我開車，他邊吃東西邊指示方向。

「開慢一點，」他說著，看著地圖。「我們左邊這一條應該是月桂路。好，下一個路口右轉。」

我們再度轉彎時發現前頭有一個湖泊，不比足球場大，呈現青苔的顏色。它的野餐區及網球場空無一人，維護得很整潔的俱樂部看來最近似乎也沒有人使用。湖畔有一排樹，隨著時序入秋而開始轉為褐色，我想像著一個小女孩拎著一把吉他，在濃密的樹影中走路回家。我想像著一個老人在一個像這樣的早晨前來垂釣，他在樹叢中發現屍體後大吃一驚。

「我稍後會過來到處走走。」我說。

「在這裡轉彎，」馬里諾說。「她的房子在下一個轉角。」

「愛蜜莉埋在什麼地方？」

「大約往那個方向兩哩處，」他指向東方。「在教堂的公墓裡。」

「就是她參加聚會的教堂？」

「第三長老教會。如果妳將這湖比喻成華盛頓大道，則一頭是教堂，另一頭是史丹娜家，相隔約兩哩。」

我認出那就是我昨天早晨在匡提科所看的照片中那棟有牧場風格的房子。看起來比照片中小，就像許多大型建築在實際目睹之後給人的感覺。這棟房子位於街道偏遠的高地上，四周環繞著枝葉扶疏的杜鵑花、月桂樹、酸模樹、松樹。

鋪著碎石的人行道與前門陽台不久前清掃過了，車道邊緣積滿了落葉。鄧妮莎・史丹娜擁有一部昂貴的新款綠色Infiniti 房車，這令我頗為訝異。我開車離去時看到她裹在黑色長袖裡的手臂替馬里諾拉開紗門。

艾須維爾紀念醫院的停屍間與我以前所看的停屍間大同小異。它位於最底層，是一間鋪有瓷磚及不鏽鋼的陰森房間，只有一張驗屍床，簡列特醫生將之推到洗手枱附近。我在九點過後不久到達時，他正在解剖法古森的屍體。當血液與空氣接觸時，我聞到令人作嘔的酒精味。

「早安，史卡佩塔醫生，」簡列特醫生說著，似乎很高興見到我。「手術袍和手套在那邊的櫃子裡。」

我向他道謝，雖然我用不上這些東西，因為這個年輕醫生不需要我幫忙。我預期這次驗屍會一無所獲，我仔細看著法古森的脖子，也獲得了初步的證實。我昨天深夜所看到的那些紅色壓痕已經消失了，我們在皮下組織及肌肉也找不到任何傷勢。我看著簡列特醫生動手，也謙卑地想起了病理學絕對不能取代偵查。事實上，若非我們了解情況，我們將無從得知法古森是怎麼死的，只知道他不是被槍殺、刺死、打死，也不是因為某種疾病而喪命。

「我猜妳也注意到他在他的胸罩內塞的那些襪子的味道，」簡列特醫生邊解剖邊說。「我在想，妳有沒有找到什麼與那種味道有關的東西，像是一瓶香水，或某種古龍水？」

他將內臟取出。法古森有一副略顯肥大的肝臟。

「沒有，我們沒有找到，」我回答。「我可以補充說明，在從事這種行為時若不止一個人，通常都會使用香水。」

簡列特醫生抬頭望了我一眼。「爲什麼？」

「如果你自己一人，爲什麼要多此一舉？」

「言之有理。」他將胃中的殘留物放入一個硬紙盒中。「只是一些褐色流質，」他補充說道。「或許有一些堅果類的物質。妳說他在事發前不久才飛回艾須維爾？」

「沒錯。」

「那他可能在飛機上吃了花生，還喝了酒。他的酒精濃度值是零點一四。」

「他回家後可能也有喝酒。」我說著，回想起他臥室內那杯波旁威士忌。

「好，妳剛才說這種情況之下通常不止一人，那是同性戀還是異性戀？」

「通常是同性戀，」我說。「不過色情照片是重要線索。」

「他在看裸女。」

「在他屍體旁邊所找到的雜誌是裸女照片，」我修正他的說法，因爲我們無從得知法古森當時在看什麼。我們只知道我們找到了什麼。「我們在他的房間內沒有找到其他的色情照片或情趣用品，這也很重要。」我補充道。

「我猜一定還有。」簡列特醫生說著，將一把電鋸的插頭插上。

「通常這種人都會擁有一大堆，」我說。「他們不會丟棄。老實說，我們只找到四本雜誌，都是最近幾期的，這一點令我感到很困惑。」

「看來他從事這種行爲還不久。」

「有很多跡象顯示他沒有什麼經驗，」我回答。「不過我看到有些地方很矛盾。」

「例如？」他將耳後的頭皮割開，扳開後露出頭顱，那張臉突然癱成一張悲傷鬆軟的面具。

「就如我們沒有找到可以解釋他身上香味的香水瓶，我們除了他身上那件之外，也找不到其他女性衣物，」我說。「保險套的盒子裡只少了一個。那條繩子很老舊，找不到是從哪剪下來的，也找不到其他繩子。他很謹慎，在脖子上還裹了條毛巾，然而他卻打了一個極爲危險的結。」

「絞刑結，名副其實。」簡列特醫生說。

「沒錯。絞刑結套起來很平滑，而且不會鬆開，」我說。「在高潮而且站在光滑的酒吧凳上時不會想用這種結的，很可能會由椅子上滑下來。」

「我不認爲有很多人會打絞刑結。」簡列特醫生思索著。

「問題是，法古森有理由會打這種結嗎？」我說。

「我猜他可以找書查詢。」

「我們在他房內找不到任何有關結繩的書，也沒有與航行有關或諸如此類的書。」

「打絞刑結很難嗎？如果有說明書的話？」

「不是不可能，不過要練習一陣子。」

「爲什麼有人會對這種結有興趣？打活結不是更方便？」

「絞刑結很可怕，不祥。它很乾脆而精確。我不知道。」我補充道：「莫特隊長情況如何？」

「穩定，不過他得在加護病房待上一陣子。」

簡列特醫生將電鋸打開。他將頭蓋骨鋸開時我們默不作聲。他將腦取出並開始檢查脖子時才再度開口。

「妳知道，我什麼也沒發現。綁繩子的地方沒有出血，舌骨完整，甲狀腺的軟骨也沒有挫傷。頸椎沒有斷裂，不過我想除非是處以絞刑，否則頸椎不會斷掉。」

「除非很肥胖，罹患頸椎關節炎，而且以奇怪的方式意外地懸在半空中。」我說。

「妳想看看嗎？」

我戴上手套，湊近了些。

「史卡佩塔醫生，我們要如何得知他在上吊時仍活著？」

「這一點我們無法確定，」我說。「除非我們能找到其他的死因。」

「例如中毒。」

「那是我目前唯一能想到的。不過如果眞是如此，則一定是藥性很快的毒藥。我們知道他才回家不久，莫特便發現他氣絕身亡了。所以他應該不是離奇致死，而是上吊窒息致死。」

「上吊方式呢？」

「仍難斷定。」我說。

待法古森的器官都已經切割下來，然後以塑膠袋裝著再放回他的胸腔後，我協助簡列特醫生清理現場。我們以水管澆洗解剖床以及地板，這時一個停屍間助手將法古森的屍體推走，存放於冷凍庫中。我們清洗解剖器材，並聊起這個年輕醫生當初就是受到此地民風淳樸的吸引而來，如今此地竟發生這種事。

他告訴我，他希望在一個人們仍相信上帝而且人心純潔的地方成家立業。他要他的子女上教堂，上運動場。他要他們不受毒品、敗德、電視暴力的污染。

「問題是，史卡佩塔醫生，」他繼續說道：「根本找不到這樣的地方了，即使在這裡也找不到。這個星期我一直在處理一個遭到性侵害及殺害的十一歲小女孩。最近有一個州調查局幹員男扮女裝。上個月我處理過一個服用古柯鹼過量的孩子，她才十七歲。還有喝醉酒的駕駛。我老是得處置他們，以及被他們撞到的人。」

「簡列特醫生？」

「妳可以叫我吉姆。」他說著，垂頭喪氣地收拾一個櫃枱上的文件。

「你的孩子多大了？」我問。

「我老婆和我正在努力之中。」他清了清喉嚨，將眼光移開，不過我已經瞥見他眼神中的痛楚。「妳呢？妳有孩子嗎？」

「我離婚了，有一個我視如己出的外甥女，」我說。「她在維吉尼亞大學就讀大四，目前在匡提科實習。」

「妳一定很以她爲榮。」

「沒錯。」我回答，我的心情再度蒙上一層陰影，浮現了影像與聲音，以及對露西的生活的隱憂。

「我知道妳想再跟我談談愛蜜莉．史丹娜，我仍將她的腦部保存在這裡，如果妳想看的話。」

「我很想看。」

病理學家一向將腦部保存在俗稱「福馬林」、濃度百分之十的甲醛溶劑中。這種方式可以保存並強化生理組織，如此才得以進一步進行研究，尤其是有關腦部這個人類器官中最難懂的部位的傷害。

遺憾的是，這套過程看來太過實事求是，未能顧及當事人的尊嚴。簡列特醫生走到流理台，由底下取出一個塑膠盒，上頭貼著愛蜜莉．史丹娜的名條以及檔案號碼。簡列特醫生將她的腦子由福馬林液中取出來，擺在解剖板上時，我約略看了一眼就知道這個案子不對勁。

「完全沒有生命反應。」我吃驚地說著，被福馬林液薰得張不開眼。

簡列特醫生在彈孔處伸入一支探針。

「沒有顱內出血，沒有腫脹。然而子彈並未穿透這些橋腦，也沒有穿透基底神經節或任何重要部位。」我抬頭望著他。「這種傷不會當場斃命。」

「這一點我無法反駁。」

「我們必須找出其他的死因。」

「我真希望妳能告訴我死因是什麼，史卡佩塔醫生。我已經在檢驗毒血症。不過除非檢驗結果有重大發現，否則我想不出有任何使她致死的原因。除了她頭部的槍傷。」

「我想看看她肺部組織的切片。」我說。

「到我辦公室去。」

我在考慮那個小女孩是否溺斃，不過幾分鐘後我在簡列特醫生的顯微鏡下看到肺部組織的切片時，問題仍一片渾沌。

「如果她是溺死的，」我邊動手邊向他解釋：「肺泡應該會腫脹。肺泡內會有積水而呼吸系統的上皮細胞會有不相稱的自溶變化。」我再度調整顯微鏡的焦距。「換句話說，如果她的肺部進水，則應該比身體的其他部位更快就分解。不過肺部沒有這種現象。」

「會不會是被悶死或勒死的？」他問。

「舌骨並未受損。沒有瘀血現象。」

「沒錯。」

「還有更重要的一點，」我指出：「如果有人試圖悶死你或勒死你，你一定拚命抵抗。然而她的鼻口部都沒有傷痕，沒有任何因抵抗而造成的傷痕。」

他遞給我一個厚檔案夾。「全都在這裡。」他說。

他在口述法古森的驗屍報告時，我審視愛蜜莉的全部報告、實驗室的結果，以及與愛蜜莉有關的所有電話通聯記錄。自從愛蜜莉的屍體尋獲之後，她母親鄧妮莎每天打電話到簡列特醫生的辦公室一至五次。我覺得這很值得注意。

「死者存放在一個由黑山警方封住的黑色塑套袋中，封口號碼是四四五三三七，封口完整——」

「簡列特醫生？」我打岔。

他將腳由口述錄音機的踏板上移開。「妳可以叫我吉姆。」他又說了一次。

「她母親打電話給你的頻率似乎高得不大尋常。」

「原因之一是我們有做電話追蹤。不過沒錯。」他將眼鏡摘下，揉著眼睛。「她打了很多通電話。」

「你怎麼告訴她？」

「為什麼？」

「大都只是因為她心情煩亂，史卡佩塔醫生。她想要確定她女兒死前沒有受到太多折磨。」

「我告訴她，頭部挨了一槍，應該沒有吃什麼苦。我是說，她應該一直昏迷不醒……呃，或許在發生其他事情時她一直不省人事。」

他停頓了片刻。我們都很清楚愛蜜莉吃了不少苦，她曾飽受驚嚇。有一陣子她想必已經知道她難逃一劫。

「就這樣？」我問。「她打了那麼多通電話，只想知道愛蜜莉有沒有吃苦？」

「呃，也不盡然。她有提問題也有提供消息。沒有什麼特別值得一提的。」他黯然笑了笑。「我想她只是想找個人聊聊。她是一個很溫柔的女性，失去了所有的家人。我真是替她感到萬分的遺憾，也祈禱他們能將凶手繩之以法。我曾在報上看過高特那個畜生。只要有他在，這個世界永遠不會安全。」

「這個世界永遠不會安全的，簡列特醫生。不過我們也眞的很想將他繩之以法。逮捕高特，逮捕任何一個犯下如此滔天重罪的歹徒。」我說著打開一個厚紙袋，裡面有一疊八乘十吋的照片。

只有一張我沒有看過，我仔細研究那張照片許久，簡列特醫生則繼續以平板的語調說下去。我不知道自己在看的是什麼東西，因爲我以前沒見過這種東西，我的情緒反應摻雜了興奮與恐懼。那張照片顯示愛蜜莉的左臀部皮膚上有一個大約瓶蓋大小的褐色不規則斑痕。

「內臟肋膜顯示在肺葉縫隙間散布著瘀斑——」

「這是什麼？」我再度打斷簡列特醫生的口述記錄。

他將麥克風放下，我走到他身邊，將照片拿到他面前。我指出愛蜜莉皮膚上的斑點，這時我聞到一股「老味道香水」味，也想起了我前夫湯尼，他老是會擦得太多。

「你的報告上沒有提起她臀部這個斑點。」我補上一句。

「我不曉得這是什麼，」他心平氣和地說著，口氣聽起來像是疲憊不堪了。「我以爲那只是某種死後造成的現象。」

「我沒聽說過死後會有任何這種現象。你有切片嗎？」

「沒有。」

「她的屍體壓在某種東西上才會留下這個痕跡。」我再走回我的椅子，坐下來，靠在他的桌子邊緣。「那可能很重要。」

「是的，如果是這種情形，我可以了解那爲何會很重要。」他回答，看來越來越沮喪。

「她陳屍在地上的時間不長。」我平靜但誠懇地說。

他忐忑不安地望著我。

「她以後的情況不會比目前更好，」我繼續說。「我眞的認爲我們應該再度檢查她。」

他沒眨眼，只舔了舔嘴唇。

「簡列特醫生，」我說，「我們『現在』就將她挖出來。」

簡列特醫生在他的檔案夾中翻找著卡片，然後伸手拿電話。我望著他撥電話。

「哈囉，我是簡列特醫生，」他對著話筒說：「請問貝格雷法官在不在？」

哈爾・貝格雷法官說他可以在半小時後和我們在他的辦公室碰面。我開車，簡列特醫生指示方向，我將車停在學院街，時間還很充裕。

班康郡法院是一棟老舊的磚造建築，我懷疑在幾年前這可能還是當地最高的建築。它最高層的十三樓是監獄，我抬頭望著裝有鐵窗的窗戶與湛藍的穹蒼相輝映，想起了里奇蒙人滿爲患的監獄，佔地數英畝，只能看到鐵絲網。我相信隨著暴力日益猖獗，不久之後像艾須維爾這種城市也會需要更多的牢房。

「貝格雷法官很沒有耐心，」簡列特醫生在我們走上法院老舊的大理石台階時警告我。「我敢保證他不會喜歡妳的計畫。」

我知道簡列特醫生也不喜歡我的計畫，因爲沒有一位法醫希望一個同行將他驗過的屍體重新開棺檢驗。簡列特醫生和我都知道，那表示他未能盡職。

「聽著，」我們走向三樓走道時，我說：「我自己也不喜歡這個計畫。我不喜歡開棺驗屍。我希望有別的選擇。」

「我想我只希望我對妳每天所接觸的那些案子有更多的經驗。」他補充道。

「我並不是每天都會接觸這種案子，」我說著，對他的謙卑深覺感動。「謝天謝地，我不是。」

「呃，史卡佩塔醫生，如果我說我奉命去那個小女孩陳屍的現場時不覺得難受，那就是違心之論。或許我應該多花點時間。」

「我想班康郡能擁有你眞是萬幸，」我們打開法官辦公室的外門時，我誠摯地說著。「我希望我在維吉尼亞有更多像你這樣的醫生。我會聘請你。」

他知道我說的是肺腑之言，笑了笑，這時一個年邁得讓我覺得早該退休的秘書由眼鏡頂端端詳著我們。她用的是電子打字機而不是電腦，我由排滿牆壁的一座座灰色鋼櫃揣測，檔案分類應該是她的專長。陽光從略微拉開的窗帘外照射進來，空中有一束懸浮的灰塵。她抹了些乳液在她枯瘦的手中時，我聞到「玫瑰牛奶牌」的味道。

「貝格雷法官在等你們，」她未等我們自我介紹便先開口。「你們可以直接進去。那邊那扇門。」她指著我們剛走進來的那扇門對面的一扇門。「你們也知道，法院正在午休，他在一點整必須回去。」

「謝謝妳，」我說。「我們會設法不要佔用他太久的時間。」

「就算妳想談太久也沒辦法。」

簡列特醫生輕聲在法官厚重的橡木門上叩了一聲，門後漫不經心地應了聲「進來！」，我們發現法官大人坐在一張大書桌後，西裝外套脫了下來，端正地掛在一張老舊的紅色皮革椅子上。他面容清瘦，滿臉鬍子，年近六旬，他在閱讀便條紙上的筆記時，我也對他做了一番評估。他的書桌井然而序，表示他很忙而有效率，而他保守的領帶及軟底鞋也顯示，他根本不會在乎像我這樣的人如何評斷他。

「妳爲什麼想要開棺驗屍？」他以悠緩的南方口音說著，翻閱一頁便條紙。

「我查閱過簡列特醫生的報告之後，」我回答：「我們同意在首次檢驗愛蜜莉・史丹娜的屍體後，尚有若干疑點有待進一步檢驗。」

「我認識簡列特醫生，不過我想我不認得妳。」

「我是史卡佩塔醫生，維吉尼亞州首席法醫。」

「我聽說妳和聯邦調查局有些關聯。」

「是的，先生。我是調查支援組的法醫顧問。」

「那是不是類似行為科學組？」

「就是同一個單位。幾年前改名了。」

「妳說的這些人士就是負責追查我們這地區原本並不會令人擔心的那些連續殺人犯與其他要犯。」他仔細打量著我，兩手的指頭交叉著。

「那正是我們的工作。」我說。

「法官大人，」簡列特醫生說，「黑山警方已經要求聯邦調查局協助。有人擔心殺害史丹娜家女孩的凶手就是在維吉尼亞殺害許多人的同一個歹徒。」

「那我知道，簡列特醫生，你稍早打電話過來時就已經向我解釋過了。然而，目前唯一的待辦事項是你要求我同意讓你將這個小女孩重新開棺驗屍。

「在我同意你做這種令人不安又無禮的事情之前，你得給我一個強有力的好理由。我希望你們兩位可以坐下來自在一點，那也是我在書桌旁擺著椅子的原因。」

「她的皮膚上有個斑痕。」我說著坐了下來。

「什麼斑痕？」他感興趣地看了我一眼，簡列特醫生則由一個公文封內取出一幀照片，擺在法官的記事簿上方。

「你在照片上就可以看到。」簡列特醫生說。

法官的眼光移到照片，表情無法捉摸。

「我們不知道那是什麼斑痕，」我解釋。「不過那可以告訴我們屍體是停放在什麼地方。那可能是某種傷痕。」

他拿起那張照片，瞇起眼更仔細地查看。「你們不是可以由照片來判別嗎？依我看，如今他們有各種科學儀器可以做分析。」

「的確是有，」我回答。「不過問題是，待我們完成分析之後，如果還需要開棺驗屍，屍體的情況已經腐敗至無法讓我們做任何研判了。拖得越久，就越難區別那是傷痕或是屍體腐敗形成的痕跡。」

「這個案子有不少細節使案情越來越離奇，法官大人，」簡列特醫生說。「我們需要各種協助。」

「我知道負責這件案子的州調查局幹員昨天上吊身亡。我在報上看到了。」

「是的。」簡列特醫生說。

「他的死因也很離奇嗎？」

「是的。」

「我希望你不要在一個星期後又來找我說要將他開棺驗屍。」

「我想不至於。」我說。

「這小女孩有個母親。妳想她對妳的計畫會做何感想？」

簡列特醫生和我都沒有答腔。貝格雷法官在椅子內換個坐姿時皮革沙沙作響。他望向我們身後牆上的一口鐘。

「懂了吧，那就是我對你們的要求最大的問題，」他繼續說。「我考慮的是這個可憐的女人，她所遭逢的這一切。我不想再讓她受其他的苦難了。」

「我們如果不是認爲那對查出她女兒的死因有重要關係，也不會提出這種要求，」我說。

「我相信史丹娜太太應該也希望將眞凶繩之以法的，法官大人。」

「你去找她母親，帶她來找我。」貝格雷法官說著站了起來。

「您說什麼？」簡列特醫生滿臉茫然地說。

「帶她來找我，」法官又說了一次。「我兩點半之後有空。我會回來這裡與你們碰面。」

「如果她不肯來呢？」簡列特醫生問，我們兩人也都起身。

「那我一點也不會怪她。」

「你不需要她的同意。」我平靜地說。

「的確，女士，我不需要。」法官說著將門打開。

7

承蒙簡列特醫生的好意，讓我使用他的辦公室，他則待在醫院的實驗室，隨後幾個小時我都在打電話。

諷刺的是，最重要的問題輕易就解決了。馬里諾毫無困難地說服了鄧妮莎·史丹娜陪他一起在當天下午前往法官的辦公室。更困難的事情是要如何讓他們前往，因爲馬里諾仍然沒有車。

「怎麼拖了這麼久？」我問。

「車上裝設的偵查裝備故障。」他火大地說。

「那些設備非要不可嗎？」

「他們可能這麼想。」

我望著手錶。「或許我最好去接你。」

「是啊，我寧可自己去。她有一部好車。事實上，有人說Infiniti 比賓士還好。」

「那有待商榷，因爲我目前開的就是雪佛蘭。」

「她說她公公以前也有一部賓士很像妳那部車，妳應該考慮改開Infiniti 或Legend。」

我默不作聲。

「只是一種想法。」

「你趕過來就是。」我簡潔地說。

「好啦，我會的。」

「好。」

我們沒有道別就掛上電話，我坐在簡列特醫生凌亂的書桌前時，有一股心力交瘁與被出賣的感覺。我曾陪著馬里諾度過桃麗斯離開他的那段難熬時光。在他開始瘋狂的約會時我也支持他。他給我的回報卻總是逕自對我的私生活妄加批判，也不管是否有人問他的意見。

他一直很排斥我前夫，我的前任愛人馬克也被他數落得體無完膚。他對露西以及我與她相處的情形也批評得一無是處，他也不喜歡我的朋友。最主要的是，我感受到他冷冰冰地盯著我與衛斯禮的關係。我感受到馬里諾嫉妒的怒火。

我和簡列特醫生於下午兩點半再度回到貝格雷法官的辦公室時，馬里諾仍未現身。我在法官的辦公室內看著時間流逝，不禁怒火中燒。

「告訴我妳在哪裡出生的，史卡佩塔醫生。」法官隔著他那張整理得井井有條的大書桌問我。

「邁阿密。」我回答。

「妳的口音一點都不像南方人。我覺得妳應該是北方某個地方的人。」

「我在北方受教育。」

「妳知道了可能會吃一驚，我也是在北方受教育。」他說。

「你怎麼會來此定居？」簡列特醫生問他。

「我相信和你遷徙來此的原因大同小異。」

「不過你原本就是本地人。」我說。

「三代世居於此。我的外曾祖父出生在這附近的一間小木屋裡，他是個老師。那是我母親這邊的祖先。我父系的祖先則大都從事烈酒走私，直到這個世紀。然後我們家族出了傳教士，我相信如今已是他們的天下了。」

馬里諾打開門，他先探頭才跨腳進來。鄧妮莎．史丹娜跟在他身後，雖然我從不認為馬里諾會獻殷勤，不過他對這個使我們在此聚會的喪女婦人表現出超乎尋常的體貼。史丹娜太太面帶哀容向我們致意時，法官起身，我出於習慣也起身。

「我是史卡佩塔醫生。」我伸出手，發現她的手冰冷而柔軟。「我對這件事感到很遺憾，史丹娜太太。」

「我是簡列特醫生。我們曾經通過電話。」

「妳要不要坐下來？」法官非常親切地對她說。

馬里諾將兩張椅子拉近了些，請她坐其中一張，他坐在另一張。史丹娜太太年約三十七、八歲，穿著一身黑衣。她的裙子長逾膝蓋，毛線衣的釦子一直扣到下巴處。她脂粉未施，身上唯一的珠寶是一枚樸素的結婚戒指。她看起來像個年老未婚的女傳教士，然而我打量她越久，就看出更多她樸素整潔的裝扮無法掩飾之處。

她很美，有光滑蒼白的肌膚與豐潤的雙唇，以及蜜色的鬈髮。她的鼻子像貴族般高挺，顴骨很高，一身黑衣底下藏著冶艷姣好的身材。她的女性特質也吸引了房內每一位男士。馬里諾尤其是看得目不轉睛。

「史丹娜太太，」法官開口：「我今天下午請妳來此的原因，是這些醫生們對我提出一項要求，我要妳聽聽看。我對妳能前來覺得非常感激。妳經歷這些難熬的時刻，表現出無比的勇氣與教養，我實在無意增加妳不必要的負擔。」

「謝謝你，法官大人。」她平靜地說著，她纖細蒼白的雙手手指交叉著，輕輕擺在腿上。

「好了，這些醫生們在小愛蜜莉死後所拍的照片上找到了一些東西。他們找到的這些東西很令人費解，他們想再看看她。」

「他們想怎麼做？」她以平穩而甜美的聲音天眞地問著，不像是北卡羅萊納州當地的口音。

「呃，他們想開棺驗屍。」法官回答。

史丹娜太太看來不是不滿而是困惑，我看著她強忍住淚水，也爲之心疼。

「在我回答他們的要求之前，」貝格雷法官繼續說：「我想知道妳對此有何看法。」

「你們要將她挖出來？」她先看著簡列特醫生，然後望向我。

「是的，」我回答她。「我們想立刻再度驗屍。」

「我不明白你們這次能查到什麼上次沒有查到的。」她的聲音顫抖著。

「或許沒有什麼重大發現，」我說。「不過我在照片上注意到若干細節，我想再仔細查看，史丹娜太太。這些神秘的東西或許可以協助我們逮捕到對愛蜜莉下毒手的歹徒。」

「妳願意協助我們逮捕那個殺害妳家寶貝的混帳嗎？」法官問。

她邊哭邊使勁地點頭，馬里諾忿然開口。「妳幫助我們，我保證我們一定會逮到那個王八蛋。」

「很抱歉我害妳經歷這種煎熬。」簡列特醫生說，他會永遠認爲自己失敗了。

「那麼我們可以進行嗎？」貝格雷法官坐在椅子內傾身向前，像是要跳水，他和房內每一個人一樣，都感受到這個女人的傷痛。他對她不幸的遭遇之感受，讓我深信以後他對那些向他吐苦水的被告的看法將會完全改觀。

鄧妮莎．史丹娜再度點頭，因爲她已說不出話來。然後馬里諾攙扶著她走出去，留下簡列特醫生和我。

「天色亮得早，還有很多計畫要進行。」貝格雷法官說。

「我們必須與很多人配合。」我也附和。

「是哪一家葬儀社埋葬她的？」貝格雷法官問簡列特醫生。

「韋伯葬儀社。」

「那位於黑山。」

「是的，法官大人。」

「葬儀社負責人叫什麼名字？」貝格雷法官做著筆記。

「魯西亞・雷。」

「負責這案子的刑警呢?」

「在醫院裡。」

「噢,對了。」貝格雷法官抬頭看,嘆了口氣。

我不確定自己爲什麼直接前往,只知道我說我會過去,我對馬里諾也很火大。對於他說我的賓士比不上Infiniti,我深感忿忿不平。

問題不在於他的評語是對或錯,而在於他是故意想激怒及羞辱我。如今即使我相信有湖中水怪或活僵屍,我也不會要求馬里諾陪我一起前往。即使他要求同行,我也會拒絕,雖然我一向很怕水蛇。事實上,不管哪種蛇,無論大小我都怕。

我到達托馬霍克湖時天色尙明亮,可以找到據說是愛蜜莉最後走過的那段路。我將車子停放在一處野餐區,沿著湖濱望過去,心中則對一個小女孩竟會在即將入夜時走到這裡來頗感納悶。我回想起當年在邁阿密長大時多麼怕那些運河。每根浮木都是一隻鱷魚,那些偏僻的岸邊還有凶殘的歹徒出沒。

我下車時,心想著愛蜜莉爲什麼不會害怕。我想著她選擇這條路是否有其他的原因。

法古森在匡提科開會時發給大家的那張地圖上標示著,愛蜜莉在十月一日傍晚離開教堂,由我目前所在的位置開始繞道而行。她行經野餐區,右轉走向一條泥土小徑,那條路顯然是人走出來的,而不是開築出來的,因爲那條小徑沿著岸邊經過樹林與草叢,有些路段很清晰,有些路段則難以辨識。

我快步穿越雜草叢生的樹叢，山嶺在水中的倒影已漸陰暗，涼風襲來，已有冬季的氣息。我沿著地圖上標示的路徑前行，腳下的枯葉沙瑟作響。此時天色已相當昏暗。

我伸手入手提袋中找手電筒，這時才想起手電筒已經摔壞了，而且還留在法古森的地下室裡。我找到以前還在抽菸時留下來的一包火柴，只剩一半了。

「該死。」我暗罵了一聲，開始感到驚慌。

我取出我的點三八口徑手槍，塞在夾克的口袋裡，手輕握著槍把，眼睛則注視著愛蜜莉・史丹娜陳屍處的泥濘湖濱。我回想所看過的照片中的樹影，顯然此處的樹叢最近曾經修剪過，不過最近此處是否有人活動，則因天色昏暗又已時隔多日而無從判斷。落葉深厚，我用腳在落葉間搜索著，希望找到本地警方沒能找到的任何蛛絲馬跡。

我進入這一行偵辦暴力犯罪已經學到一項很重要的事實，刑案現場有它自己的生命。它記得土壤中的創傷，昆蟲會被體液改變，植物也遭到踐踏。它就像所有的目擊證人一樣，喪失了它的隱私，因爲即使是一塊石頭亦難以置身事外，而且前來追根究柢的人也會源源不絕。

在案發後許久仍有人毫無理由地前往現場探視，那也是人之常情。他們會帶走一些紀念品，並拍照留念。他們留下信函、卡片、花朵。人們默默前來，悄悄離去，因爲幫不上忙而覺得問心有愧。即使是留下一朵玫瑰，似乎也破壞了某種神聖的氛圍。

我將落葉撥開，沒有看到任何花朵。不過我的腳趾的確觸碰到若干小而硬的物體，使我不由得趴跪下來，聚精會神看個仔細。經過一陣搜查，我找到了四顆仍用塑膠紙包著的口香糖。我將它們拿近眼前，並劃亮一根火柴，才發現那是一種硬糖果，或稱爲「火球」，就是愛蜜莉在她的日記中提起的那種。我站起來，沉重地喘著氣。

我悄悄地四下張望，豎耳聆聽各種聲響。我沿著如今已完全看不見的小徑前行，腳下的樹葉聲聽起來大得嚇人。夜空已見星辰，半輪明月是我唯一的指標，我的火柴已經用光了。我由地圖上得知我的位置距離史丹娜家的街道不遠，走到那邊比試圖走回我的車子還要近一些。

我滿身大汗，深怕跌跤，因爲我不只沒有手電筒，也沒有帶行動電話。我這時只希望不會有同事看見我這副狼狽相，萬一摔傷了，我也得說謊掩飾。

千辛萬苦走了十分鐘，我的雙腿三番兩次被樹叢纏住，褲襪也毀了。我的腳趾踢到樹根，也曾一腳踩入深及足踝的泥巴裡。當一根樹枝刺過我的臉，差點就傷到我的眼睛時，我靜立不動，上氣不接下氣，沮喪得差點掉下淚來。我的右邊，介於街道與我之間，是一片濃密的樹林，左邊是湖水。

「狗屎。」我扯開嗓子罵了聲。

沿著湖濱走比較沒有危險，我走了一陣子之後，倒也駕輕就熟了。我的眼睛已經更能適應月光。我走起來更穩健，感覺更敏銳，可以由濕氣的改變及空氣的溫度來辨別我是接近較乾硬的地面或是泥濘地，或是已偏離小徑太遠。我彷彿演化成一種夜行性動物，以使我這物種得以存活下去。

然後，突然間街燈就在前頭，我到達了停車處對岸的湖濱。這裡的樹林已經清除掉，成爲網球場與停車場，我就像愛蜜莉幾個星期前那樣偏離小徑，不久之後我又回到人行道了。我沿著她家的街道走著，發現自己在發抖。

我記得史丹娜家是左手邊第二家，走近之後我不確定應該如何向愛蜜莉的母親開口。我不打算告訴她我剛才到哪裡去了，以及爲何會過去，因爲那只會勾起她的傷心事。不過這附近我人生地不熟，也不方便去敲陌生人的門要求借電話。

無論黑山地區的人多麼熱情好客，他們總難免會問我爲什麼落得這麼一副狼狽相。或許有人會覺得我很恐怖，尤其如果我必須說明自己從事的行業。結果一個不速之客忽然開車由黑暗中竄出，差點撞到我，也掃除了我的恐懼。

我到達史丹娜家的車道時，馬里諾正好開著一部深藍色雪佛蘭倒車出去。我在他的車頭燈前向他招手，我可以看出他滿臉茫然，急忙踩煞車。他的情緒由難以置信變成怒不可遏。

「眞是混帳，妳差點害我心臟病發作。我差點就撞到妳了。」

我上車繫上安全帶，鎖上車門。

「妳在這裡搞什麼鬼？狗屎！」

「眞高興你總算取到車子了，而且裝備也可以用。我非常需要一杯烈威士忌，我不知道在這種地方要怎麼去找那種東西。」我說著，牙齒不斷打顫。「暖氣要怎麼開？」

馬里諾點了根菸，我也很想抽一根，不過有些誓言我是絕對不會破戒的。他將暖氣開得很強。

「我的天，妳看起來像是剛參加完爛泥巴摔角。」他說著，我沒想到他會這麼嘮叨。「妳剛才在做什麼？我是說，妳還好吧？」

「我的車子停在俱樂部旁邊。」

「什麼俱樂部？」

「湖邊那一家。」

「湖邊？什麼？妳入夜之後還到那邊去？妳是吃錯藥了不成？」

「我只是手電筒掉了，而且想起時爲時已晚。」我說著，將點三八口徑手槍由外套口袋中掏出來，再放回手提袋內。馬里諾看在眼裡，心情顯然更惡劣了。

「妳知道，我眞搞不懂妳是哪根筋不對了。我想妳可能神智不清了，醫生。我想妳或許變得像廁所裡的老鼠一樣笨頭笨腦的。或許妳正經歷那種轉變。」

「如果我正經歷『那種轉變』，或任何那麼私人又那麼不干你屁事的轉變，你大可放心，我不會和你討論的。我也會保持客觀公正，不會將你的愚昧遲鈍當成男性的通病。因爲我不會認爲天下所有男人都像你一樣。如果我這麼想，我就完全放棄男人了。」

「或許妳應該這麼做。」

「或許我會這麼做！」

「好！那妳就可以像妳那個惹人厭的外甥女了！嘿，別以爲人家看不出來她有什麼傾向。」

「那也完全不干你的屁事，」我忿然說著。「我沒想到你這麼沒水準，竟然將露西定型，貶低她的人格，只因爲她的抉擇與你不一樣。」

「是嗎？或許問題就在於她的抉擇跟我完全一樣呢。我找女人約會。」

「你根本不了解女人。」我說著，這時發現車內熱得像個烤箱，我也不知道我們要開往何處。我將暖氣調低，望向窗外。

「我對女人的了解已經足夠讓我知道，妳會把所有人逼瘋掉。我真不敢相信妳竟然會在入夜後到湖邊去。如果『他』也在湖邊，那妳該怎麼辦？」

「哪個他？」

「我餓壞了。我稍早過來時在坦納路上看到一家牛排館，希望還沒打烊。」

「馬里諾，現在也不過才六點四十五分。」

「妳到那邊做什麼？」他又問了一次，我們兩人都冷靜了下來。

「她陳屍的地方有人留下一些糖果，火球糖。」我看他沒有回應，於是又說：「就是她在日記上提起的那種糖果。」

「我不記得這一點。」

「就是她暗戀的那個男孩。我想他應該是叫做倫恩。她寫說她在一場教會聚餐時遇見他，他給她一個火球。她將它藏在她的秘密盒子裡。」

「他們一直沒有找到。」

「找到什麼？」

「找不到那個什麼秘密盒，鄧妮莎也找不到。所以也許倫恩將火球留在湖邊。」

「我們得找他談一談。」我說。「看來你和史丹娜太太的關係似乎發展得不錯。」

「像她這樣的人眞不應該遇上這種事。」

「沒有人應該遇上這種事。」

「我看到一家『西部時時樂』吃到飽餐廳。」

「不了，謝謝。」

「鴻運餐廳如何？」

「絕對不要。」

馬里諾沿著燈火通明的坦納路各家餐廳巡視，同時又點了一根菸。「醫生，我無意冒犯，不過妳實在很挑剔。」

「馬里諾，以後就少來這一套『無意冒犯』的前言了。你說這句話，也只是擺明了要冒犯我。」

「我知道這附近有一家派得樂餐廳，我在分類電話簿上看到的。」

「你怎麼會在分類電話簿上找餐廳？」我頗感困惑，因爲我知道他找餐廳一向是和找食物一樣，隨遇而安。他總是隨意找最簡便、便宜、又吃得飽的。

「我想要知道這附近有些什麼像樣的餐廳，有備無患。要不要打個電話問問看怎麼過去？」

我伸手取過車上的電話，想到了鄧妮莎．史丹娜，因爲馬里諾想要邀請前往派得樂餐廳共進晚餐的對象不會是我。

「馬里諾，」我平靜地告訴他，「請小心一點。」

「不要又跟我嘮叨什麼紅肉之類的了。」

「我擔心的不是這一點。」

8

第三長老教會後方的墓園是一片布滿光亮花崗石墓碑的墓地，位於樹林濃密的圍籬後面。

我於清晨六點十五分到達時，天際剛現曙光，我可以看到我呼出的氣息。蜘蛛已經結起網，展開一天的作息，馬里諾和我走過濕草地前往愛蜜莉·史丹娜的墳墓時，我刻意避開這些蜘蛛網以示敬意。

她埋在靠近樹林的一個角落，此處草地上長滿賞心悅目的矢車菊、苜蓿、野蘿蔔。她的紀念碑是一個大理石製的小天使，我們循著鏟土的聲音找到她的墓地。一部引擎沒熄火的吊車留在現場，它的車頭燈照亮了兩名穿著連身工作服正在鏟土的老人。鏟子閃著光，附近的草都灰濛濛的，濕泥土由鋼鏟上落到墓角旁的土堆上時，我嗅到泥土的氣息。

馬里諾打開手電筒，墓石感傷地凸顯在晨曦中，小天使雙翼後縮，垂著頭祈禱。底下的墓誌銘寫著：

世間絕無僅有——
我的是唯一

「哇。妳知道那是什麼意思嗎？」馬里諾湊在我耳邊說。

「也許我們可以問他。」我看見一個滿頭白髮、塊頭大得出奇的人前來，因此這麼回答他。

那人走路時黑色長外套的衣襬在腳踝處飛揚著，由遠處看來給人一種他離地數吋的恐怖印象。他走近我們時，我看到他的脖子上繫了條黑圍巾，一雙大手上戴著黑色皮手套，鞋子上套著防水橡膠。他將近七呎高，軀幹有如一個大桶子。

「我是魯西亞．雷。」他說著，在我們自我介紹時熱切地與我們握手。

「我們在想那句墓誌銘是什麼意思。」我說。

「史丹娜太太眞是疼愛她女兒，眞可憐。」這位葬儀社負責人以濃重的鄉音緩緩說著，聽來像是喬治亞州人而不是北卡羅萊納州人。「我們有一本詩集，可以讓顧客挑選想要刻在墓碑上的詩句。」

「那麼說愛蜜莉的母親是由你們的詩集上挑的了？」我問。

「呃，老實說，不是。她說那是愛蜜莉．狄金生的詩句。」

挖掘墓地的工人已經放下鏟子，這時天色已經夠亮，可以讓我看清他們的臉龐，他們滿臉汗水，皺紋錯綜複雜，有如農夫的田地。他們將吊車的絞盤解開時，沉重的鐵鍊聲叮噹作響。然後其中一人進入墓中，他將掛鉤固定在水泥墓板的一側。雷則繼續告訴我們，來參加愛蜜莉．史丹娜喪禮的人是他所見過最多的一次。

「他們在教堂外、草地上，排隊走過她的靈柩向她致意，花了將近兩小時才走完。」

「你們有將靈柩打開嗎？」馬里諾訝異地問。

「沒有，」雷看著他的手下。「史丹娜太太是想打開，不過我可不聽她的。我告訴她，她當時神智錯亂了，幾年後她會因爲我拒絕而感謝我的。哎，她女兒那種情況根本不適合讓人瞻仰遺容。我知道有許多人前來就是想看一眼。當然還是有許多好奇的圍觀者，來湊熱鬧的。」

絞車扭轉發出巨響，墓板吊起時貨車的引擎隆隆作響。吊車將混凝土墓板吊高，碎土屑紛紛如雨落下，有一人站在一旁，像是地面工作人員，用他的手指示方向。

就在墓板完全吊離然後再吊回草地上時，突然有一群扛著攝影器材的記者蜂擁而至，有記者也有攝影師。他們團團圍繞著開啓的墳墓，墓板上沾著紅色泥土，看來宛若鮮血淋淋。

「你們爲什麼要將愛蜜莉・史丹娜開棺驗屍？」其中一人叫道。

「警方是不是眞的鎖定一名嫌疑犯了？」另一人大叫。

「史卡佩塔醫生？」

「聯邦調查局爲什麼介入此案？」

「史卡佩塔醫生？」一個女記者將一支麥克風推到我面前。「妳似乎對班康郡的法醫驗屍結果提出質疑？」

「妳爲什麼要褻瀆這小女孩的墓？」

馬里諾在這一陣紛亂之中突然像受傷的野獸般大吼出聲。「馬上給我滾開！你們在妨礙調查！聽見沒有，去你的！」他重重跺腳。「馬上給我滾！」

記者們滿臉驚惶地愣立當場。他們目瞪口呆，馬里諾則繼續朝他們咆哮，他滿臉通紅，脖子上的血脈賁張。

「唯一在褻瀆的人是你們這些王八蛋！如果你們不走，我就開始砸你們的相機，或是任何我砸得到的東西，包括你們這些醜陋的腦袋！」

「馬里諾。」我說著，按住他的臂膀。他氣得全身緊繃，有如鋼鐵。

「我幹這一行老是得應付你們這些王八蛋，我受夠了！聽見了沒？我受夠了，你們這一群王八蛋吸血鬼寄生蟲！」

「馬里諾！」我拉住他的手腕，嚇得全身發麻。我從來沒有見過他如此暴跳如雷。親愛的上帝，我想著，可別讓他開槍殺人。

我走到他面前，使他看著我，可是他的眼神狂亂，跳向我的後方。「馬里諾，聽我說！他們要走了。請冷靜下來。馬里諾，放輕鬆。聽著，他們每一個都離開了。看到了嗎？你已經把話說得很清楚了，他們幾乎是用跑的。」

那群記者來匆匆，去匆匆，有如一群劫匪突然現形之後又消失得無影無蹤。馬里諾愣忡地望著，草地上空蕩蕩的，只有一枝枝的塑膠花及排列整齊的墓碑。鋼鐵撞擊的聲音此起彼落。那些掘墓工人用鐵鎚與鑿子敲開墓板的柏油封口，然後將棺材蓋抬到地面。我們裝作沒注意到馬里諾跑到月桂樹叢後嘔吐時那恐怖的咕噥與呻吟聲。

「你們還有這種防腐液嗎？」我問魯西亞．雷，他對蜂擁而至的媒體與馬里諾的發飆似乎覺得可笑，而不是覺得深受其擾。

「我抹在她身上的那種或許還有半瓶。」他說。

「我需要知道化學成分，以便做毒物分析。」我解釋。

「那只是福馬林以及摻了少量羊毛脂油的甲醇——像雞湯一樣普遍。好，我使用的濃度確實是低一些，因為她身材嬌小。妳那位刑警朋友看起來臉色不大好，」馬里諾再度由樹叢後出現時他補上一句。「妳知道，流行性感冒最近正在肆虐。」

「我看他不是罹患流行性感冒。」我說。「那些記者怎麼知道我們在這裡？」

「妳可把我問倒了。不過妳知道，人就是這樣。」他停下來吐口水。「總是會有人到處傳播閒言閒語的。」

愛蜜莉的鋼質靈柩塗得像她墓旁的野生白蘿蔔一樣白，掘墓工人無需吊車就可以將之抬起來，放到草地上。靈柩和裡面的屍體一樣很小。魯西亞．雷由口袋中取出一具無線電對講機，說了幾句。

「你可以過來了。」他說。

「十——四。」一股聲音回答。

「不會再有記者了吧？」

「他們都走了。」

一部潔亮的靈車由墓園入口駛進來，在樹林與草地之間穿梭，神乎奇技地閃過一座座墳墓與一棵棵樹木。一個身穿防水外套、頭戴平頂捲邊帽的胖子下車，打開車尾，掘墓者將靈柩搬上車，馬里諾則站在遠處觀望，用一條手帕抹著嘴。

「我們得談一談。」我走近輕聲告訴他，這時靈車已經上路。

「我現在什麼也不想聽。」他臉色蒼白。

「我必須到停屍間與簡列特醫生碰面。你要一起去嗎？」

「不，」他說。「我要回去輕鬆旅遊汽車旅館。我想喝啤酒喝到再吐一次，然後我再改喝波旁威士忌。接著我要打電話給衛斯禮那混蛋，問他我們什麼時候可以離開這個鬼地方，因爲我告訴妳，我已經沒有一件像樣的襯衫可以穿了，而我剛才又已經將這一件給毀了。我連條領帶都沒有。」

「馬里諾，回去躺一躺。」

「我睡的小床就這麼一丁點大。」他說著，雙手略微張開比了比。

「服一錠鎮定劑，盡量多喝水，再吃些土司。我們在醫院忙完之後我會去探視你。如果班頓打電話來，告訴他我會帶著行動電話，或者他也可以打我的呼叫器。」

「他有妳的這些號碼？」

「是的。」我說。

馬里諾再度以手帕抹了把臉，看了我一眼。我在他試圖掩飾之前看到了他受傷的眼神。

9

我與靈車在十點前不久同時到達，這時簡列特醫生正在處理文件。我將外套脫下，穿上一件塑膠圍裙時，他緊張地朝我笑了笑。

「你要不要猜猜看媒體怎麼發現我們要開棺驗屍的？」我問著，攤開一件手術用的長袍。

他滿臉訝異。「怎麼了？」

「有六、七個記者出現在墓園。」

「眞過分。」

「我們必須確保不會再有消息走漏，」我說著，將那件長袍由背後繫住，設法使我的口氣心平氣和。「這裡發生的事不能傳出去，簡列特醫生。」

他沒有答腔。

「我知道我只是客人，如果你厭惡我的出現我也不會怪你，所以請別以爲我對你的立場或你的權威視若無睹。不過我向你保證，無論是誰殺害了那個小女孩，都會留意新聞的發展。一旦有消息走漏，『他』也會發現。」

簡列特醫生很隨和，他仔細聆聽，絲毫不以爲忤。「我只是想找人打聽看看他們知道些什麼，」他說。「問題是話一傳出去，就會有很多人聽到風聲了。」

「我們要確定今天在這裡查出來的不能再傳出去了。」我說著，這時我聽到我們要的靈柩送來了。

魯西亞·雷率先進門，那個戴著平頂捲邊帽的人用教堂的手推車推著白色靈柩跟在他身後。他們將靈柩推入門，停放在驗屍枱旁邊。雷由他的外套口袋中取出一把金屬扳手，將之插入靈柩頂部一個小洞中。他開始將封口扳開，彷彿是在發動一部骨董車。

「這樣應該行了。」他說著，將扳手放回口袋裡。「希望你們不介意我在一旁等著，看看我的成果。這對我而言是很難得的機會，因爲我們可不習慣將人埋葬之後再挖出來。」

他開始將棺材板掀開，如果簡列特醫生未出手制止他，我也會出面。

「通常那不會是個問題，魯西亞，」簡列特醫生說。「不過現在實在不宜有別人在場。」

「我想那也未免太大驚小怪了吧。」雷收斂起了笑容。「我又不是沒有見過這孩子。我對她全身上下都一清二楚，比她母親知道得還清楚。」

「魯西亞，你必須走了，史卡佩塔醫生和我才能開始驗屍，」簡列特醫生仍是他那種感傷溫和的口吻。「我們完成之後我會通知你。」

「史卡佩塔醫生，」——雷注視著我——「我必須說，聯邦政府人員進城之後，人們都變得比較不友善了。」

「這是凶殺案的調查工作，雷先生，」我說。「或許最好不要當成是衝著你而來的，因爲我們無意如此。」

「走吧，比利．周，」葬儀社負責人告訴戴著平頂捲邊帽的人。「我們去吃點東西。」

他們離去。簡列特醫生將門鎖上。

「眞抱歉，」他說著，戴上手套。「魯西亞有時候可能很傲慢，不過其實他的人不錯。」

我懷疑我們可能會發現愛蜜莉未經適當的防腐措施，或是入殮的方式未能依照她母親所付的金額來處理。不過在簡列特醫生和我將靈柩打開時，我並未看到任何敷衍了事的狀況。白色的綢緞襯裏布覆在她身上，我發現上頭擺著一個用白色面紙及粉紅色絲帶包裝著的包裹。我開始拍照。

「雷有沒有提起這東西？」我將包裹遞給簡列特醫生。

「沒有。」他滿臉困惑，將包裹翻過來翻過去。

我將襯裏布掀開時，強烈的防腐香油味撲鼻而來。愛蜜莉．史丹娜躺在襯裏布下，穿著一件淡藍色天鵝絨高領套裝，她的辮子也用同樣質料的布綁著蝴蝶結。她的臉上已出現一般開棺驗屍時常見的白色黴菌，像戴著一張面具，她的手上也已開始出現黴菌，她雙手合攏擺在腹部的一本新約聖經上。她穿著及膝的白色襪子、黑色皮鞋。她身上穿的沒有一件像是新的。

我又拍了一些照片；然後簡列特醫生和我將她抬出靈柩，放在不鏽鋼桌上，開始卸下她的衣服。在她甜美的小女孩服飾下，隱藏著她喪命的恐怖秘密，因爲自然死亡的人不會有她身上的那些傷痕。

每個誠實的法醫都會承認驗屍實在很恐怖。這種開膛剖腹和外科手術截然不同。解剖刀由鎖骨切到胸骨，再筆直劃過軀幹，繞過肚臍後在恥骨告一段落。由頭部後方沿著一耳劃到另一耳將頭殼掀開也不怎麼令人好受。

當然，頭部的傷口沒有縫合，這些傷口只能用髮飾及髮型加以掩飾。愛蜜莉經過葬儀社的一番濃妝，加上全身從上到下被劃開了，看起來像一個感傷的布娃娃被剝掉衣服，遭到狠心的主人拋棄。

水滴入鋼質洗滌枱中咚咚作響，簡列特醫生和我擦拭屍體上的黴菌、化妝，以及頭部後方傷口的膚色黏合劑，大腿、上胸、肩部皮膚遭剝皮處等地方。我們摘下眼瞼下方的眼角膜，取出縫合線。在強烈的氣味由胸腔散發出來時，我們眼淚鼻涕直流。各個內臟都沾滿了防腐粉末，我們迅速匆忙地將之擦拭乾淨。我檢查頸部，找不到任何簡列特醫生沒有記載的內容。然後我將一把鑿子插入臼齒，使嘴巴張開。

「太僵硬了，」我失望地說。「我們必須將嚼肌切斷。我要看看舌頭的解剖位置，然後再檢查後咽喉。不過我不知道，或許我們做不到。」

簡列特醫生在他的手術刀上裝了一把新刀刃。「我們要找什麼？」

「我要確定她沒有咬舌。」

幾分鐘後我發現她確曾咬舌。

「她的舌頭邊緣部分有咬痕，」我指出。「你能不能量一下？」

「八分之一吋長，四分之一吋寬。」

「出血部分大約四分之一吋深。看來她可能咬了不只一次。你有何看法？」

「我看她很有可能如此。」

「所以我們知道她在臨終前曾經癲癇症發作。」

「或許是頭部的傷勢造成的。」他說著，去取相機。

「有可能，不過爲什麼腦部卻顯示她中彈後存活時間並不久，不足以出現癲癇症？」

「我猜我們都有同樣無法回答的問題。」

「沒錯，」我說。「眞令人費解。」

我們將屍體翻過來，我聚精會神地研究引發我進行這次開棺驗屍的那個斑痕，這時驗屍照相人員已到達，並架起他的裝備。我們整個下午拍了無數捲照片，有紅外線、紫外線、彩色、高反差、黑白等等，還加裝了許多特效濾光鏡與鏡頭。

然後我從醫事包中取出六個黑色的環，那是用丙烯丁二烯苯乙烯塑膠製成的，或是說得簡明一點，就是製造水管及下水道用的那種材料。我每隔一兩年就會找一位認識的牙科法醫幫我鋸這種八分之三吋厚的環，然後再將之打磨光滑。幸好，我無需經常將這種古怪的裝備拿出來，因爲很少需要由屍體上移除人類的咬痕或其他印痕。

我決定採用直徑三吋的一個環，我用技工的鑄模打孔機在兩側打出愛蜜莉．史丹娜的檔案號碼，及位置標示。皮膚就如畫家的畫布般有彈性，我爲了要在割下愛蜜莉左臂部那個斑痕後使原處的結構仍維持原狀，便得補上一些穩定基質。

「你有沒有超級膠水？」我問簡列特醫生。

「當然。」他拿了一管給我。

「如果你不介意，請繼續拍下每一個步驟。」我指示攝影人員，那是一個瘦小的日本人，一直動個不停。

我將環擺在斑痕上，再用強力膠水固定在皮膚上，然後用縫合線將它固定住。隨後我將環的周圍組織割開，整個放入福馬林藥液中。這期間我一直在推敲這斑痕有何意義。那是一個不規則的圓，還有一個不完整的奇怪褐色污點，我相信那是某種圖案的印痕。然而無論我們用拍立得從多少個不同的角度觀察，我都想不透那是什麼圖案。

在攝影人員離去後，簡列特醫生和我通知葬儀社的人員我們已經準備讓他們將遺體運回，這時我們才想起用白色面紙包著的包裹。

「我們要怎麼處置這東西？」簡列特醫生問。

「我們必須將它打開。」

他將乾毛巾攤開在一部手推車上，再將那個禮物擺在上頭。他小心翼翼地用手術刀將面紙割開，裡面出現一個女性六號鞋的舊鞋盒。他又割掉了幾層面紙，將盒蓋打開。

「哎啊。」他輕叫了聲，張皇失措地凝視著這個送給小女孩陪葬的東西。

盒子內用兩層保鮮膜裹著的是一隻死貓，頂多才幾個月大。我將牠取出來，牠僵硬得像三夾板，纖細的肋骨往外突出。那是一隻母貓，毛黑腳白，沒有戴項圈。我看不出牠的死因，於是帶牠去照X光，幾分鐘後將牠的X光片置於光板上。

「牠的頸椎骨折。」我說著，脖子後面寒毛直豎。

簡列特醫生靠近光板，緊蹙著眉頭。「看來此處的頸椎已經移位了。」他用手關節觸碰著X光片。「太詭異了。牠的頸椎往側面移位。我不認爲那是被車子撞了之後造成的。」

「牠不是被車子撞了，」我告訴他。「牠的頭部被人往順時鐘方向扭了九十度。」

我在將近晚上七點回到輕鬆旅遊汽車旅館時，發現馬里諾在他的房內吃一客起司堡。他的槍、手提箱、汽車鑰匙都在一張床上，他在另一張床上，鞋子與襪子隨意丟在地上。我看得出來他也是不久前才回到這裡。我走向電視機將電視關掉時，他一直目不轉睛望著我。

「走吧，」我說。「我們得上路了。」

依照魯西亞．雷所言，他可以對天發誓，是鄧妮莎．史丹娜將那個包裹放在愛蜜莉的靈柩裡的。他單純地認爲這盒禮物中放的應該是一個心愛的玩具或玩偶。

「她什麼時候放的？」我們快步走過旅館的停車場時，馬里諾問道。

「就在喪禮之前。」我回答。「你的汽車鑰匙帶了嗎？」

「帶了。」

「那不如就由你來開車。」

我頭痛得要命，我將之歸罪於福馬林的嗆鼻味以及吃不飽、睡不好。

「你有沒有班頓的消息？」我故做漫不經心地問。
「櫃枱應該有一大票妳的留言。」
「我是直接到你房間。你又是怎麼知道我有很多留言？」
「櫃枱人員原本想要拿給我。他以爲我們兩人之間我看起來比較像醫生。」
「那是因爲你看起來像個男人。」我揉揉太陽穴。
「妳注意到了，那妳還滿像白人的。」
「馬里諾，我希望你口氣不要那麼充滿種族歧視，因爲我眞的不認爲你會種族歧視。」
「妳可喜歡我這部車？」
他的車子是一部栗色的雪佛蘭卡普來斯車，車上手電筒、無線電、電話、掃描器等裝備一應俱全，甚至還架了一部攝影機，還有一把陸戰隊用的溫徹斯特牌十二口徑不鏽鋼霰彈槍。槍栓是推拉式的，內裝七發子彈，與聯邦調查局用的完全一樣。
「我的天，」我難以置信地說著上車。「他們北卡羅萊納州黑山地區什麼時候開始需要鎮暴用的霰彈槍了？」
「從現在開始。」他發動引擎。
「這些配備是你要求的？」
「不是。」
「能否請你解釋一下，一個才十名警員的警局，配備會比緝毒小組還精良？」

「因爲或許地方人士眞正體會到社區警力的價値了。這個社區正面臨一個難纏的問題，結果本地的商人與憂心忡忡的居民便慷慨解囊贊助經費。例如車子、電話、霰彈槍。有一個警員告訴我，今天早晨一位老婦人打電話給他，想知道進城來協助偵辦本案的這些聯邦調查局幹員是否願意和她共進週日晚餐。」

「那很好啊。」我說著，有點困惑。

「還有，本地的鎭民代表大會正在考慮將警察局擴編，我懷疑那有助於說明某些事情。」

「什麼事情？」

「黑山將需要一個新的警察局長。」

「原來那一位呢？」

「莫特原本是代理局長的職位。」

「我仍然搞不懂你打算做什麼。」

「嘿，或許我就打算在這個小鎭落地生根，醫生。他們在找一個經驗豐富的局長，又將我當成七號情報員似的。這種事不需要太空科學家也可以想得出來。」

「馬里諾，你到底是怎麼了？」我極爲平靜地問道。

他點了一根菸。「什麼？妳先是不認爲我看來像個醫生，如今我又不像個局長了？我猜在妳眼中我什麼都不像，只像個一無是處的笨蛋，只會和紐澤西地區的無賴一起吃義大利通心麵，只會帶那些穿著緊身衣搔首弄姿的女人出遊。」

他忿然吐了口煙。「嘿，不能因爲我喜歡罵人，就認定我是身上有刺青、沒教養的人。也不能因爲我沒有像妳一樣就讀那些常春藤名校就表示我是個笨蛋。」

「你說夠了沒？」

「還有一件事，」他仍謾罵個不停：「這裡有許多好地方可以釣魚。此地有蜂樹湖與詹姆士湖，而且除了蒙崔特與畢特摩附近之外，房地產都很便宜。或許我已經厭倦了遊手好閒的人們互相殘殺，以及要讓連續殺人犯關在牢房裡，所花的社會成本比我看管他們所領的薪水還高。『如果』那些王八蛋能關在牢裡的話，那是最大的『如果』。」

我們這時已經將車停在史丹娜家的車道五分鐘了。我往車窗外望著燈火通明的房子，不知道她是否知道我們來了，以及爲何而來。

「你說完了沒？」我問他。

「不，還沒說完，我只是說煩了。」

「首先，我不是就讀常春藤名校……」

「那妳怎麼稱呼約翰·霍普金斯以及華盛頓特區的喬治城？」

「馬里諾，去你的，閉嘴。」

他望向擋風玻璃外，又點了一根菸。

「我跟你一樣是個窮苦的義大利人，生長在貧窮的義大利社區，」我說。「差別在於我住在邁阿密，你住在紐澤西。我不曾裝作自己比你高尚，我也沒有罵過你笨。事實上，你一點都不笨，儘管你英語說得很爛，而且沒有去聽過歌劇。

「我對你的所有抱怨全都源自於一件事，你很固執，最嚴重的時候會心胸狹隘，令人無法忍受。換句話說，你會因懷疑別人怎麼對待你，就以牙還牙地對待別人。」

馬里諾將門把拉開。「我既沒有時間聽妳訓話，也沒有興趣聽。」他將菸丟掉，走了出去。

我們沉默無語，走向鄧妮莎．史丹娜的前門，她開門時我覺得她必定察覺到馬里諾和我曾吵了一架。他不願正眼看我，也不理會我，就由她帶著我們走向客廳，我因爲在照片中看過她的住處，所以這客廳看來熟悉得令我頗不自在。房內的擺飾是鄉村風格，有褶飾、膨鬆的座墊、垂掛的植物，以及流蘇藝品。玻璃門後方的瓦斯爐火正散放著光，房內有許多座鐘，時間都分秒不差。史丹娜太太正在看有線電視播放鮑伯．霍勃主演的一部老電影。

她將電視關掉，坐在搖椅內，看來疲憊不堪。「今天不是個好日子。」她說。

「是啊，鄧妮莎，當然不會是好日子。」馬里諾坐在她身旁的椅子上，全神貫注地望著她。

「你們是來告訴我發現什麼了嗎？」她問著，我明白她指的是開棺驗屍。

「我們還得進行許多檢驗。」我告訴她。

「那你們沒有找出什麼可以逮捕那個人的證據了。」她帶著淡淡哀愁的口氣說著。「醫生們在什麼都不知道的時候總是說要檢驗。我經歷了這一切之後，已經明白了這一點。」

「這種事要花時間，史丹娜太太。」

「聽著，」馬里諾告訴她，「我眞的很抱歉來打擾妳，鄧妮莎，不過我們必須再問妳幾個問題。這位醫生想問妳幾個問題。」

她望著我，搖動著搖椅。

「史丹娜太太，愛蜜莉的靈柩內有一個用包裝紙包著的包裹，葬儀社的負責人說是妳吩咐要當她的陪葬品。」我說。

「喔，妳說的是襪子。」她若無其事地說。

「襪子？」我問。

「牠是一隻流浪貓，在附近徘徊。我想那應該是一個月前的事了。當然愛蜜莉那麼敏感的小女孩會開始餵牠，就這麼回事。她很愛那隻小貓。」她微笑著，眼中泛著淚光。

「她替牠取名為襪子，因為牠全身都是黑的，只有腳掌是純白的。」她將手伸出，攤開手指。

「看起來像穿著襪子。」

「襪子是怎麼死的？」我謹慎地問。

「我也不大清楚。」她由口袋中掏出面紙按了按眼睛。「有天早上我在前門發現牠。就是在愛蜜莉……我只以為那隻可憐的小貓是心碎而死。」她用面紙摀住嘴啜泣著。

「我去替妳弄點喝的。」馬里諾起身離開客廳。

他對房子及女主人顯然都很熟悉，這令我覺得頗不尋常，而且也越來越不自在。

「史丹娜太太，」我溫和地說著，坐在長沙發上往前傾身。「愛蜜莉的小貓不是心碎而死，牠是因為脖子斷了。」

她將手放下，顫抖著深深吸了一口氣。她紅著眼眶，瞪大眼睛望著我。「妳是什麼意思？」

「那隻貓是死於非命。」

「那麼，我想牠是被車撞了，眞可憐。我告訴過愛蜜莉我就怕會這樣。」

「牠不是被車撞的。」

「妳認爲是附近的狗咬死的？」

「不，」我說著，這時馬里諾端了一杯像是白酒的飲料回來。「那隻小貓是人殺死的，蓄意殺害。」

「妳怎麼知道這種事？」她滿臉驚恐，她接過酒並將它放在椅子旁的茶几時手顫抖著。

「我們的檢驗結果發現貓的脖子是被扭斷的，」我繼續平靜地解釋。「我知道讓妳聽到這種細節會令妳很難受，史丹娜太太，不過妳想協助我們找到那個眞凶，就必須知道事情的眞相。」

「妳可知道有誰會對妳小女兒的貓做出這種事來？」馬里諾坐回椅子內再向前傾身，前臂靠在膝上，彷彿要向她保證，她可以依靠他，和他在一起安全無虞。

她默默地設法控制情緒。她取過她的酒，顫抖著啜了幾口。「我的確知道我接過一些電話。」她深吸了一口氣。「你知道，我的指甲呈現藍色，我身體狀況很差。」她伸出一隻手。「我定不下心來，也睡不著。我不知道該怎麼辦。」她再度泣不成聲。

「鄧妮莎，沒關係，」馬里諾親切地說。「妳別急。我們不會離開。告訴我那些電話。」

她擦擦眼睛說下去。「大都是男人。也許有一個女人，她說如果我像個好母親般留意我的小女兒，就不會發生這種……不過有一個聽起來像是年輕人，像是男孩子在惡作劇。他說了些話，你知道，像是他曾看過愛蜜莉騎著她的腳踏車。這是之後的事……所以根本不可能。不過還有另一個，年紀較大，他說他還沒結束。」她又喝了些酒。

「他還沒結束？」我問。「他還說了些什麼？」

「我記不得了。」她將眼睛閉上。

「這是什麼時候的事？」馬里諾問。

「就在發現她的屍體之後。陳屍在湖邊。」她又伸手取酒，卻將酒打翻了。

「我來處理。」馬里諾立刻起身。「我得抽根菸。」

「妳知道他是什麼意思嗎？」我問她。

「我知道他指的是發生的事，指的是誰對她做了這種事。我覺得他是說壞事不會就此結束。我想隔天我就發現了襪子。」

「隊長，或許你可以幫我弄片土司，抹花生醬或加起士。我覺得我的血糖好像降低了。」史丹娜太太說著，她對椅子邊的茶几上那傾倒的酒杯及桌面的酒漬似乎不以爲意。

他再度離開客廳。

「那人破門而入，擄走妳女兒時，」我說：「他有沒有說話？」

「他說如果我沒有依照他的吩咐做，就要殺了我。」

「那麼妳聽過他的聲音了。」

她邊搖動著搖椅邊點頭，她的眼睛一直盯著我。

「聽起來像不像妳剛才告訴我們的那通電話中的聲音？」

「我不知道。可能是，不過很難說。」

「史丹娜太太……」

「妳可以叫我鄧妮莎。」她的眼神很犀利。

「妳對他還記得什麼，那個破門而入將妳綑綁的男人？」

「妳在想他會不會就是在維吉尼亞殺害那個小男孩的凶手。」

我沒有答腔。

「我記得曾在《時人》雜誌上看過他和他的家人。我記得當時還在想，那種事眞可怕，我無法想像自己若是他母親會如何。梅莉．喬夭折已經夠難受了。我沒想到自己也會經歷這種事。」

「梅莉．喬是妳那個因嬰兒猝死症候群而死的孩子嗎？」

她感興趣地眼睛一亮，彷彿對我知道這種細節印象深刻或感到好奇。「她死在我的床上。我有天早上醒來，她就躺在恰克身旁，氣絕了。」

「恰克是妳先生？」

「我原本擔心是他在夜間翻身時不小心壓到她了，不過他們說不是。他們說是嬰兒猝死症候群。」

「梅莉・喬多大？」我問。

「剛滿周歲。」她噙住淚水。

「那時候愛蜜莉出生了嗎？」

「她是一年後出生的，我就知道她也會出事。她那麼體弱多病，醫生們都擔心她會窒息而死，所以我在她入睡時必須經常去探視她，確定她在呼吸。我記得那時候每天昏沉沉的，因爲我沒有一個晚上睡得好。整晚睡睡醒醒，夜復一夜，活在那可怕的恐懼中。」

她闔上眼睛一陣子，搖動著搖椅，哀傷地深蹙著眉頭，雙手緊抓著扶手。

我突然想到馬里諾之所以一再離開，不是因爲和我賭氣，而是不想聽我問史丹娜太太。我這才體認到他已陷入感情的漩渦。我擔心他再也無法偵辦這個案子了。

史丹娜太太張開眼睛，直視著我的眼睛。「他已經殺死很多人了，如今他就在我們這裡。」她說。

「誰？」我因爲分心想著事情而一時未能回過神來。

「鄧波爾・高特。」

「我們不確定他在這裡。」我說。

「我知道他在這裡。」

「妳怎麼知道？」

「因爲我的愛蜜莉出了這種事。同樣的手法。」一滴淚水滑落她的面頰。「妳知道，我想我應該擔心他接下來會對我下手。不過我不在乎，我已一無所有了。」

「我很遺憾。」我盡可能親切地說。「妳能否將那個星期天的事再多告訴我一些？十月一日那個星期天？」

「我們在當天早晨像往常一樣上教堂，還有主日學。我們吃了午餐，然後愛蜜莉在她房內，她練吉他練了一陣子。老實說，我看到她的時間不多。」她張大眼睛回憶著。

「妳是否記得她提前出門參加青年團契的聚會？」

「她到廚房裡來，我在烘烤香蕉麵包。她說她必須早一點出門去練吉他，我像往常一樣給她一點零錢讓她當捐獻金。」

「她回來之後呢？」

「我們吃飯，」她眼睛一眨也不眨。「她悶悶不樂。她要將襪子抱進屋子裡，但我不准。」

「妳爲什麼會認爲她悶悶不樂？」

「她看來不大一樣。妳知道孩子們在鬧脾氣時會怎麼樣。然後她回她房間裡，過了一陣子便就寢了。」

「告訴我她的飲食習慣。」我說著，回想起法古森原本打算在從匡提科回來時問史丹娜太太的問題。我想他沒有機會問。

「她很挑食，挑三揀四的。」

「她星期天晚上聚會回來後有吃完晚餐嗎？」

「我們吵了老半天，多少也與此有關。她一直將食物推開又鬧脾氣。」她的聲音哽咽。「總是得鬧好久……我要她吃飯總是得費盡千辛萬苦。」

「她有沒有腹瀉或反胃的問題？」

她將眼神移向我。「她經常不舒服。」

「不舒服可以有很多種含意，史丹娜太太。」我耐心地說。「她是否經常腹瀉或反胃？」

「是的。我已經告訴過麥斯・法古森這一點了。」淚水再度汨汨流出。「我眞搞不懂爲什麼要沒完沒了地回答這些問題，那只會觸景生情，勾起傷心事。」

「很抱歉。」我溫和地說著以掩飾我的訝異。她是什麼時候告訴法古森的？他在離開匡提科之後打電話給她？如果如此，她想必是在他死前與他交談過的最後幾人之一。

「她並不是因爲人不舒服才發生這種事的。」史丹娜太太說著，哭得更傷心了。「你們應該問些可以逮到『他』的問題才是。」

「史丹娜太太，我知道這對妳而言並不好受，但請告訴我梅莉・喬夭折時你們住在哪裡？」

「噢，上帝，請幫助我。」

她以雙手摀著臉。我看著她設法控制情緒，哭得肩膀不斷起伏。我漠然地坐著，等她慢慢冷靜下來，先是雙腳，然後是雙臂、雙手。她緩緩抬起頭望著我，她眼神透出一絲怪異的模糊冷光，令我莫名所以地想起了入夜的湖邊，想起黑得不像水的水。而我也像做夢時般焦躁不安。

她低聲說著，「史卡佩塔醫生，我想知道的是妳知不知道那個男人？」

「什麼男人?」我問著，這時馬里諾回來了，手裡拿著一份用土司做成的花生及果醬三明治、一條餐巾，和一瓶白葡萄酒。

「殺死那個小男孩的男人。妳有沒有和鄧波爾・高特說過話?」她問著，馬里諾則將她的酒杯扶正，再斟入一杯酒，並將三明治擺在一旁。

「來，我來幫忙。」我由他手中接過餐巾，擦拭濺在桌面的酒漬。

「告訴我他長得像什麼樣子。」她再度閉上眼睛。

我腦海中浮現高特的身影、他銳利的眼睛與淡黃的頭髮。他的五官很明顯，身材短小精悍。不過主要是那雙眼睛，我永遠無法忘記。我知道他可殺人不眨眼，他就是用這種藍色的眼眸凝視著他們，將他們殺害。

「對不起。」我說著，想起史丹娜太太仍在和我說話。

「妳爲什麼會讓他逍遙法外?」她又問了一次，彷彿是在指控，然後再度飲泣。

馬里諾要她去休息一下，說我們要走了。我們上車後，他情緒很惡劣。

「高特殺了她的貓。」他說。

「我們不能確定這一點。」

「我現在可沒興趣聽妳說得像個律師似的。」

「我是個律師。」我說。

「喔，是啊，對不起，我忘了妳也擁有這個學位。我老是忘了妳眞的是一個醫生兼律師兼印第安會長。」

「你可知道法古森在離開匡提科之後有沒有打電話給史丹娜太太？」

「見鬼了，我不知道。」

「他在開會時曾提起要問她幾個醫療方面的問題。依照史丹娜太太剛才告訴我的話，聽起來他好像問過，也就是說他在死前不久一定和她談過話。」

「也許他由機場一回到家就打電話給她。」

「然後他立刻上樓，在他的脖子上套了個繩索？」

「不，醫生，他上樓去解決。也許與她交談使他『性』致勃勃。」

有此可能。

「馬里諾，愛蜜莉喜歡的那個小男孩姓什麼？我知道他的名字是倫恩。」

「幹嘛？」

「我想去看看他。」

「如果妳不懂小孩子，那我提醒妳一聲，現在快九點了，明天還要上課。」

「馬里諾，」我心平氣和地說：「回答我的問題。」

「我知道他就住在離史丹娜家不遠。」他將車子停在路邊，打開車內燈。「他姓麥斯威爾。」

「我想到他家裡去。」

他在筆記本上瀏覽著，然後望著我。我由他疲憊的眼神看出的不只是惱怒，馬里諾痛苦萬分。

麥斯威爾家住在一棟現代化的小木屋裡，可能是組合屋，坐落於可以眺望湖泊的樹林中。我們駛入一條燈火通明的碎石車道。天氣已涼，杜鵑花的葉子已開始捲曲，我們在陽台等人來應門時，我們呼出的氣息都凝結成一團白霧。門打開時，我們面對著一個年輕削瘦的男人，瘦臉上戴著黑邊眼鏡，他穿著深色羊毛長袍與拖鞋。我暗忖著這座小鎮十點之後是否還有人尚未就寢。

「我是馬里諾隊長，這位是史卡佩塔醫生。」馬里諾擺出警方嚴肅的口吻說著，這種口氣足以讓小老百姓嚇得兩腿發軟。「我們與地方當局配合在偵辦愛蜜莉・史丹娜的案子。」

「你們就是城外來的那些人。」那個男人說。

「你是麥斯威爾先生？」馬里諾問。

「李・麥斯威爾。請進。我猜你們想談倫恩的事。」

我們進門時，一個穿著粉紅色運動服的肥胖婦人走下樓來，她看著我們的神情彷彿很清楚我們此行的目的。

「他在樓上他的房間裡，我在讀書給他聽。」她說。

「不知道我能不能和他談談。」我盡可能讓口氣委婉一些，因為我可以看得出來麥斯威爾家已飽受困擾。

「我可以去叫他。」那位父親說。

「不如我上樓去，如果可以的話。」我說。

麥斯威爾太太心不在焉地把玩著她的衣服袖口上一個鬆脫的線頭。她戴著十字形的銀色小耳環，與項鍊搭配。

「或許在醫生做訪談時，」馬里諾開口，「我可以和兩位談談？」

「已經過世的那個警察已經找倫恩談過了。」那位父親說。

「我知道。」馬里諾說話的口氣顯示他根本不在乎有誰找他們的兒子談過。「我們保證不會佔用你們太多時間。」他補充道。

「那麼，好吧。」麥斯威爾太太告訴我。

我緩緩跟著她，沿著沒有鋪地毯的樓梯走上二樓，沒有幾間房間，不過燈光亮得令我覺得刺眼。他們家的每一個角落似乎都燈火通明。我們走入倫恩的房間，那孩子穿著睡衣站在房中央，他瞪著我們，彷彿他正在做什麼我們不應該看的事，被我們撞見了。

「你怎麼不上床，孩子？」麥斯威爾太太的口氣聽起來是疲憊而不是嚴厲。

「我口渴。」

「要不要我再替你倒一杯水？」

「不用，沒關係。」

我看得出來愛蜜莉爲什麼會覺得倫恩可愛。他長得高高瘦瘦，有一頭陽光般燦爛的金黃色頭髮，以及湛藍色的眼眸，濃眉大眼，身材瘦高，五官清秀，嘴型完美，他咬著指甲的嫩肉部分。他戴著幾條生皮織成的臂飾，除非用割的，否則拔不下來，我感受得出他在學校一定很受歡迎，在女生之間尤其吃香，而我也認爲他應該對她們都不假辭色。

「倫恩，這位醫生是，」——她望著我——「對不起，不過必須麻煩妳再說一次妳的大名。」

「我是史卡佩塔醫生。」我朝倫恩笑了笑，他的表情變得有點困惑。

「我沒生病。」他脫口而出。

「她不是那種醫生。」麥斯威爾太太告訴她兒子。

「不然妳是哪一種？」這時他的好奇心已經克服了他的羞怯。

「這個，她這種醫生有點像魯西亞・雷。」

「他不是醫生。」倫恩瞪了他母親一眼。「他是葬儀社的人。」

「你上床去，孩子，免得著涼。史卡列提醫生，妳可以把那張椅子拉過來，我這就下樓去。」

「她的名字是史卡佩塔。」那孩子朝他母親大吼，她則已經出門。

他上床，用一條毛毯將自己裹住，那條毛毯的顏色看來像是泡泡糖。我留意到他的窗帘圖案是以棒球爲主題，也可以看到後面一些獎盃的輪廓。松木牆壁上懸掛著幾幀運動英雄的海報，我一個也不認得，只認出麥可·喬丹，他穿著耐吉運動服飛躍在半空中，像個威武的神祇。我拉了張椅子靠近床鋪，忽然覺得自己老了。

「你都從事什麼運動？」我問他。

「我打黃夾克。」他乾脆俐落地回答，因爲他找到了一個可以讓他逾時不就寢的聊天對象。

「黃夾克？」

「就是我參加少棒聯盟的隊伍。妳知道，我們在這附近所向無敵。沒想到妳竟然沒有聽過我們的隊名。」

「我相信如果我住在你們這地區，一定會聽過你們的名字，倫恩。可是我不住在這裡。」

他盯著我瞧，彷彿我是動物園的玻璃後的什麼珍禽異獸。「我也打籃球。我可以在兩腿之間運球，我敢說妳一定不會。」

「你說對了，我是不會。我希望你能和我談談你和愛蜜莉·史丹娜的友誼。」

他垂下眼望著雙手，兩手則緊張地把玩著毛毯的邊緣。

「你認識她很久了嗎？」我繼續說。

「我見過她。我們在教堂參加同一個青年團契。」他望著我。「另外，我們都是六年級，不過我們的導師不同。我的導師是溫特斯太太。」

「你在愛蜜莉搬到這裡來之後就認識她了嗎？」

「大概是吧。他們是由加州搬來的。媽說他們那邊會發生地震，因爲那邊的人不信耶穌。」

「愛蜜莉好像很喜歡你，」我說。「事實上，我敢說她暗戀你。你知道這件事嗎？」

他點頭，眼睛又垂了下來。

「倫恩，你能否告訴我，你最後一次看到她的情形？」

「在教堂裡。她帶著吉他，因爲輪到她了。」

「輪到她做什麼？」

「演奏。通常是歐文或是菲爾彈鋼琴，不過偶爾由愛蜜莉彈吉他。她彈得不大好。」

「你當天下午約好要和她碰面嗎？」

他臉頰緋紅，吸吮著下唇，以免嘴唇打顫。

「沒關係，倫恩。你沒有做錯事。」

「我叫她早一點到那邊去和我碰面。」他輕聲地說。

「她反應如何？」

「她說好，不過不能告訴別人。」

「你爲什麼要她早一點去和你碰面？」我繼續追問。

「我想要看看她是否會去。」

「爲什麼？」

他這時已經滿臉通紅，強忍著不要掉眼淚。「我不知道。」他勉強說出口。

「倫恩，告訴我發生了什麼事。」

「我騎腳踏車到教堂，只是想看看她是否在那邊。」

「那是幾點的事？」

「我不知道。不過至少在聚會之前一小時，」他說。「我隔著窗戶看到她。她在裡面，坐在地板上練吉他。」

「然後呢？」

「我離開，然後在五點時和保羅與威爾一起回來。他們就住在那邊。」他比著。

「你有和愛蜜莉說什麼嗎？」我問。

淚水滾落他的雙頰，他不耐煩地拭去淚水。「我什麼話也沒說。她一直看著我，不過我假裝沒有看到她，她很不高興。傑克問她怎麼了？」

「傑克是誰？」

「青年團契的領班。他在蒙崔特安德森學院就讀。他很胖，滿臉鬍子。」

「傑克問她怎麼回事時，她怎麼回答？」

「她說她好像得了流行性感冒，然後她就走了。」

「在聚會結束前多久？」

「就在我從鋼琴上將籃子拿下來的時候。因爲輪到我收獻金。」

「那應該是在聚會即將結束時吧？」

「她就是這時候跑了出去。她走捷徑。」他咬著下唇，雙手用力扯著毛毯，使手上的骨頭清晰可辨。

「你怎麼知道她走捷徑？」我問。

他抬頭看著我，大聲地抽著鼻涕。我遞了幾張面紙給他，讓他擤鼻涕。

「倫恩，」我再追問：「你確實『看到』愛蜜莉走捷徑嗎？」

「沒有，女士。」他溫順地說。

「有人看到她走捷徑嗎？」

他聳聳肩。

「那你爲什麼會認爲她走捷徑？」

「大家都這麼說。」他就這麼回答。

「就像大家都說她陳屍於什麼地方？」我口氣溫和。他沒有回應，於是我口氣更強硬地追問：「你很清楚那是什麼地方，對吧，倫恩？」

「是的，女士。」他像是在說悄悄話般地說。

「你可以跟我談談那個地點嗎？」

他仍盯著自己的手，回答道：「就是很多有色人種去釣魚的地方。有很多雜草與泥巴，樹上有大牛蛙與蛇，她就在那邊。一個有色人種發現了她，她身上只穿著襪子，他嚇得臉變成和妳一樣白。後來爹就裝上這些燈。」

「燈？」

「他在樹上以及各地方都裝上燈，那使我更睡不著，媽也因此而不高興。」

「是你父親告訴你湖邊那個地方的嗎？」

倫恩搖頭。

「不然是誰？」我問。

「克里德。」

「克里德？」

「他是學校裡的工友。他會做牙籤，我們花一塊錢跟他買那些牙籤，一塊錢十根。他將牙籤泡在薄荷油和肉桂汁裡。我最喜歡肉桂，因爲很辣，像火球糖一樣。有時候我午餐錢花光了，就用糖果和他交換。不過妳不能告訴別人。」他看來忐忑不安。

「這個克里德長得什麼樣子？」我問著，也心生警覺。

「我不知道，」倫恩說。「他是個拉丁美洲人，總是穿著白襪和長靴。我猜他很老了。」他嘆了口氣。

「你知道他姓什麼嗎？」

倫恩搖頭。

「他一直都在你們學校工作？」

他再度搖頭。「他接替艾伯特的職位。艾伯特因爲吸菸而生病，他們必須把他的肺割掉。」

「倫恩，」我問：「克里德和愛蜜莉互相認識嗎？」

他越說越快。「我們以前常逗她說克里德是她男朋友，惹她發火，因爲有一次他摘了幾朵花送她，他也會送糖果給她，因爲她不喜歡牙籤。妳知道，有許多女生喜歡糖果而不喜歡牙籤。」

「是的，」我苦笑了一下，「我想是有很多女孩會如此。」

我最後一個問題是問倫恩他是否到過愛蜜莉陳屍的湖邊。他說沒有。

「我相信他。」我和馬里諾駛出麥斯威爾家燈火通明的車道時，我告訴馬里諾。

「我不信。我看他是在撒謊，免得遭老媽子毒打。」他將暖氣關小。「這部車的暖氣是我開過最強的一部，它唯一美中不足的是沒有像妳那部賓士那種座位上的暖氣。」

「他對湖邊景色的描述，」我繼續說：「讓我相信他不曾親自到過。我不認爲是他將糖果留在那邊的，馬里諾。」

「不然是誰？」

「你對一個名叫克里德的工友有什麼了解？」

「完全沒概念。」

「那麼，」我說：「我想你最好去找他。我再告訴你一件事，我不認爲愛蜜莉在由教堂回家時走過湖邊那條捷徑。」

「狗屎，」他抱怨。「我最痛恨妳這樣子。眼看事情已經有點眉目了，妳又將整個拼圖推翻，又得重新來過。」

「馬里諾，我自己走過那條路。一個十一歲大的小女孩不可能——其他人也不可能——在入夜時這麼做的。在晚上六點時已經幾乎是一片漆黑了，而愛蜜莉就是六點時回家的。」

「那麼是她騙了她母親。」馬里諾說。

「看來是如此。不過爲什麼？」

「或許因爲愛蜜莉另有打算。」

「例如？」

「我不知道。妳房間裡有蘇格蘭威士忌嗎？我是說，沒有必要問妳有沒有波旁威士忌。」

「你說的對，」我說。「我的確沒有波旁威士忌。」

我回到輕鬆旅遊汽車旅館時，發現有幾則留言等著我。其中三則是班頓．衛斯禮留的。聯邦調查局將派直升機在清晨來接我。

我與衛斯禮聯絡上時，他神秘兮兮地說：「有一件事，妳外甥女出了一個緊急狀況。我們要直接將妳送回匡提科。」

「怎麼了？」我問著，腹部一陣絞痛。「露西還好吧？」

「凱，隔牆有耳。」

「可是，她還好吧？」

「就身體而言，」他說：「她沒事。」

10

第二天一早，我在霧氣中醒來，看不見遠山。我飛回北部的行程也因而必須延至中午才能起程。我在清新濕潤的空氣中晨跑。

我繞著這個有舒適住家與樸素車子的社區慢跑，一隻迷你型柯利牧羊犬在圍牆後的院子裡跑來跑去，對著落葉狂吠，我看了莞爾一笑。我跑過去時狗主人由屋子裡走了出來。

「好了，槍手，別叫了！」

那個婦人穿著一件有襯墊的長袍、毛絨絨的拖鞋，頭髮上纏著髮捲，就這麼走了出來，似乎絲毫不以爲意。她撿起報紙，用報紙拍打掌心，又喝斥了幾聲。我想在愛蜜莉・史丹娜遇害之前，這社區的居民唯一擔心的刑案可能就是有鄰居偷走你的報紙，或將衛生紙纏在你家的樹上。

蟬仍像昨天般唧唧鳴叫著，角豆與香豌豆全都披著一層露珠。到了十一點開始下起一場冷雨，我覺得自己像是在海上，被一片汪洋所籠罩。我想像著太陽是一個舷窗，如果我能由這個窗口望出去，或許可以結束這灰濛濛的一天。

直到下午兩點天氣才好轉，我也得以起程。我接到的指示是直升機不能在當地高中降落，因爲戰馬隊以及啦啦隊正在場中練習。我和惠特改在蒙崔特小鎮一座石製雙拱門內的草地上碰面，當地人信仰基督長老教派，也是宿命論者，距離輕鬆旅遊汽車旅館只有幾哩路。

黑山警方和我在惠特出現前就已到達，我坐在一部停在砂土路上的巡邏車裡，望著孩童玩奪旗橄欖球。男生追著女生跑，女生也追著男生跑，每個人都在搶對方腰帶上的一條紅布。當搶到球傳出去時，年輕的聲音便會在風中響起，或者當球傳入草叢中或街道上時，每個人都會停下來，這時候就不去理會什麼男女平等了，女生就等男生去撿球，待將球撿回來後，遊戲繼續進行。

當螺旋槳的聲音傳來，打斷了這天眞無邪的嬉戲時，我覺得有點遺憾。直升機颳起一陣強風，降落在場中央，孩子們看得目瞪口呆。我們飛到樹林上空時，我朝他們揮手道別。

太陽沉入地平線，像是太陽神阿波羅躺下來就寢，然後天空便一片漆黑。我們到達聯邦調查局時，我看不到任何星辰。衛斯禮一直藉著無線電了解我們的位置，我們降落時他在場等著。我一步下直升機，他便拉住我的臂膀帶我離開。

「走吧，」他說。「看到妳眞好，凱。」他輕聲補了一句，他的手指握著我的臂膀，令我更是心跳加速。

「法古森的內褲上採集到的指紋是鄧妮莎·史丹娜留下來的。」

「什麼？」

他帶我走過暗處。「我們在他的冰箱內找到的生理組織的血型是O型陽性，愛蜜莉·史丹娜的血型就是O型陽性。我們仍在等DNA檢驗結果，不過顯然是法古森在闖進史丹娜家綁走愛蜜莉時，偷走了那些內衣褲。」

「你是說，『某人』破門而入，綁走愛蜜莉。」

「沒錯。有可能是高特在耍花招。」

「班頓，拜託，到底是什麼緊急狀況？露西在哪裡？」

「我想她應該是在宿舍裡。」他回答著，我們走入傑佛遜大樓的大廳。

我瞇起眼望向服務台後的數位佈告板，看著上頭顯示的「歡迎光臨」，情緒仍很低落。今晚我不覺得受到歡迎。

「她做了什麼事？」我追問著，他用一張磁卡打開一道道有司法部及國家學院管制的玻璃門。

「等我們下樓再說。」他說。

「你的手情況如何？還有你的膝蓋？」我想起來了。

「我看過醫生之後就好多了。」

「謝了。」我冷冰冰地說。

「我指的是妳。妳是我最近唯一找過的醫生。」

「趁我在這裡，不妨也替你清理一下傷口。」

「不用了。」

「我需要雙氧水與棉花棒。別擔心，」我們走過清槍室時我聞到一股機油味。「應該不會太痛。」

我們搭電梯到最底層，調查支援組就位於聯邦調查局的腹地之處。衛斯禮手下轄有十一名調查員，這時他們都出外辦案了。我一向很喜歡衛斯禮辦公的場所，因爲他是一個懂情趣而且含蓄的男人，若不深入了解他，實在無法看出他這種個性。

大部分的執法人員都在牆上懸掛張貼他們與卑劣人性對抗後所獲得的獎章與紀念品，衛斯禮卻選擇油畫，而且他還擁有許多幅精采畫作。我最喜歡的是伐洛·伊頓一幅大型風景畫，我相信他與雷明頓一樣高明，有朝一日也會一樣價值連城。我的住處有幾幅伊頓的油畫，奇特的是，我和衛斯禮是不約而同地欣賞這位猶他州的藝術家。

這並不表示衛斯禮完全沒有保存那些紀念品，不過他只展示那些有特殊意義的。越南的白色警察帽、寒溪防衛隊的熊皮帽、由阿根廷帶回來的南美洲牛仔的銀馬刺，像這些都與衛斯禮所偵辦的連續殺人案或其他重大刑案毫無關係，那些是像我這種經常四處旅行的朋友送的。事實上，衛斯禮有許多關於我們關係的紀念品，因爲我在無法用言詞表達時就以紀念品來代表。所以他擁有一把義大利刀鞘、一把有精雕象牙握把的手槍，以及隨身攜帶在心臟部位口袋的一支萬寶龍鋼筆。

「告訴我，」我說著，拉過一張椅子。「還出了什麼事？你的氣色很差。」

「我也覺得很不舒服。」他將領帶解開，以手指梳攏著頭髮。「凱，」——他望著我——

「我不知道要怎麼跟妳說。老天！」

「說出來就是。」我平靜地說著，心頭一陣冰涼。

「看來露西闖進工程研究處，違反了安全規定。」

「她怎麼會闖進去？」我難以置信地問。「她有那棟大樓的出入許可，班頓。」

「她在凌晨三點時沒有出入許可，當時她的拇指指紋出現在生物測定鎖系統上。」

我難以置信地望著他。

「妳外甥女當然也沒有調閱與機密計畫有關的機密檔案之許可。」

「什麼計畫？」我硬起頭皮問道。

「看來她調閱了與光電、熱影像、影音強化等有關的檔案。她顯然也將她替我們做的那一套計畫列印出來。」

「你是說犯罪人工智慧網路？」

「是的，沒錯。」

「有什麼『沒有』調閱的？」我問道，腦中一片茫然。

「呃，那正是重點。她幾乎調閱了所有檔案，也就是說我們很難知道她到底想做什麼，或是爲誰而做。」

「那些工程師在研究的儀器眞的那麼秘密？」

「有些是秘密，由保全的觀點來看，所有的技術都是秘密。我們不希望外界知道我們在這種情況之下用某種設備，在其他情況下用某種設備。」

「她不會這樣。」我說。

「我們知道她做了。問題是爲什麼。」

「好吧，那麼，爲什麼？」我眨眼，忍住淚水。

「錢。那是我的揣測。」

「太荒唐了。如果她需要錢，她知道她可以來找我。」

「凱，」——衛斯禮傾身向前，雙手合攏擺在書桌上——「妳可知道這項情報有多珍貴？」

我沒有答腔。

「想想看，假設工程研究處發展出一種監聽設備，可以過濾掉背景雜音，讓我們得以監聽世界各地的任何交談。想想看，外界有誰想知道我們的原型或戰術衛星系統，或是露西正在研發的人工智慧軟體……」

我舉手阻止他再說下去。「夠了。」我說著，顫抖著深吸了一口氣。

「我不再確定我了解她了，我也不知道她怎麼會做出這種事來，班頓。」

他默不作聲，將眼光移開半晌才再與我四目交會。「妳曾向我提起過妳擔心她在酗酒。妳能否說得詳細一點？」

「我是猜想她喝酒會像她做其他事情一樣——很極端。露西不是很好就是很壞，喝酒只是一個例子。」我說著，也知道自己這番話會使衛斯禮更加懷疑。

「我懂了，」他說。「她家人有酗酒的情況嗎？」

「我開始在想，每個人的家中都有人在酗酒。」我口氣刻薄地說。「不過，是的，她父親是個酒鬼。」

「那是妳妹夫了？」

「他是，只持續一小段時間。你也知道，桃樂絲結過四次婚。」

「妳可知道露西曾有幾天晚上沒有回宿舍？」

「我對此毫無所知。她闖入的那天晚上她是否在床上？她有些同組同事與一個室友。」

「她可以在大家都就寢之後溜出去，所以我們無從得知。妳和妳外甥女相處好嗎？」他接著問。

「不特別好。」

「凱，她會不會做出像這種事來懲罰妳？」

「不會。」我說著，開始對他不滿。「我目前最不感興趣的事就是你利用我來調查我外甥女。」

「凱，」——他的聲音變柔和了——「我和妳一樣不希望眞的發生了這種事。推薦她進入工程研究處的人就是我，正設法要讓她畢業後來替我們工作的人也是我。妳想我會覺得好過嗎？」

「會發生這種事，應該有其他情況。」

他緩緩搖頭。「即使有人知道露西的密碼，他們還是無法進入，因爲那套生物測定系統也需要掃描她的手指。」

「那麼她是故意要被逮到。」我回答。「露西比別人更清楚，如果她調閱機密檔案，她會留下登入與登出的時間、操作記錄，以及其他線索。」

「我同意。這一點她知道得比別人更清楚，所以我才會對她的可能動機更感興趣。換句話說，她想證明什麼？她想傷害誰？」

「班頓，」我說，「會有什麼後果？」

「ＯＰＲ會進行一項正式的調查。」他回答，指的是「專業責任局」，類似警察局內部的政風處。

「如果她有罪呢？」

「那得視我們是否能證明她偷了什麼東西而定。如果她有偷，她就犯了重罪。」

「如果她沒有偷呢？」

「那還是得看ＯＰＲ查到什麼而定。不過我想至少露西已經違反了我們的安全法規，在聯邦調查局已經沒有什麼前途了。」他說。

我口乾舌燥，幾乎說不出話來。「她會不知何去何從。」

衛斯禮眼中充滿疲憊與失望。我知道他有多麼疼惜我外甥女。

「這期間，」他繼續用他在辦案時的平板語氣說下去，「她不能待在匡提科，她已經接到打包行李的指示了。或許她可以和妳住在里奇蒙，直到我們的調查結束。」

「當然，不過你知道我並不是一直都會待在那邊。」

「我們不是要軟禁她，凱。」他說著，眼中也閃現一絲暖意。我在他冰冷的眼神中捕捉到轉瞬即逝的情緒波動。

他起身。

「我今晚就載她到里奇蒙。」我也起身。

「我希望妳沒有事。」他說著，我知道他指的是什麼，我知道我此刻無法想這件事。

「謝謝你。」我回答，脈搏狂跳，彷彿我的心中正進行一場激戰。

不久後我到露西的房間找她時，她正在收拾床鋪，我走進門時她轉過身背對著我。

「我能幫妳什麼忙？」我問。

她將床單塞入一個枕頭套中。「沒有，」她說。「一切都在我的掌控中。」

她的住處擺設很簡樸，只有兩張床、書桌、橡木椅子。依照雅痞的住處標準來看，這種宿舍太簡陋，不過如果依軍營的標準而言，這樣已算是不錯了。我不知道露西的同組同事與室友此刻在何處，她們不知道是否已得知出了什麼事。

「妳可以去查看一下櫃子，以確定我將東西都拿出來了，」露西說。「右邊那一個。抽屜也檢查一下。」

「全都空了，只剩下妳的外套衣架，那些有軟墊的高級衣架。」

「那是我母親的。」

「那我想妳應該想保留它們。」

「不要。留給下一個搬進這鬼地方的白癡。」

「露西，」我說：「這不是聯邦調查局的錯。」

「不公平。」她跪在行李箱上將扣環固定住。「在證明有罪前應該如何對待無辜者？」

「就法律上而言，妳在證明有罪之前是無辜的。不過在這件違反安全規定的事件查明眞相之前，妳不能怪他們不讓妳繼續在機密區域工作。何況，妳又沒有遭到逮捕，妳只是奉命離開一陣子。」

她轉過來面對著我，她的眼睛既乾又紅。「一陣子意味著永遠。」

上車後我再仔細追問她，她不是涕泗縱橫就是怒氣沖沖。後來她睡著了，我仍沒問出什麼所以然來。在開始下起一陣冷雨時，我打開霧燈，跟著在前方柏油路面搖曳的紅色尾燈前進。有時候大雨與密雲使路況幾乎完全看不清，不過我沒有停在路邊等天氣好轉，只是換到低檔，在這部有胡桃木、軟皮、鋼鐵的車內繼續上路。

我仍不確定我爲什麼會購買我這部深黑色賓士五百E，只知道在馬克過世後，開部新車似乎非常重要。或許是爲了揮別記憶，因爲我們在我前一部車子裡有愛也有爭吵。也有可能只是因爲日子越來越難過，而我也越來越老，我需要掌握更多權力。

我駛入溫莎農場時聽到露西換姿勢的聲音，我就住在里奇蒙的這個老社區中，位於詹姆士距離河岸不遠的喬治亞式與都鐸式莊嚴建築之間。我的車頭燈照射到前方一個騎著腳踏車、面生的男孩足踝上的小反光板，然後我經過一對我不認識的夫妻，他們牽著手在遛狗。橡膠樹又掉落一大堆多刺的種子在我的院子裡，陽台上有幾份報紙。我不需要離家太久就會覺得像個外地人，我的房子也像是都沒有人在家。

露西抬行李進門時，我打開瓦斯爐煮一壺茶。我在火爐前坐了一陣子，聽著我外甥女從容地安置行李，沐浴。我們即將要討論一件讓我們心怯的事。

「妳餓了嗎？」我聽到她進來時問她。

「不餓。妳有啤酒嗎？」她問。

我遲疑了一下，然後回答：「在吧枱的冰箱裡。」

我又聽了一陣子，沒有轉過身，因爲我看著露西時，我要看到她如同我心目中的那種模樣。我喝著茶，鼓起勇氣面對這個美得懾人的聰慧女子，我和她有著若干相同的遺傳基因。經過了這麼多年，我們也該面對面了。

她來到火邊，坐在地板上，靠著石製火爐旁喝著啤酒。她穿了一套顏色鮮艷的運動服，那是我以前打網球時偶爾穿的。她打著赤腳，濕漉漉的頭髮往後梳。我體認到如果我不認識她，在她走過我身邊時我會多看她幾眼，這並不只是因爲她姣好的身材與臉蛋，人們可以感受到露西言談舉止、舉手投足的靈巧。她做什麼事情似乎都是輕而易舉，這也是她朋友不多的部分原因。

「露西，」我開口，「幫我說明一下。」

「我被耍了。」她說著，喝了口啤酒。

「如果那是事實，那麼是怎麼被耍的？」

「妳說『如果』是什麼意思？」她緊盯著我，眼中噙著淚水。「妳怎麼會認爲……噢，狗屎。有什麼意義？」她將眼光挪開。

「如果妳不告訴我眞相，我也愛莫能助。」我說著，覺得自己也不餓了。我到吧枱處倒了一杯蘇格蘭威士忌加冰塊。

「我們由事實開始。」我建議著，走回我的椅子。「我們知道有人在上個星期二大約凌晨三點時進入工程研究處，我們知道是使用妳的身分辨識碼與指紋進去的。辨識系統進一步記載著，這個人——也就是擁有妳的辨識碼與指紋的人——調閱了許多檔案。登出時間在凌晨四點三十八分整。」

「我被設計陷害了。」露西說。

「發生這件事情時妳在什麼地方？」

「我在睡覺。」她忿然喝完啤酒，起身再去拿另一罐。

我緩緩喝著蘇格蘭威士忌，因爲這種烈酒無法喝太快。「據稱，有幾個晚上妳的床鋪空著。」我平靜地說。

「妳知道嗎？那與別人無關。」

「當然有關，而妳也知道。在闖入事件發生當晚，妳在妳的床上嗎？」

「我什麼時候在什麼地方、在哪張床上是我的事，不干別人的事。」她說。

我們靜默不語，我回想著露西坐在暗處的野餐桌上，另一個女人用手捧著的火柴照亮了她的臉。我聽到她和她的朋友交談，也明白她言詞中所表達的情感，因爲我也知道什麼叫做甜言蜜語。我分辨得出來別人的聲音中是否含著愛意。

「工程研究處發生侵入案時妳到底在什麼地方？」我又問了一次。「或者我應該問妳是跟誰在一起？」

「我也沒有問妳是跟誰在一起。」

「如果問了能使我免於許多麻煩，妳就會問。」

「我的私生活與此無關。」她繼續說。

「不，我想妳擔心的是怕被拒絕。」我說。

「我不知道妳在說什麼。」

「我前幾天晚上看到妳在野餐區，妳和一個朋友在一起。」

她將眼光別開。「好啊，原來妳也在監視我。」她的聲音顫抖著。「別浪費時間跟我說教了，妳也別提什麼天主教的罪惡感了，因爲我不信天主教的罪惡感。」

「露西，我不是在批判妳，」我說著，不過就某方面而言我的確是在批判她。「幫我了解情況。」

「妳在暗指我是不正常或變態，否則我就不需要人來了解了。我可以讓人不假思索就接納我。」

「妳的朋友可以替妳在星期二凌晨三點的行蹤做擔保嗎？」我問。

「不能。」她回答。

「我明白了。」我只這麼說著，就這麼接受了她的立場，這意味著我所認得的那個女孩已經不見了。我不認識這一個露西，我也不知道自己做錯了什麼。

「妳現在打算怎麼辦？」她問我，這時夜色更濃了。

「我在北卡羅萊納州還有一個案子。我想我得在那邊待上一陣子。」我說。

「妳在這裡的辦公室呢？」

「費爾丁替我看著。我明天一早還得上法庭。事實上，我必須打電話給蘿絲確定時間。」

「什麼樣的案子？」

「凶殺案。」

「我想也是。我能跟妳一起去嗎？」

「如果妳想去。」

「呃，或許我乾脆回夏洛斯維爾。」

「做什麼？」我問。

露西看來有點惶恐。「我不知道。我也不知道要怎麼到那邊去。」

「我沒在用車時歡迎妳使用。或者妳可以到邁阿密直到學期結束，然後回學校去。」

她將最後一口啤酒喝完，然後起身，她眼中再度泛著淚光。「妳就承認吧，凱阿姨。妳認爲是我做的，對不對？」

「露西，」我坦白說道：「我不知道應該怎麼想。妳的說法和證據截然不同。」

「我從來沒有懷疑過妳。」她望著我，像是我使她心碎。

「歡迎妳在這裡過耶誕。」我說。

11

隔天早晨受審的那個北里奇蒙幫的幫派分子穿著一件雙排釦深藍色西裝，義大利絲質領帶打成完美的蝴蝶結。他的白襯衫看起來很潔淨；他的鬍子刮得很乾淨，戴著耳環。

委任律師托德．柯威爾將他的客戶打扮得很體面，因爲他知道陪審團很難抗拒「眼見爲憑」這種觀念。當然，我也相信這句至理名言，所以我盡可能多帶受害者的驗屍彩色照片出庭。那位開著紅色法拉利的托德．柯威爾想必不大喜歡我。

「史卡佩塔女士，」柯威爾在這個秋高氣爽的日子盛氣凌人地說著：「人們在古柯鹼的影響之下會變得很暴力，甚至會展現超人的力氣，是否眞有此事？」

「古柯鹼的確會使服用者產生幻覺及興奮，」我繼續朝陪審團回答。「像你所說的，超人的力氣，通常都是來自於古柯鹼或ＰＣＰ——那是一種馬匹的鎭定劑。」

「受害者的血液中同時檢驗出古柯鹼與苯基柯寧。」柯威爾彷彿我已同意他的說法般繼續說下去。

「沒錯。」

「史卡佩塔女士，妳能否向陪審團解釋那代表什麼意義？」

「我首先要向陪審團解釋，我是一個有法律學位的醫生。我的專長是病理學，副專長是法醫病理學，這你應該很清楚，柯威爾先生。所以麻煩你稱呼我史卡佩塔醫生，而不是史卡佩塔女士。」

「好的，女士。」

「能否請你再重述剛才的問題？」

「能否請妳向陪審團解釋，如果有人在血液中檢驗出含有古柯鹼以及苯基柯寧，那代表什麼意義？」

「苯基柯寧是古柯鹼代謝後的產物。如果有人在血液中同時含有這兩種成分，意味著他所服用的古柯鹼中有部分已經代謝了，有些尚未代謝。」我回答著，發覺露西在後方角落，她的臉有一部分被一根柱子遮住。她看來很頹喪。

「那意味著他的毒癮已有很長的時間，由他身上的針孔更可看出這一點。這也可以顯示，當我的委託人在七月三日晚上與他碰面時，我的委託人面對的是一個極度激動、興奮、暴力的人，他別無選擇，只能自衛。」柯威爾邊說邊踱著步，他那個穿得光鮮亮麗的委託人像一隻焦躁不安的貓般地望著他。

「柯威爾先生，」我說：「受害人鍾納．瓊斯被一把可以裝三十六發子彈的九釐米手槍連開十六槍，其中七槍打中他的背部，還有三槍是近距離、甚至是貼著瓊斯先生的後腦開槍。

「依我之見，這與爲了自衛而開槍不符，尤其是瓊斯先生的酒精濃度達點二九，幾乎是維吉尼亞州法定值的三倍。換句話說，受害者在遭到攻擊時，他的運動神經與判斷力大致上已經無法運作。老實說，如果瓊斯先生能站得起來，我都會感到驚訝。」

柯威爾轉過身面對波法官。自從我來到里奇蒙之後，這個法官就一直有個綽號叫烏鴉。毒梟互相廝殺，以及孩童帶槍上學和在校車上互相開槍，已經令他疲憊的心靈感到很厭煩。

「庭上，」柯威爾戲劇化地說：「我想要求將史卡佩塔女士最後那段證詞刪除，因爲那既是揣測之詞也是想煽動情緒，那無疑地並非她的專業。」

「這個，我不知道醫生所說的不是她的專業，柯威爾先生，而且她已經很有禮貌地請你稱呼她史卡佩塔『醫生』，我對你的古怪行徑及手段都已經很不耐煩了……」

「可是，庭上——」

「事實上史卡佩塔醫生已經數次在我的法庭出庭，我對她的專業能力相當了解。」法官繼續用他的南方腔調說著，聽起來好像在捲溫熱的太妃糖。

「庭上……」

「依我看她每天都在處理這種事情……」

「庭上？」

「柯威爾先生，」烏鴉大吼一聲，他已微禿的頭部也漲紅了，「如果你再打岔一次，我就以蔑視法庭的罪名起訴你，讓你到監獄裡住幾個晚上！清楚沒？」

「是，大人。」

露西伸長了脖子觀望，陪審團的每個成員也都緊張了起來。

「我要讓記錄忠實地反映史卡佩塔醫生所說的話。」法官繼續說道。

「沒有其他問題了。」柯威爾簡潔地說。

波法官以法鎚重重一搥結束庭訊，也吵醒了後排一個戴著黑色草帽、一直在打瞌睡的老婦人。她嚇了一跳，坐正後脫口說出：「誰？」然後她想起自己身在何處，於是開始哭泣。

「沒關係，媽媽。」我聽到另一個婦女說著，衆人也休庭各自去午餐。

我在離城之前，順道前往戶籍資料處，我有一個老朋友及同事在此擔任戶籍登錄人員。在維吉尼亞州，無論是出生或死亡，都得經過葛洛莉亞・關愛的簽署才算合法，她雖然和鮭魚卵一樣是土生土長的本地人，但她認識各州的同行。幾年來我多次承蒙葛洛莉亞的鼎力協助，查證某人是否還存活，是否已婚、離婚，或經人收養。

她的同事告訴我她在麥迪遜大樓的自助餐廳吃午餐。到了一點十五分，我發現葛洛莉亞獨自坐在一張桌旁，吃著香草優格以及什錦水果罐頭。她正聚精會神在讀一本厚書，我從封面看出那是名列《紐約時報》暢銷書排行榜的平裝驚悚小說。

「如果我得吃像妳這樣的午餐，那我就乾脆不吃。」我說著，拉了一張椅子過來。

她抬頭看著我，先是一臉茫然，隨後喜形於色。「哎啊，我的天。妳在這裡做什麼，凱？」

「我就在對街工作，妳不會忘了吧。」

她開懷大笑。「能否請妳喝杯咖啡？親愛的，妳看起來很勞累。」

葛洛莉亞・關愛人如其名，長大後也眞的充滿愛心。她是個心寬體胖的五十來歲婦女，對經手的每一份文件都付出高度的關心。對她而言，記錄不只是文件以及分門別類，無論是高官權貴或市井小民，她都一視同仁。

「我不喝咖啡，謝謝。」我說。

「我聽說妳已經不在對街工作了。」

「我離城一兩星期後人們就急著想炒我魷魚了，眞有意思。我如今是聯邦調查局的法醫顧問。我經常進進出出的。」

「依照我所聽到的消息，我想，應該是進進出出北卡羅萊納州吧。連丹・拉瑟前幾天晚上也在談史丹娜家女孩的案件，這件事ＣＮＮ也有報導。天啊，這裡眞冷。」

我環顧著陰冷的州政府自助餐廳，用餐的客人似乎都無精打采的。許多人埋頭猛吃，夾克與毛線衣都扣到下巴處。

「他們將所有的自動調溫器重新設定爲華氏六十度，以節約能源，那眞是天大的笑話。」葛洛莉亞繼續說道。「我們在維吉尼亞醫學院裡還有蒸氣暖氣，所以降低調溫器的溫度根本無法節省任何電力。」

「我覺得這裡還不到六十度。」我說。

「因爲現在是五十三度，那也就是外面的溫度。」

「歡迎妳到對街去使用我的辦公室。」我打趣地笑著告訴她。

「喔，那可是全鎭最溫暖的地方了。我能幫妳什麼忙，凱？」

「我想追查一件疑似嬰兒猝死症候群的案子，大約十二年前發生在加州。那名嬰孩的名字是梅莉・喬・史丹娜，父母的名字是鄧妮莎與恰克。」

她立刻寫下。她很專業，沒有問我為何要查。「妳可知道鄧妮莎・史丹娜的娘家姓？」

「不知道。」

「加州什麼地方？」

「我也不知道。」我說。

「妳可不可能查出來？妳能提供的消息越多越好。」

「還是請妳先用這些資料查查看吧。如果查不出來，我再看看我還能找到什麼資料。」

「妳剛才說疑似嬰兒猝死症候群。有可能不是嬰兒猝死症候群嗎？我必須知道，以免登記成別的死因。」

「依照推測，那個孩子夭折時是一歲大，那令我很困惑。妳也知道，嬰兒猝死症候群的發病高峰期是在三到四個月大時，超過六個月大的嬰兒就不大可能罹患這種病了。過了一歲，應該就是其他的猝死症。所以，沒錯，很有可能登記成別的死因。」

她把玩著茶包。「如果是發生在愛達荷州，我只要打電話給珍，她可以依嬰兒猝死症候群的分類去查詢，在九十秒內就可以給我答覆。不過加州有三千兩百萬人口，這是最難處理的州之一，或許要用特殊方式查詢。來吧，我送妳出門，那算是我今天的運動了。」

「那位戶籍登錄人員在加州首府嗎？」我們沿著一條死氣沉沉的走廊前進，有許多行色匆匆的市民前來洽公。

「是的。我一上樓就打電話給他。」

「那麼我想妳認識他了。」

「噢，當然。」她笑了。「我們這一行總共也不過五十個人，我們找不到別人聊天。」

當天晚上我帶露西到高級法國餐廳，享受名廚的料理，有水果醃小羊肉，以及一瓶一九八六年份的名酒。我答應她回去後再請她吃一客加了阿月渾子與馬沙拉白葡萄酒的甜美巧克力慕斯，我珍藏在冰箱內，以備不時之需。

不過我們在回家之前，先驅車至市區內的休柯巴登，在街燈下的鵝卵石步道散步，這地區不久前我還不敢靠近。我們走在河邊，天空暗藍，繁星點點，我想起了班頓，然後又因截然不同的原因而想起了馬里諾。

「凱阿姨，」我們進去一家咖啡廳喝卡布其諾時，露西說：「我能不能找個律師？」

「做什麼？」我明知故問。

「即使聯邦調查局無法證明他們加諸我的罪狀，他們還是會從此將我摒除於門外。」她口氣雖然平穩，但掩不住痛苦。

「告訴我妳要什麼。」

「一個大人物。」

「我幫妳找一個。」我說。

我沒有依照原先的計畫於星期一回到北卡羅萊納州，反倒飛往華盛頓。我在聯邦調查局還有些事待辦，不過我得先去探視一位老朋友。

法蘭克．羅德參議員當年和我在邁阿密就讀同一所天主教高中，不過不是同一期的，他比我年長甚多。當我在戴德郡法醫辦公室任職，而他擔任州檢察官時，我們才結為朋友。他成為州長、參議員時，我已經離開這個南部的出生地；他受命為參議院司法委員會召集人後，我們才再度聯絡上。

羅德在推動美國有史以來最艱鉅的犯罪防治法的立法時，曾要求我擔任顧問，我也曾請他幫過忙。他可以算是露西的貴人，這點露西一直不曾得悉，若沒有他說項，她或許就無法獲准入學，或是今年秋季的留校實習。我不知該如何向他啓齒談起此事。

晌午時分，我在大廳內一張光亮的棉椅上等他，大廳牆壁為艷紅色，鋪著波斯地毯，以及一盞富麗堂皇的水晶吊燈。外頭有各種聲響由大理石走道傳過來，偶爾也有觀光客由門口探頭進來，希望能在參議院餐廳內看到某個政治人物或什麼大人物。羅德準時赴會，他活力充沛，給我一個快速而僵硬的擁抱。他是一個親切、沒有架子的人，不善於表達感情。

「你的臉上有我的口紅印了。」我將他下巴處的唇印擦掉。

「噢，妳應該留著，讓我同事們有個茶餘飯後的話題。」

「我看他們的話題已經夠多了。」

「凱，見到妳眞好。」他說著，陪我進入餐廳。

「你或許會發現沒有那麼好。」我說。

「當然很好。」

我們挑了一張潔亮的窗戶旁的桌子，窗外是騎著馬的喬治・華盛頓，我沒有看菜單，因爲一直沒有改變過菜色。羅德參議員儀表堂堂，有一頭濃密的灰髮、深邃的藍眼眸。他身材高瘦，偏好優雅的絲質領帶及老式的華麗服飾，例如坎肩背心、袖釦、懷錶、領帶別針等。

「妳怎麼會到華府來？」他問著，將餐巾擺在腿上。

「我有些證物必須與聯邦調查局的實驗室討論。」我說。

他點頭。「妳在偵辦那件駭人聽聞的北卡羅萊納州案件。」

「是的。」

「非得阻止那種殺人狂不可。妳認爲他在當地嗎？」

「我不知道。」

「我只是在想，他爲什麼會在那邊，」羅德繼續說。「照理說他應該到其他地方避避風頭才對。也罷，我看這些歹徒在做決定時很少依常理判斷。」

「法蘭克，」我說：「露西惹上大麻煩了。」

「我感覺得出來有事，」他淡然地說。「我從妳的神情可以看得出來。」

我花了半個小時向他說明事情原委，我很感激他的耐心。我知道他當天有幾項法案要投票，也有很多人想瓜分他的時間。

「你是個好人，」我誠摯地說。「而我卻讓你失望了。我要求你幫忙，我幾乎不曾要求過別人，而結果卻如此丟人現眼。」

「是她做的嗎？」他問著，幾乎一直沒有碰他盤中的烤蔬菜。

「我不知道，」我回答。「證據對她不利。」我清清喉嚨。「她說不是她做的。」

「她一向對妳實話實說嗎？」

「我想是吧。不過我最近也發現她有若干重要事情沒有告訴我。」

「妳問過她了嗎？」

「她表明立場說有些事情不關我的事，還有我不應該評斷她。」

「凱，如果妳擔心自己帶著批判的眼光，那麼妳或許已經在批判她了。而且無論妳說什麼或不說什麼，露西都可以感受到這一點。」

「我一直不喜歡去批評及糾正她，」我懊惱地說道。「可是她的母親，桃樂絲，我唯一的妹妹，太過依賴男人，又太過自我中心，無法處理女兒的現實生活。」

「而今露西惹出紕漏來了，妳又在想妳自己犯了什麼錯。」

「我倒沒有察覺到自己在想這一點。」

「我們很少能察覺到這種潛伏在理性底下的原始焦慮。要將之消除，唯一的辦法就是將一切攤開來談。妳認爲自己夠堅強，可以承受得了嗎？」

「是的。」

「讓我提醒妳，如果妳開口問，就得承受那些答案。」

「我知道。」

「目前只能希望露西是無辜的。」羅德參議員說。

「然後呢？」我問。

「如果露西沒有違反安全規定，顯然就是另有其人。我的問題是，爲什麼這麼做？」

「我的問題是『怎麼做的』。」我說。

他向服務生招手示意上咖啡。「我們眞正必須先確認的是動機。露西會有什麼動機？別人會有什麼動機？」

爲了錢是很簡單的答案，不過我認爲那不是眞正的動機，也這麼告訴他。

「金錢就是權力，凱，一切都是爲了權力。我們這些墮落的生靈永遠不會滿足。」

「是啊，禁果。」

「當然，那是萬惡之源。」他說。

「這個悲慘的事實每天都在血淋淋地上演。」我附和。

「那對妳目前面臨的問題有何啓示？」他在咖啡內摻糖。

「讓我知道動機。」

「當然了。權力，就是如此。請告訴我，妳要我怎麼做？」我的老朋友問道。

「除非能證明露西由工程研究處偷走任何檔案，否則他們不會對她起訴任何罪名。不過我們在此交談時，她的前途也毀了——至少就檢調單位，或是任何需要背景調查的職位而言都完了。」

「他們已經證明她就是當天闖入的人嗎？」

「他們擁有他們需要的證據，法蘭克，問題就在這裡。我不確定他們會花多大心血去還她清白，如果她是無辜的。」

「如果？」

「我設法不要有先入爲主的偏見。」我端起我的咖啡，然後決定不要再讓身體受更多的刺激。我的心跳加速，雙手也不由自主地抖著。

「我可以和主任談一談。」羅德說。

「我只希望能有人在幕後確保這件事能徹底調查清楚。若露西被開除了，他們並不會覺得有什麼大不了的，反正還有那麼多事情待辦，而且她又只是一個大學生，老天。所以他們怎麼會在乎？」

「我倒希望聯邦調查局能多關心這種事。」他說著，抿著雙唇。

「我很清楚官僚體制，我這輩子都在這種體制中工作。」

「我也是。」

「那你一定很清楚我在說什麼。」

「沒錯。」

「他們要她到里奇蒙和我同住，直到下個學期。」我說。

「這麼說，那就是他們的裁決了。」他再度端起咖啡。

「正是如此，那對他們而言只是舉手之勞，可是我外甥女怎麼辦？她才二十一歲，她的夢想就此破滅。她該何去何從？過完耶誕節之後回維吉尼亞大學，佯裝什麼事都沒有發生？」

「聽著，」他親切的撫著我的臂膀，這種親切感總會令我希望他是我父親。「我會以避免干預行政作業爲原則盡力而爲，能信得過我嗎？」

「信得過。」

「同時，不知妳是否介意我提供妳一點個人的忠告？」他瞥了手錶一眼，向服務生招手。「我遲到了。」他再望向我。「妳最大的問題是妳的家務事。」

「我難以苟同。」我誠摯地說。

「是否同意悉聽尊便。」他笑著接過服務生遞來的帳單。「妳和露西情同母女。妳要如何幫她度過這個難關？」

「我認爲我今天已經在進行了。」

「而我則認爲妳今天這麼做是因爲妳想和我見面。對不起，」他朝服務生示意。「我看這不是我們的帳單，我們沒有叫四道小菜。」

「我看看。噢，糟糕。噢，眞抱歉，羅德參議員。那是另一桌的。」

「既然如此，就叫甘迺迪參議員一併付了吧。他的和我的。」他將兩張帳單都遞給服務生。

「他不會反對的。他相信納稅與花費。」

那位服務生是位肥胖的婦人，身著黑色套裝與白圍裙，頭髮在肩膀處內捲。她笑著，對自己所犯的錯誤總算鬆了一口氣。「遵命，先生！我一定會這麼告訴參議員。」

「妳告訴他，要再多給一筆慷慨的小費，密蘇里，」他在她離去時說道。「告訴他是我說的。」

密蘇里已年逾七十，她在幾十年前搭北上列車離開南部老家，這些年來目睹參議員們的盛衰榮枯、落選後再度當選、情場得意或政壇失意。她知道什麼時候可以打岔上菜，什麼時候該添茶或告退。她知道這個美好的房間內那些掩飾得宜的秘密的眞面目，因爲要對一個人做出最準確的評斷，就是在沒人觀察時他會如何對待像她這樣的人。她喜愛羅德參議員。我由她望著他時柔和的眼神以及她聽到他的名字時的神情，就可看得出來。

「我只是想督促妳多花點時間陪露西，」他繼續說道。「別忙著替別人解決難題，尤其是她的難題。」

「我不相信她可以自行解決這個難題。」

「我的看法是，妳可以不用告訴露西我們今天這場交談。妳也不用告訴她，我會一回辦公室就替她打電話。如果需要有人告訴她什麼事，就由我來開口。」

「同意。」我說。

不久後我在羅素大樓外攔了一部計程車，前往和衛斯禮約好兩點十五分碰面的地點，與他會合。他坐在聯邦調查局總部外的半圓形廣場的一張長椅上，雖然他看來好像正津津有味地在讀一本小說，然而在我打算喊他名字之前許久，他就已經注意到我了。一個來參訪的團體走過我們身旁時對我們視而不見，衛斯禮將書闔上，放入外套口袋裡，站了起來。

「妳的旅途可好？」他問道。

「如果把前往機場及由機場出來的時間算在內，搭飛機所花的時間和開車差不多。」

「妳是搭飛機來的？」他替我拉開大廳的門。

「我讓露西用我的車。」

他摘下墨鏡，替我們兩人各取了一張來賓通行證。「妳認得刑案實驗室的主任傑克・卡懷特嗎？」

「見過面。」

「我們要到他辦公室做一場快速又齷齪的簡報，」他說。「然後我要帶妳去一個地方。」

「什麼地方？」

「一個很難前往的地方。」

「班頓，如果你再這麼打啞謎，我可別無選擇要開始說拉丁文來報復了。」

「妳知道我最痛恨妳說拉丁文。」

我們將來賓通行證插入一個旋轉柵門內，進入後沿著一道長走道走向一部電梯。我每次來到聯邦調查局總部，就會想起我實在很不喜歡這個地方。很少有人與我眼神交會或微笑，每件事或每個人似乎都隱藏在各種不同的白色或灰色的百葉窗後。各實驗室間的無數走道錯綜複雜宛如迷宮，如果我自己走，一定會迷路。更糟的是，在這裡工作的人似乎也搞不清楚要怎麼走。

傑克・卡懷特的辦公室景觀不錯，陽光照在他的窗戶上，使我想起了當年埋首工作、鞠躬盡瘁的那些美好時光。

「班頓，凱，午安。」卡懷特與我們握手。「請坐。這位是喬治・基爾比，這位是希斯・里查茲，實驗室的工作人員。你們見過面嗎？」

「沒有。你們好嗎？」我和那兩人打招呼，他們都很年輕，神情嚴肅，衣著樸實。

「有人要喝咖啡嗎？」

沒有人要，卡懷特似乎也急著想談正事。他看來很迷人，他那令人肅然起敬的辦公室似乎在向人證明他辦事情的方式。每份文件、每個公文封，以及電話留言都井然有序地放在定位，一本筆記本上擺著一枝老舊的銀色派克鋼筆，那種筆只有極度守舊的人還在用。我注意到他的窗戶旁有盆景，窗台上還擺著他妻女的照片。外頭陽光普照，車水馬龍，還有小販在叫賣T恤衫、冰淇淋，以及牛奶。

「我們一直在偵辦史丹娜的案子，」卡懷特開始說：「至目前爲止有若干相當有意思的發展。我先由或許是最重要的那一項開始，也就是在冰箱內找到的皮膚。

「雖然我們的DNA分析尚未完成，我們仍然可以確定那是人類的生理組織，血型是O型陽性。我相信你們也知道，受害者愛蜜莉・史丹娜也是O型陽性。那些生理組織的大小與形狀也與她的傷口相符。」

「不知道你們能否確定那些生理組織是用什麼器具切割下來的？」我說道，並記著筆記。

「一種單刃、銳利的切割工具。」

「那幾乎什麼刀子都有可能了。」衛斯禮說。

卡懷特繼續說下去。「你可以看得出凶手在開始切割時劃在肌肉上的第一個點，所以我們談的是一種有尖端的單刃刀。我們目前只能將範圍縮小到這裡。還有，」——他望向衛斯禮——「我們在你送過來的那些刀子上都檢驗不出任何人類的血跡。呃，就是由法古森家送來的那些。」

衛斯禮點頭，面無表情地聽著。

「好，微物證據，」卡懷特再說下去。「這就開始有意思了。我們在顯微鏡下發現愛蜜莉・史丹娜的屍體及毛髮上有些不尋常的物質，她鞋底下也有。我們找到若干與她床鋪上的毛毯相符的藍色壓克力纖維，以及和她穿到教堂的綠色燈芯絨外套相符的綠色棉纖維。

「還有若干羊毛纖維，我們不知道是從哪裡來的。我們也找到若干塵蟎，它的來源到處都有可能。不過這個東西的來源可不是到處都有可能。」

卡懷特由他的旋轉椅轉過身，打開他身後櫃子上的放影機。畫面上出現四個不同的切片，有點像細胞的物質，讓人想起蜂巢，不過這上頭有些地方沾上了琥珀色。

「各位所看到的，」卡懷特告訴我們，「是一種稱爲Sambucus simpsonii 的植物組織切片，那是生長在佛州南部的海岸平原及礁湖間的一種灌木。最有意思的地方在這裡的黑點部分。」他指向那些沾了污點的地方。「喬治，」——他望向其中一個年輕的科學家——「這是你的專長了。」

「這些是丹寧囊。」喬治・基爾比靠近我們，加入討論。「由這個輻射狀切片可以看得更清楚。」

「丹寧囊到底是什麼？」衛斯禮追問。

「那是植物莖部用來上下傳送物質的運輸管道。」

「什麼物質？」

「一般都是細胞活動產生的廢物。各位也知道，現在各位看到的這個是植物的髓，這就是植物的丹寧囊所在的位置。」

「你是說這個案子的微物證據是髓？」我問。

喬治・基爾比幹員點頭。「沒錯。商業上稱之爲髓木，雖然就專業術語上而言並沒有這種東西。」

「髓木是做什麼用的？」衛斯禮問。

這時卡懷特回答：「通常用來固定精細的機器零件或珠寶首飾。例如珠寶匠或許會將小耳環或手錶的齒輪插在髓木上，以免這些東西在桌上滾動或被袖子甩落地上。如今大家都改用泡沫塑膠了。」

「她身上留有很多這種髓木嗎？」我問。

「相當多，大都在流血的部位，她身上遺留的微物證據也大都是在那些部位採集到的。」

「如果有人想要髓木，」衛斯禮說：「要到哪裡找？」

「佛州南部的大沼澤，如果你想自己砍樹的話，」基爾比回答。「否則就得用訂購的。」

「到哪裡訂購？」

「我知道在馬利蘭州的銀泉市有一家公司。」

衛斯禮望著我。「看來我們得查查看黑山地區有誰在修珠寶首飾了。」

我告訴他：「如果黑山地區有珠寶匠，我也會大感意外。」

卡懷特再度開口。「除了剛才提到的證物外，我們在顯微鏡下也發現了若干昆蟲。甲蟲、蟋蟀、蟑螂——其實也沒有什麼特別的。還有一些白色與黑色的漆斑，都不是汽車上的。還有，她的頭髮中有木屑。」

「來自什麼樣的木材？」我問。

「大都是胡桃木，不過我們也檢驗出有桃花心木。」卡懷特望著衛斯禮，衛斯禮正望著窗外。

「你在冰箱內找到的皮膚都沒有這些物質，不過她的傷口上則有。」

「意思是說這些傷口的皮膚先割下來之後，屍體才運到藏屍地點，然後沾到這些物質？」衛斯禮說。

「可以這麼猜，」我說。「不過割下皮膚加以保存的人也有可能先加以洗淨。那原本一定是血淋淋的。」

「會不會是放在某種交通工具裡面？」衛斯禮繼續說。「例如車後行李箱？」

「有可能。」基爾比說。

我知道衛斯禮是朝哪個方向思考。高特曾經在一部破爛不堪的老舊廂型車內謀害十三歲的艾迪・希斯，車上就有各種令人費解的證物。簡單地說，高特先生，一個喬治亞州經營胡桃園的富商之子，一個變態殺人狂，偏好以留下一些令人摸不著頭緒的證物爲樂事。

「至於艷橘色的絕緣膠帶，」卡懷特說著，終於談到這個主題。「是不是還沒有找到那捲膠帶？」

「我們還沒找到那種東西。」衛斯禮回答。

希斯・里查茲幹員翻閱著筆記本，卡懷特告訴他：「我們開始談這一項吧，因爲我個人認爲那會是這件案子中我們找到的最重要的證物。」

里查茲開始侃侃而談，就像我見過的其他刑事鑑識人員一樣，他熱愛他自己的專長。聯邦調查局的資料庫裡有一百多種絕緣膠帶，以備刑案中涉及膠帶時可以用來鑑識。事實上，這種司空見慣的日用品被用來做案，令我難免在經過五金行或雜貨店看到這種家用品時，也會變成恐怖的回憶。

我曾用絕緣膠帶將被炸得支離破碎的遺骸拼湊在一起，我也曾將性虐待狂凶手綑綁的被害人身上的膠帶拆除，還曾由綁著磚塊沉屍河底及湖底的被害人身上拆下膠帶。我已經數不清那些送進停屍間時嘴巴仍蒙著膠帶的受害者有多少人了。只有進了停屍間，這些屍體才能開口，只有到了那時候，才有人會關心所發生的一切恐怖事情。

「我從來沒有見過這種膠帶，」里查茲說。「而它的撚線數目之高，也讓我確定，無論買這捲膠帶的人是誰，都不是在商店裡買的。」

「你怎麼能確定？」衛斯禮問。

「這是專業的規格，撚線數目是六十二條經線與五十六條緯線，而在大賣場購買的二十比十那種經濟型的規格，一捲才一、兩塊美金。專業型的一捲或許要花上十塊美金。」

「你可知道這種膠帶是在哪裡生產的？」我問。

「北卡羅萊納州希克利市的休福工廠，那是全國數一數二的大型膠帶製造廠。他們最出名的品牌是『黏得牢膠帶』。」

「希克利位於黑山東方大約只有六十哩。」我說。

「你曾經找休福工廠的人談過嗎？」衛斯禮問里查茲。

「有，他們仍在替我追查膠帶流向。不過我們至目前已經有些成果。這種艷橘色膠帶是該公司在八〇年代專爲一個私人商標客戶製造的。」

「什麼是私人商標客戶？」我問。

「就是有人想要一種特殊的膠帶，於是下訂單或許至少一次製造五百箱，所以還有數百捲膠帶我們可能永遠看不見，除非像這一捲這樣的出現。」

「你能否舉個例子，有什麼樣的人會設計他自己的膠帶？」我進一步追問。

「我知道有些賽車選手就會訂購，」里查茲回答。「例如李察・派狄所訂購的就是紅色與藍色；而達里・瓦崔普用的則是黃色。休福公司幾年前也曾遇過一個客戶因爲他的工人老是會在下班時順手牽羊拿走昂貴的膠帶，因此就自己訂購了獨一無二的亮紫色膠帶。你知道，如果你用紫色膠帶修補家裡的管線，或修補你孩子的充氣游泳池，一眼就可以看出你是偷來的。」

「那會是這種艷橘色膠帶的目的嗎？防止工人偷走？」我問。

「有可能，」里查茲說。「還有，它還是防火的。」

「那不尋常嗎？」衛斯禮問。

「很不尋常，」里查茲回答。「依我看，防火膠帶只用在飛機及潛水艇上，而這兩種用途都不需要艷橘色膠帶，至少我就不認爲如此。」

「爲什麼有人會需要將膠帶做成橘色的？」

「這是值百萬獎金的益智問答題，」卡懷特說。「我一想到橘色，就聯想到打獵以及錐形的交通路標。」

「我們再回來討論凶手用來綁史丹娜太太和她女兒的那些膠帶，」衛斯禮建議。「你還有什麼可以提供給我們的？」

「我們在那些膠帶上找到若干像是家具上的亮光漆，」里查茲說。「還有，那些膠帶由整捲撕下來的次序與綁在那位母親手腕及腳踝的次序不符。這意味著那個歹徒撕下了他認爲需要用到的許多片段，或許將之先黏在家具的邊緣上。在他開始綑綁史丹娜太太時，已經準備妥供他使用的膠帶，一次用一片。」

「只是他將次序弄亂了。」衛斯禮說。

「是的，」里查茲說。「我將用來綁母親和女兒的這些膠帶都加以編號。你們要不要看一看？」

我們都說要。

衛斯禮和我當天下午就一直待在材料分析組，置身於一大堆氣相層析儀、質譜儀、差示掃描熱量器，以及用來決定是何種材料及其熔點的其他複雜萬分的儀器之間。我站在一部攜帶式爆裂物偵測器旁邊，里查茲則繼續分析用來綑綁那對母女的那種特製膠帶。

他向我們解釋，在他用熱蒸氣將黑山警局送來的膠帶打開時，他數了數總共有十七片，長度由八吋至十九吋不等。他將這些膠帶置放於透明的厚樹脂塑膠片上，並分兩次將這些膠帶編號──分別是膠帶撕下來時的次序以及歹徒用來綁受害人的次序。

「綁在母親身上的膠帶次序完全亂掉了，」他說。「這一片應該先用，然而它卻是最後才用。這一片因爲是撕下來的第二片，使用時應該是排在第二，而不是第五。

「而那位小女孩，則完全依照次序綁上膠帶，總共用了七片，綁在她手腕上的次序就是由膠帶捲上撕下來的次序。」

「她應該比較好控制。」衛斯禮說道。

「想也知道，」我說著，然後問里查茲：「你在她身上取下的那些膠帶上有找到任何家具漆的殘留物嗎？」

「沒有。」他回答。

「那眞有意思。」我說著，這些細節令我困惑不已。

我們將膠帶上的污黑條紋留待最後才討論，那經過分析後已證實是碳氫化合物，用淺顯一點的名詞來稱呼就是油脂，所以這對我們沒有什麼幫助，因爲油脂就是油脂。膠帶上的油脂可能來自汽車，可能來自亞歷桑納州的一部麥克牌貨車。

12

隨後衛斯禮和我在四點半到紅洋蘇餐廳，這時刻喝酒太早了些，不過我們都覺得不大舒服。

這時我們再度獨處，我很難與他四目交會，我希望他談起那天晚上我們之間發生的事。我不希望只有我在乎。

「他們這裡有裝活嘴的小桶啤酒，」衛斯禮在我看菜單時說。「那很棒，如果妳喜歡喝啤酒的話。」

「除非我在大熱天在外頭忙了兩小時，而且正口渴，又正在大吃披薩，否則不喝啤酒。」我說著，對他竟然那麼不了解我，覺得有點不快。「事實上，我眞的不喜歡啤酒，也一向不喝。我只在找不到別的東西可以喝時才會喝，就算喝了也不認爲味道很好。」

「那也沒有什麼好動肝火的。」

「我可沒有動什麼肝火。」

「妳聽起來火氣很大，而且妳正眼都不看我一眼。」

「我很好。」

「我是靠觀察人們維生，我告訴妳，妳一點也不好。」

「你是靠觀察精神病患維生，」我說。「你要觀察的對象不是一個奉公守法、忙了一整天思索兒童謀殺案後想鬆弛一下的女性首席法醫。」

「要上這家餐廳不是那麼容易。」

「我看得出來。謝謝你那麼大費周章。」

「我必須運用我的影響力。」

「想必如此。」

「我們吃晚飯時喝點酒。我沒想到他們竟然有『一號作品』這種酒，或許那可以讓妳好過一些。」

「那價格太貴了，類似波爾多酒，太烈了，而且我也沒有預期會在這裡吃晚餐。我在兩小時內要趕去搭飛機，我想我只要喝一杯凱柏內酒就行了。」

「悉聽尊便。」

我一時間也不曉得自己喜歡什麼或想要什麼。

「我明天要回艾須維爾，」衛斯禮繼續說。「如果妳今晚要趕過去，我們可以同行。」

「你爲什麼要回去那邊？」

「法古森暴斃而莫特又心臟病發作，我們必須支援他們。相信我，黑山警方是眞的既感激又驚慌，我已經表明立場會盡可能協助他們。如果我必須再調其他幹員過去，我也會這麼做。」

衛斯禮有一個習慣，用餐時總是會問服務生名字，在用餐期間都會一直以名字稱呼他們。我們的服務生叫史坦，衛斯禮和他討論我們要喝的酒及特餐時，開口閉口都是史坦。那是衛斯禮唯一的蠢事，是他獨特的怪癖，我今天實在看不下去了。

「你知道，那並不能讓服務生覺得他跟你有關係，班頓。事實上，看來有點像在施恩，像那些影視名流就會這麼做。」

「做什麼？」他茫無頭緒。

「叫他的名字。我是說，叫個沒完。」

他盯著我瞧。

「呃，我不想批評你，」我繼續說下去，火上加油。「我只是站在朋友的立場提一下，因爲別人不會對你提起，而你又應該知道。我是說，朋友應該坦誠，一個『眞心的』朋友就會。」

「妳說完了沒有？」他問。

「說完了。」我擠出一絲笑容。

「好了，妳要不要告訴我，妳到底是爲什麼事心煩，或者要我瞎猜？」

「我根本沒有爲什麼事心煩。」我說著哭了起來。

「我的天，凱。」他將他的餐巾遞給我。

「我自己有。」我擦著眼睛。

「是那天晚上的事，對不對？」

「或許你應該指明是哪一天晚上，或許你經常有這種『那天晚上』。」

衛斯禮強忍住不笑出聲來，不過還是忍俊不禁。我們好一陣子都說不出話來，因爲他笑個不停，而我則一會兒哭一會兒笑。

那位服務生史坦端了酒回來，我嚥了幾次口水才能再度開口。

「聽著，」我終於說道。「很抱歉，不過我累了，這案子又很棘手，馬里諾和我處不來，還有露西也惹上麻煩了。」

「那足以讓每個人都會掉眼淚。」衛斯禮說，我看得出來他為了我沒有將他也列入我的煩心事中，覺得有點不悅。我看他為此不悅倒有點竊喜。

「還有，是的，我對在北卡羅萊納州發生的那件事也耿耿於懷。」我補上。

「妳後悔嗎？」

「說我後不後悔有什麼好處？」

「如果妳說妳不後悔，會對我有好處。」

「我不能那麼說。」我說。

「那麼妳的確是後悔了。」

「去你的，班頓，別再提了。」

「我辦不到，」他說。「我也是當事人。」

「什麼？」我沒聽懂。

「那件事情發生的晚上？記得嗎？事實上那是清晨。我們做的事要兩個人才能做，我也是當事人，事後要回想上好幾天的不只是妳一個人。妳為什麼不問我是否後悔？」

「不，」我說。「你是已婚的人。」

「如果我犯了通姦罪，那妳也是共犯。『要兩個人才能做』。」他又說了一次。

「我的飛機再過一個小時就要起飛，我得走了。」

「妳在談起這話題之前應該先好好想一想的。妳不能談到一半就此一走了之。」

「我當然可以。」

「凱？」他望著我的眼睛，壓低聲音。他伸手握住我的手。

當晚我在偉樂旅館訂了一個房間。衛斯禮和我長聊許多，將問題談了個清楚，使我們的再嘗禁果顯得名正言順。隔天早晨我們走出電梯進入大廳時，我們很低調且相敬如賓，彷彿是初識，不過有很多共通點。我們共搭一部計程車到機場，搭同一班飛機前往夏洛蒂市，我在當地打電話給露西聊了一個小時。「是的，」我說。「我正在找人幫忙，事實上也已經在進行了。」我在一家俱樂部中告訴她。

「我必須立刻採取行動。」她又說了一次。

「請稍安勿躁。」

「不。我知道是誰對我做出這件事來，我也要採取行動。」

「誰？」我問著，心生警覺。

「時機成熟時就會知道。」

「露西，是誰對妳做出這種事來？請告訴我妳在說什麼。」
「現在還不能說，我必須先採取一些行動。妳什麼時候回來？」
「我不知道。我到艾須維爾搞清楚狀況後會立刻打電話給妳。」
「這麼說我可以用妳的車子了？」
「當然。」
「妳會好幾天不用妳的車子，對吧？」
「應該吧。不過妳打算做什麼？」我越來越不安。
「我可能必須到匡提科去，我如果必須在那邊過夜，我必須確定妳不會介意。」
「不，我不會介意，」我說。「只要妳小心點就好，露西，我只關心這一點。」

衛斯禮和我搭一部螺旋槳飛機，噪音太大，我們在空中無法交談，於是他開始打盹，我則闔上眼睛默默坐著，陽光透過玻璃，照得我眼瞼內部紅通通的。我任思緒自由馳騁，許多影像由我已遺忘的角落中浮現。我看到我父親，以及他戴在左手上的白金戒指，他在海灘將結婚戒指遺失了，又買不起另一個。

我父親沒有上過大學，我記得他高中畢業的紀念戒指鑲著一顆紅石頭，我當時很希望那是一顆紅寶石，因爲我們日子很困苦。我曾想過若將之變賣，可以過好一點的日子，我父親說，開車將那個戒指送到南邁阿密變賣，所得的款項還不夠汽油錢，我記得我當時有多麼失望。他在說這句話時的神情，讓我認爲他不是眞的將結婚戒指遺失了。

他在一籌莫展時將戒指變賣了，不過如果讓媽知道，她一定會崩潰。如今事隔多年，我想我母親應該仍將他送的戒指放在某處，除非她將那戒指與他陪葬，也許她眞的這麼做了。我想不起來，因爲他過世時我才十二歲。

我的心思在各處漫遊，有些人不請自來地出現在我腦海。很奇怪，我不知道那有什麼特殊含意，例如我三年級的老師瑪莎修女，忽然在黑板上用粉筆寫著，或是一個名叫珍妮佛的女孩，在冰雹如百萬粒小圓石般墜落時走出教堂。

這些我記憶中的人物在我腦海中進進出出，我幾乎睡著了，然後我感受到衛斯禮的臂膀。我們臂膀輕輕觸碰著。我仔細觀看我們臂膀接觸的部位時，可以聞到他的夾克在陽光下曬過的味道，我也想像著優雅的雙手上修長的手指，讓人聯想起鋼琴與鋼筆，以及火邊的白蘭地酒杯。

我想我就是在這時候知道我已經愛上了班頓．衛斯禮，我已經失去了與他交往前的所有男人。我沒有張開眼睛，直到空服員來要求我們將椅背直立回原位，因爲我們即將降落。

「有人來接我們嗎？」我問他，彷彿這是我們在空中時我唯一縈繞腦際的念頭。

他注視我良久。他的眼睛在陽光由某個角度照射時，顯現出瓶裝啤酒的顏色，在他聚精會神時，眼神看來又是栗色中帶著金色斑點。在他想到那些連他都無法忍受的念頭時，他乾脆將頭別開。

「我想我們要回到輕鬆旅遊汽車旅館去。」我隨後問他，他則已經在拿手提箱，並在空服員未表示可以解開安全帶時便自行解開。空服員裝做沒注意到，因爲衛斯禮散發出的神情讓大部分人會有點害怕。

「妳在夏洛蒂市時和露西聊了很久。」他說。

「是的。」我說。

「怎麼樣？」他抬眼望向太陽時，眼中再度充滿陽光。

「她認為她知道是誰在暗中搞鬼。」

「妳是什麼意思？『誰在暗中搞鬼』？」他蹙眉。

「我認為這麼說已經很清楚了，」我說。「只有你認為沒有人在暗中搞鬼而露西有罪，才會聽不懂。」

「凌晨三點時機器掃描到她的大拇指了，凱。」

「那一點很清楚。」

「還有一點很清楚，就是除非她的大拇指、她的手、手臂，以及她身體的其他部分在當時出現在掃描機前，否則電腦不會掃描出來。」

「我很清楚情況看來如何。」我說。

他將墨鏡戴上，我們起身。「我是在提醒妳情況看來如何。」他跟著我走過走道時，在我耳邊說道。

我們原本可以搬出輕鬆旅遊汽車旅館，投宿在艾須維爾較為豪華的旅館，不過當我們和馬里諾在教練之家餐廳碰面時，我們要在什麼地方下榻似乎沒有人在乎了，這家餐廳名氣很響亮，因何出名我們則不得而知。

黑山的警官到機場接我們，送我們到餐廳停車場後默默開走，我這時立刻有一種奇特的感覺。馬里諾那部簇新的雪佛蘭停放在門邊，他獨自坐在餐廳內角落的一張桌子，面對著收銀台，只要是受過執法訓練的人都會這麼做。

我們進門時他沒有起身，只漠然地望著我們，手中攪動著一杯高腳杯的冰茶。我有一種不尋常的感覺，認爲他，這個曾和我同事多年、心地善良、嫉惡如仇的馬里諾，有話要對我們說。衛斯禮謹慎的神情讓我看出來他也知道情況有點不對勁。首先就是馬里諾穿了一套黑西裝，顯然是全新的。

「彼德。」衛斯禮說著，拉了張椅子。

「哈囉。」我說著，也拉了另一張椅子。

「他們這裡的炸雞排眞的很正點，」馬里諾說著，沒有看我們。「他們有大師傅做的沙拉，如果你們不想吃得太油膩的話。」他補上一句，顯然是爲我設想。

服務生幫我們倒開水、遞菜單，我們還來不及開口，她就已經嘰哩呱啦介紹了一堆特餐。在她帶著我們漫不經心所點的菜單離去時，我們這一桌的緊張氣氛已經令人難以忍受。

「我們有許多刑事鑑識方面的消息，我想你會感興趣。」衛斯禮開口。「不過，你何不先讓我們知道這邊的情況？」

我不曾見過馬里諾這麼愁眉苦臉，他伸手端起那杯冰茶，之後一口也沒喝就又放下來。他拍拍口袋想找菸，然後才在桌上找到。他一語不發，逕自抽菸，最令我憂心忡忡的是他不肯正眼看我們。他離我們好遠，形同陌路，我以前見到同事出現這種情況時，都可以知道那是什麼意思。馬里諾有麻煩了，他將他的心靈之窗關上，因爲他不想讓我們看到他的心事。

「這裡目前發生的大事，」馬里諾開始說著，他吁了口煙，緊張地彈著菸灰，「是愛蜜莉‧史丹娜學校的工友，噢，他的名字是克里德‧林賽，男性白人，三十四歲，在小學擔任工友，已經當了兩年。

「在此之前他是黑山公立圖書館的工友，在那之前則是在威佛維爾一家小學擔任同樣的工作。我還可以補充一點，此人在威佛維爾的小學任職期間，當地曾有一個十歲小男孩發生車禍，肇事者撞人後逃逸，有人懷疑與林賽有關……」

「等一下。」衛斯禮說。

「肇事後逃逸？」我問。「你說與他有關是什麼意思？」

「等一下，」衛斯禮說。「等一下，等一下。你找克里德‧林賽約談過了嗎？」他望著馬里諾，馬里諾也看了他一眼，迅即將眼光移開。

「我接著就要談這一點。那傢伙失蹤了。他一聽說我們要找他約談——眞不知道是哪一個大嘴巴洩露消息的，不過的確有人走漏風聲——他就開溜了。他沒有去上班，也沒有回住處。」

他又點了一根菸。在服務生忽然又端茶到他身旁時，由他和她點頭示意的神情看來，他好像是這裡的老顧客了，而且賞小費一向很大方。

「多談談肇事逃逸的事。」我說。

「四年前的十一月，一個十歲大的孩子騎著腳踏車被一個混蛋撞倒了，那傢伙在轉彎時越過中線。孩子送醫時已經不治，警方所能掌握到的線索只是在車禍發生時，有一部白色小貨車高速在那附近飛馳。他們在那孩子的牛仔褲上也採集到了白漆。

「同時，克里德‧林賽有一輛老舊的白色貨車，一部福特車。他一向會行經發生車禍的那條路，而且他也一向會在發薪餉時前往酒類專賣店採購，那孩子出事當天剛好就是他領薪水的日子。」

馬里諾滔滔不絕地說著，眼睛也遊移不定。衛斯禮和我都越來越不自在。

「所以在警方想去偵訊他時，咻，他就不見人影了，」馬里諾繼續說。「五個星期沒有回到那邊——說他去探視一個生病的親戚或類似的屁話。那期間他那部混蛋貨車已經漆成藍色了。每個人都知道是那個王八蛋幹的，不過他們沒有證據。」

「好。」衛斯禮開口要求馬里諾住口。「那很有意思，或許那個工友與那件肇事逃逸有關。不過那與本案有何關聯？」

「應該是顯而易見的。」

「我看不出來，彼德。幫我說明一下。」

「林賽喜歡小孩子，就這麼簡單明白。他都是從事那些能讓他和小孩子接觸的工作。」

「我聽起來覺得他從事那些工作是因為他沒有什麼專長，只會掃地。」

「狗屎。在雜貨店也可以掃地，或是老人之家或什麼的。他工作的地點全是小孩子。」

「好，我們接受這一點。他在有小孩的地方掃地。然後呢？」衛斯禮打量著馬里諾，他顯然心中早有定見，不為所動。

「然後他在四年前殺害了第一個孩子，我沒有說他是故意的，不過的確是他幹的，而且他撒謊。他也因為揹負這個可怕的秘密而良心不安、不知所措，因而發生了其他的事。」

「其他的事？」衛斯禮平靜地問著。「還有什麼其他的事，彼德？」

「他對小孩子感到良心不安。他每天看著他們，想要向他們示好、贖罪，接近他們以擺脫此事，狗屎，我不知道。

「不過隨後他又情緒失控，如今他盯上了這個小女孩。他喜歡上她，想向她示好。也許她由教堂回家當晚他曾經看到她，也許他甚至還找她談話。不過要打聽出她的住處也不難。這個鎮很小，他如今已經是這個小鎮的居民了。」

他喝了一口茶並點燃一根菸，然後繼續說下去。

「他抓住她，因為如果他能將她留在他身邊一陣子，他就可以讓她了解，他無意傷害任何人，他是個好人。他要她當他的朋友，他希望被愛，因為如果她愛他，就可以讓他由當年那件事中獲得解脫。不過事情的發展並非如此。明白嗎？她不合作，她嚇壞了，而最後結果就是在事與願違時，他抓狂殺害了她。混蛋，如今他再度犯案，兩個孩子遇害。」

衛斯禮正待開口，不過我們的食物已經用一個褐色大餐盤端了過來。那位服務生是一個老婦人，雙腿臃腫，步履蹣跚，動作很慢。她想討好外地來的這個穿著深藍色新西裝的大人物。

服務生不斷地說「遵命，先生」，在我謝謝她送上來的沙拉時似乎也很開心。我不打算吃這些沙拉，我們前來教練之家餐廳時我原本還有胃口，如今已是食慾不振。我很確定這家餐廳因爲若干料理而馳名，不過我無法正眼看那些火腿菜絲湯、火雞、切達乳酪、煮蛋切片等。事實上，我覺得反胃。

「還要點別的嗎？」

「不了，謝謝。」

「這看來眞可口，朵特。妳介意再拿一點奶油過來嗎？」

「遵命，先生，馬上送過來。妳呢，女士？或是我再替妳拿一點調味料？」

「噢，不了，謝謝妳。這樣就很完美了。」

「呃，謝謝妳。你們眞好，我們眞的很歡迎你們的光臨。妳知道，我們每個星期天在教堂聚會後都會舉辦自助簡餐。」

「我們會記得這件事。」衛斯禮朝她笑笑。

我知道我至少要給她五元小費，只要她能原諒我不碰我的食物的話。

衛斯禮在思索如何和馬里諾交談，我以前不曾目睹他們之間出現這種情況。

「我在想你是否已經完全放棄你先前的理論了。」衛斯禮說。

「什麼理論？」馬里諾試著用叉子切他的炸牛排，在切不成後，他伸手取胡椒與調味醬。

「鄧波爾．高特，」衛斯禮說。「看來你已經不再追查他了。」

「我沒有說過那種話。」

「馬里諾，」我說：「那件肇事逃逸的事怎麼了？」

他舉手招呼服務生。「朵特，我想我需要一把利刀。那件肇事逃逸的事很重要，因爲這傢伙有暴力的背景，本地人都因此而對他提心吊膽的，也因爲他對愛蜜莉．史丹娜太過關注。所以我只是讓你們知道情況就是這麼發展的。」

「那要如何解釋在法古森冰箱裡找到的人類皮膚？」我問。「還有血型也與愛蜜莉相符。我們仍在等ＤＮＡ檢驗結果。」

「那也沒什麼大不了的。」

朵特拿了把牛排刀回來，馬里諾謝過她。他切著他的炸牛排，衛斯禮小口的吃著烤魚，垂眼望著他的盤子許久，他的專案搭檔則繼續談下去。

「聽著，據我們所知，法古森做掉了那個孩子。當然我們也不能排除高特在城內的可能性，我沒有說我們應該排除這種可能性。」

「我們對法古森還知道些什麼？」衛斯禮問。「你可知道他穿的內褲上採集到的指紋來自鄧妮莎．史丹娜？」

「那是因爲那些內褲是歹徒闖入並擄走她小孩那個晚上偷走的。記得嗎？她說她在櫃子裡時覺得聽到他在翻箱倒櫃，後來她懷疑他拿走了她的衣物。」

「這一點，以及他冰箱內的皮膚，當然會讓我更想進一步了解這傢伙。」衛斯禮說。「有沒有可能他以前曾和愛蜜莉有過接觸？」

我打岔。「基於他的職業，他當然有理由知道維吉尼亞州發生的案件，關於艾迪．希斯的案件。他可能模擬其他案件犯下史丹娜家的凶殺案，或者他是因爲維吉尼亞州的案子而萌生這種念頭。」

「法古森很詭異，」馬里諾說著，又切下一片肉。「這一點我可以告訴你，不過此地似乎沒有人對他有什麼認識。」

「他擔任州調查局幹員多久了？」我問。

「十年了。在此之前他是州警，再之前則在軍中。」

「他離過婚？」衛斯禮問。

「你是說有人沒有離過婚？」

衛斯禮沉默不語。

「離過兩次婚。有一個前妻在田納西州，另一個在恩卡。四個孩子都已成年，散居在各地。」

「他的家人對他有何看法？」我問。

「你知道，我又不是在這裡住了六個月，」馬里諾又拿起調味醬。「我一天只能找幾個人談，而那也只有在我運氣好、登門拜訪一次或兩次就能找到他們。你們兩位都不在這邊，這種工作全都塞到我頭上，如果我說一天的時間也不過那麼多，我希望你們不要認為我是在做人身攻擊。」

「彼德，這一點我們了解，」衛斯禮盡可能平心靜氣地說，「所以才會趕過來。我們都知道有很多事情要調查，或許比我原先想的還要多，因為一切全都拼湊不起來。看來這案子朝不同方向進展，而我看不出它們之間有何關聯，只是我想深入了解法古森。我們的確有對他不利的刑事鑑識證據。他冰箱裡的皮膚、鄧妮莎·史丹娜的內衣褲。」

「這家店的櫻桃餡餅真正點。」馬里諾說著，找尋服務生。她就站在廚房門外望著他，等著他的指示。

「你到這家餐廳用過幾次餐？」我問他。

「我總得找個地方吃飯，對吧，朵特？」他在我們那位隨時待命的服務生出現時提高聲音說著。

衛斯禮和我點了咖啡。

「哎，親愛的，妳的沙拉是不是有問題？」她顯得很痛心。

「沒問題，」我向她保證。「我只是不像我想像的那麼餓。」

「要不要我幫妳打包？」
「不了，謝謝。」
待她離去後，衛斯禮開始告訴馬里諾我們的證物鑑識結果。我們談了一陣子的髓木與絕緣膠帶，待馬里諾的水果餡餅端上桌並吃完後，他又開始抽菸，我們的話題也談得差不多了。馬里諾和我們一樣搞不懂那種艷橘色防火膠帶或髓木有何特殊意義。
「可惡，」他又開口了。「眞是怪事，我找不到與那些東西扯得上邊的。」
「嗯，」衛斯禮說著，他的注意力開始轉移了。「那種膠帶那麼特殊，如果那是來自本地，總該有人看過才對。如果不是，我相信我們可以追查出來。」他將椅子往後推。
「這個由我來。」我拿起帳單。
「他們不收美國運通卡。」馬里諾說。
「已經一點五十分了。」衛斯禮起身。「我們六點在旅社碰頭，再研擬出一套計畫來。」
「我眞不想提醒你，」我告訴他：「不過那是一家汽車旅館，不是一般的旅社，而且目前你和我都沒有車子。」
「我會載你們到輕鬆旅遊汽車旅館。妳的車子應該已經準備就緒了。還有，班頓，我們也會幫你找一部車，如果你認爲需要的話。」馬里諾的口氣彷彿是黑山新上任的警察局長，或許像市長。
「我不知道我目前需要什麼。」他說。

13

我當天稍後前往探視莫特警官時，他已經轉入單人病房，情況穩定，但仍得觀察。我對小鎮路況不熟，因此就近前往醫院的禮品店，這家店的冷藏玻璃櫃內只擺了屈指可數的幾束花可供挑選。

「莫特警官？」我在他的門口處遲疑了一下。

他靠坐在床上打盹，電視聲音很大。

「嗨。」我稍微提高音量說道。

他張開眼睛，一時認不出我是誰。然後他想起來了，也開始微笑，彷彿他夢想我好幾天了。

「哇，老天垂憐，史卡佩塔醫生。我沒想到妳還留在這裡。」

「很抱歉只能送這些花，樓下沒有多少花可以挑的。」我捧著用綠色厚花瓶裝著的小小一束菊花與雛菊。「我就擺在這裡好不好？」

我將花擺在櫃子上，看到他收到的其他花束比我送的更寒酸，不禁覺得難過。

「那邊有一張椅子，如果妳可以坐一下的話。」

「你覺得怎麼樣？」我問。

他臉色蒼白又憔悴，他望向窗外明媚的秋光時，眼神顯得虛弱。

「反正我就順其自然吧，像俗話說的，」他說。「也不知道往後會發生什麼事，不過我在考慮去從事釣魚與木工。妳知道，我幾年來一直想找個地方自己打造一間小木屋，我也想用菩提樹的樹枝做一枝手杖。」

「莫特警官，」我躊躇著說道，因爲我不想讓他掃興，「你們局裡有人來探視你嗎？」

「當然有，」他回答著，繼續眺望著蔚藍的青天。「有幾個同事過來，也有人打電話。」

「你對史丹娜的案件偵查情況有何感想？」

「不大好。」

「爲什麼？」

「首先，我無法參與；其次，每個人似乎都各有自己的偵查方向。我有點擔心。」

「你從一開始就參與此案，」我說。「你和麥斯・法古森一定很熟。」

「或許不像我想像的熟。」

「你可知道他也被列爲嫌犯？」

「我知道，我全都知道。」

陽光透過窗戶照進來，使他的眼眸看來蒼白得像水做的。他眨了幾下眼睛，輕輕擦拭淚水，可能是強光照的，可能是情緒波動。

他繼續說下去。「我也知道他們正在全力追查克里德・林賽，妳知道，這對他們兩人都有點遺憾。」

「怎麼說？」我問。

「這麼說吧，史卡佩塔醫生，麥斯無法現身說法，替自己辯護。」

「是不能。」我同意。

「而克里德．林賽即使現身了，也不知道要如何替自己辯白。」

「他人在何處？」

「我聽說他落跑到某處。這不是第一次了，在一個小孩子被撞死後他也躲過一次。每個人都認為他是犯了刑案，而不只是罪過，所以他消失無蹤，再度現身時已是惡名昭彰。他經常到酒館裡喝得爛醉如泥。」

「他住在哪裡？」

「在蒙崔特路外頭，就是彩虹山那邊。」

「我對本地恐怕沒有那麼熟。」

「妳到達蒙崔特的大門時，右邊有一條路通往山區。以前只有山地人住在那邊，妳或許會稱之為山胞。不過這二十年來有許多山地人遷徙到別處，而像克里德那些人則搬進去住。」

他停頓了一下，心思似已遠離。「妳由山下的路上就可以看到他的住處。他在陽台上擺了一部舊洗衣機，他把垃圾都由後門丟入樹林裡。」他嘆了口氣。「擺在眼前的事實是，克里德的天資不夠聰明。」

「意思是？」

「意思是他害怕他不懂的事，而他也不懂此地所發生的事。」

「意思是你也不認爲他涉及史丹娜家女孩的命案。」我說。

莫特警官閉上眼睛，他床頭的螢幕上顯示著脈搏次數一直是六十六。他看來疲憊不堪。

「不，女士，我從來沒想過他涉案。不過妳問我他落跑總該有理由，而我想不出來。」

「你說他害怕，那似乎是充分的理由。」

「我只是覺得另有隱情。不過我想我沒有必要再去過問此事，反正我也無能爲力。除非他們全都在我門外排隊，任我提出要求，而那種情況顯然不會發生。」

我不想向他打聽馬里諾的事，不過非問不可。「馬里諾隊長呢？你有沒有聽到有關他的什麼消息？」

莫特正視著我。「他前幾天帶了一小瓶酒過來，就在那邊的櫃子裡。」他由棉被下伸出手比著。

我們都靜默地坐了片刻。

「我知道我不應該喝酒。」他補上一句。

「我要你遵照醫生的指示，莫特警官。你必須依照醫生的話過日子，意思是不要做任何會讓你惹上麻煩的事。」

「我知道我必須戒菸。」

「可以戒得掉。我從來沒有想到我可以戒掉。」

「妳還會懷念嗎？」

「我不懷念它給我的感覺。」

「我不喜歡任何壞習慣給我的感覺，不過那與能否戒掉也沒有什麼關係。」

我淡然一笑。「是的，我會懷念。不過確實會越來越容易。」

「我告訴彼德，我不希望他像我一樣落到這種地步，史卡佩塔醫生。不過他很固執。」

我一想到莫特躺在地板上臉色發青而我則設法替他急救的那一幕，心頭就發毛，我也相信馬里諾會落得同樣下場只是遲早的事。我想起了午餐的炸牛排、他的新衣服與新車，以及他奇怪的行徑，那幾乎像是他已經決定不想再認識我了，而要表達這種想法的唯一途徑，就是將他自己變成一個我不認得的人。

「馬里諾當然介入很深。這個案子很耗費心力。」我勉強說著。

「史丹娜太太滿腦子都是這件事，我一點也不怪她。如果是我，我想我也會將全部家產都投入這件事。」

「她投入什麼東西了？」我說。

「她很有錢。」莫特說。

「我也想過這一點。」我想起她的車子。

「她大力協助此案的偵查工作。」

「協助？」我問。「到底是哪一方面？」

「汽車。例如彼德開的那一部，總得有人出錢。」

「我還以爲是本地的商界捐獻的。」

「哎，我必須說史丹娜是拋磚引玉。她讓整個地區都在關心此事，每個人也都同情她，沒有人希望還有其他小孩再度受害。

「我在警界任職二十二年，沒有見過這種情況。不過話說回來，我也不曾遇過這種案子。」

「我開的車子是她捐錢購買的嗎？」我設法不要提高聲音，使自己顯得冷靜。

「兩部車子都是她捐的，還有一些商界人士也捐了其他設備，燈、無線電、各種警用設備。」

「莫特警官，」我說：「史丹娜太太捐給你們局裡多少錢？」

「我想將近五吧。」

「五？」我難以置信地望著他。「五萬美金？」

「沒錯。」

「沒有人對此提出質疑？」

「依我看，那和幾年前電力公司要求我們注意一部變壓器，因此捐一部車子給我們，沒什麼兩樣。還有一些便利商店也會提供我們免費咖啡，讓我們樂於隨時上門巡查。都只是老百姓贊助我們，讓我們能幫助他們。只要沒有人想從中牟利，這種做法也無妨。」

他目不轉睛地望著我，他的手仍在棉被上。「我想在類似里奇蒙這種大都市，規矩比較多。」

「餽贈給里奇蒙警方的禮物只要金額超過兩千五百美金，就得經過決議通過。」

「我不知道那是什麼決議。」

「就是經過市議會決議通過。」

「聽起來滿複雜的。」

「也應該如此，原因顯而易見。」

「是啊，當然。」莫特說著，他的口氣疲憊，因爲身體已經不中用了而顯得頹喪。

「你能否告訴我，除了買車之外，那五萬塊錢的用途？」我問。

「我們需要一個警察局長。局裡就剩我一個，老實說我目前的情況也不好。我就算能回去上班，也只能做些輕鬆的差事，這個小鎮也該找個有經驗的人來負責了。世風日下，人心不古囉。」

「我明白了，」我說著，問清了事情的眞相令我心煩意亂。「我應該讓你多休息。」

「我很高興妳能過來。」

他使勁地捏住我的手，令我手痛，我感受到他有一股深沉的絕望，或許他對此沒有自覺。死裡逃生會讓人體認到終有一天難逃此劫，從此對一切事情的看法也都會爲之改觀。

我在回去輕鬆旅遊汽車旅館前，先驅車前往蒙崔特大門，經過這座門再繞回來。我由另一側再度駛出大門，一邊想著要怎麼做。路上人車稀少，我停在路肩休息片刻時，路過的人或許會認爲我只是另一個觀光客，迷路了或是想找比利．葛拉翰的住處。由我停車處可以清楚看到克里德．林賽的居家環境。事實上，我可以看到他的房子，以及陽台上那部老舊的箱型洗衣機。

彩虹山想必是在某個像今天的十月午後命名的。樹葉呈現各種層次的紅、橘、黃色，在陽光下燦爛繽紛，隨著夕陽西沉，陰影也朝更深的山谷中移動。再過一小時天色就要整個暗下來了。我原本不打算駛上那條砂土路的，不過我留意到克里德的石砌小煙囪裡有輕煙裊裊飄出。

我將車開回路面，到路的另一側，再轉入一條狹窄、布滿車輪痕跡的砂土路。我車後捲起滾滾紅沙，駛近一處很不起眼的社區。看來這條路通往山頂後便此路不通。沿路都是車背隆起的老舊拖車，以及用未上漆的木板或木頭搭蓋成的破舊房子。有些房子上鋪著柏油紙屋頂，其他則是鐵皮屋頂，我所見到的幾部車都是老舊的貨車及一部顏色怪異的綠色廂型車。

克里德．林賽的住處樹下有一片空曠的泥土地，我看得出來他平時車子都停在此處，於是我將車停靠過去並熄火。我坐了一陣子，看著這棟簡陋的小屋和那破敗的陽台。看來屋內似乎有燈光，也可能是夕陽透過窗戶照入屋內。我想著這個一邊在學校掃地倒垃圾，一邊賣辣味牙籤給小朋友以及採野花送愛蜜莉的人，這時我也在盤算著自己來此是不是明智之舉。

畢竟，我原先的構想是了解一下克里德．林賽的住處與第三長老教會和托馬霍克湖之間的相關位置，既然這些問題已經有了答案，我又萌生了其他疑問。這裡原本應該沒有人在家，火爐卻在冒煙，這種情況下我不能就這麼開車一走了之。我不由自主地想起莫特所說的話，當然也想起我找到的火球糖。那正是我必須找這個名叫克里德的人談談的主要原因。

我敲門許久，覺得聽到屋內有聲響，也覺得有人在監視我，不過沒有人來應門，我的呼喚也沒有任何回應。我左邊的窗戶已經布滿塵垢，沒有紗窗，右邊的窗戶可以看到裡面一片黑色木地板的邊緣，也看到桌上一小盞燈照亮了一張木椅的一部分。

雖然我推斷點著燈並不意味著有人在家，我仍聞到木柴的煙味，也想到陽台上的那些柴薪堆得很高，而且看來像是剛劈好的。我再度敲門，覺得那扇木門敲起來很鬆軟，要一腳踹開似乎不難。

「哈囉？」我叫道。「有人在家嗎？」

回答我的是樹梢間的瑟瑟風聲。樹林間空氣冷冽，我隱約嗅到有東西腐爛、發霉，及分解的味道。這個一房或二房的小木屋的屋頂已經鏽蝕，電視天線歪七扭八，屋子兩側的樹林裡是經年累月丟棄的垃圾，所幸已被樹葉掩蓋。我所能看到的大都是已經分解成碎片的紙張、塑膠牛奶罐，以及可樂瓶，經過長期的風吹雨打，商標早已褪色。

所以我的結論是，屋主已經許久沒有再將垃圾丟在屋外了，因爲這些垃圾都不是最近丟的。我正觀察得入神時，也漸漸察覺我身後有人。我清楚地感覺到有人在盯著我的背部，在我緩緩轉身時，手臂上的汗毛直豎。

那個女孩像幽靈般出現在路上，靠近我車後的保險桿。她像一頭鹿般在此薄暮時分靜立不動地盯著我，淡褐色的頭髮散垂在她蒼白的小臉旁，有點鬥雞眼。她文風不動，我由她瘦長的四肢來看，認定我只要一動，或發出會嚇到她的聲響，她會立刻拔腿就跑。她目不轉睛地看著我良久，而我也回看著她，彷彿我可以接受這種奇特的邂逅必要的注目禮。在她稍微挪動站姿，似乎再度呼吸及眨眼時，我才敢開口。

「不知道妳能不能幫我忙。」我毫無懼色、親切地說道。

她將手插入深色的毛外套口袋裡，那件外套小了好幾號。她穿著皺巴巴的卡其褲，褲管只到腳踝處，還穿著一雙磨破了的鞣皮靴。我想她應該才十幾歲，不過很難說。

「我是外地來的，」我再試一次，「我必須找克里德・林賽，這一點很重要。住在這裡的那個人，或者至少我認為他住在這房子裡。妳能幫我忙嗎？」

「啥要幹什麼？」她的聲音很高，讓我想起五弦琴。我知道要聽懂她在說什麼恐怕很難。

「我需要他來幫我忙。」我徐徐地說。

她向前走近幾步，一直盯著我的眼睛。她的眼眸蒼白，像暹邏貓的眼睛。

「我知道他認為有人在找他，」我冷靜地繼續說下去。「不過我和他們不一樣，我和他們完全不同。我不是來傷害他的。」

「啥叫什麼名字？」

「我叫凱・史卡佩塔醫生。」我回答她。

她更聚精會神地瞧著我，彷彿我剛透露了一個天大的秘密。我想到即使她知道醫生是什麼意思，恐怕也沒有見過一個女醫生。

「妳知道醫生是什麼嗎？」我問她。

她望著我的車子，似乎那與我剛才所說的相矛盾。

「有些醫生在有人受傷時幫忙警察，我就是做這種工作，」我說。「我在幫忙這裡的警察，所以我才會開著這樣子的車子。警察將車借我開，因爲我不是本地人。我來自維吉尼亞州的里奇蒙市。」

她默默看著我的車子，我的聲音越說越小聲，我沮喪地覺得自己太多嘴，一切都泡湯了。看來別想找到克里德·林賽了，我竟然以爲可以和我不認識而且無法了解的人溝通，我眞是太蠢了。

我正打算回到我車上駕車離去時，那女孩忽然靠了過來。她拉起我的手，默不作聲地拉著我朝我的車子走去，我吃了一驚。她隔著車窗指著前座上我那個黑色的醫事包。

「那是我的醫事包，」我說。「妳要我拿出來嗎？」

「是的，去拿啥。」她說。

我打開車門拿了出來。我在想她是否純粹出於好奇，不過這時她拉著我走到我剛才看到她時所站的那條碎石路上。她一句話不說地緊拉著我的手上山，她的手粗糙而乾燥，像玉米苞。

「妳能不能告訴我妳叫什麼名字？」我問著，我們走得很快。

「黛波拉。」

她的牙齒不好，容貌看起來比她的年紀憔悴而蒼老，這是長期營養不良的典型症狀，我經常在食物短缺的社會中看到這種病例。我想黛波拉的家庭應該和我在貧民區所看到的許多家庭一樣，都是靠聯邦政府的食物折價券購買些高熱量、低營養的食品過活。

「姓呢？」我在我們接近一間木板屋時問她。那顯然是用木材工廠的破木料搭蓋成的，再用柏油紙覆蓋，有些地方看起來應該像是磚塊。

「黛波拉．瓦西朋。」

我跟著她沿著搖搖欲墜的木製階梯走上殘破的陽台，上頭除了一堆木柴及綠色的鞦韆椅之外，空無一物。她將門打開，那道門已經許久沒有油漆，看不出原來的顏色了。她拉著我進門，這趟行程的目的也立刻一目了然。

空無一物的地板座墊上有兩個小孩，小小的臉上顯出與年齡不相稱的蒼老，一個男人坐在墊子上，血滴在他鋪於腿上的破布，他正試著縫合右手拇指的傷口。附近地板上有一個玻璃罐，裝著半滿的透明液體，我懷疑那是水，他用縫衣服的針線自己設法縫了一、兩針。我們在頭頂的燈泡照射下互相對視了一陣子。

「啥是一個醫生。」黛波拉告訴他。

他又盯著我端詳了一陣子，血由他的拇指淌出，我想他應該已經二十幾快三十歲了。他的頭髮長而黑，皮膚蒼白，宛如從來沒有曬過太陽。他身材高大，中圍很粗，因爲攝取過多油脂、甜食、酒類而渾身發臭。

「妳從哪裡找來的？」那人問那孩子。

其他的孩童茫然望著電視，那是除了電燈泡之外，我所能看到的唯一電器。

「啥在找啥。」黛波拉告訴他，我這才訝異的發現她用「啥」來代表所有的代名詞，我也赫然發覺這個人想必就是克里德．林賽。

「妳帶她來做什麼？」他似乎並沒有特別的憤怒或恐懼。

「啥痛。」

「你是怎麼割傷的？」

「刀子割的。」

我仔細查看。他割破了表皮。

「這種傷口用縫合不是個好辦法，」我說著，取出消毒水與治外傷的藥膏。「什麼時候割傷的？」

「今天中午。我來這裡試著打開罐頭時割的。」

「你記得最後一次注射破傷風疫苗是什麼時候嗎？」

「不記得。」

「你明天應該去打一針破傷風疫苗。我可以幫你注射，不過我沒有帶來。」

我環顧四周想找紙巾時，他望著我。廚房內只有木製火爐，水是用洗滌槽內一個幫浦打上來的。我清洗雙手再用力甩乾，然後跪在他身旁的墊子上，拉起他的手。手上長滿厚繭，結實有力，指甲歪七扭八且藏污納垢。

「這會有點痛，」我說。「我沒有東西可以幫你止痛，所以如果你有可以止痛的東西，請自己去拿。」我看著那罐透明液體。

他也低頭看了一眼，然後以沒受傷的手取過來。那種不明的飲料讓他掉出淚來。我等他又喝了一口，然後清理他的傷口，再用黏合膏與紙膠帶將他掀破的皮膚黏回原位。我弄完後他鬆了一口氣。我用紗布包紮他的拇指，只可惜沒有帶繃帶過來。

「妳母親呢？」我問著黛波拉，同時將撕下的包裝紙收入我的袋子裡，因爲我找不到垃圾筒。

「啥在啥漢堡店。」

「她在那邊工作嗎？」

她點頭，她的一個姊妹起身轉台。

「你是克里德．林賽嗎？」我若無其事地問我的病人。

「妳問這幹嘛？」他鼻音濃重地說著，我不認爲他像莫特警官所形容的那麼智能不足。

「我必須和他談。」

「幹嘛？」

「因爲我不認爲他與愛蜜莉．史丹娜的案件有任何關聯。不過我想他知道一些事情，可以協助我們找到眞兇。」

他伸手取那罐液體。「他能知道什麼？」

「我想那得問他才行，」我說。「我懷疑他喜歡愛蜜莉，他對發生這種事應該也會覺得很難受。我也懷疑他在覺得難受時就會遠離人群，像他現在就是在這麼做，尤其如果他認爲他會捲入任何麻煩之中。」

他低頭望著那個罐子，緩緩轉動裡面的液體。

「他那天晚上沒有對她怎麼樣。」

「那天晚上？」我問。「你是說她失蹤的那個晚上？」

「他看到她帶著吉他在走路，就將貨車減速打招呼。不過他什麼也沒有做，他沒有載她或什麼的。」

「他有要求載她嗎？」

「他不會開口，因爲他知道她不會答應。」

「她爲什麼不會答應？」

「她不喜歡他。她不喜歡克里德，雖然他送她禮物。」他的下唇顫抖著。

「我聽說他對她很好。我聽說他在學校送花給她，還有糖果。」

「他沒有送過她糖果，因爲她不會接受。」

「她不會接受？」

「她不會，即使是她喜歡的那種。我看過她接受別人送的糖果。」

「火球？」

「倫恩‧麥斯威爾用那種糖果跟我換牙籤，我看到他拿糖果給她。」

「她那天晚上拿著吉他回家時是自己一個人嗎？」

「是的。」

「哪裡？」

「馬路上。離教堂大約一哩。」

「那麼她不是走繞過湖邊的那條小徑了？」

「她走馬路。那時已經天黑了。」

「青年團契的其他孩子呢？」

「他們在她後面很遠，我看到的那些。我只看到三或四個。她走得很快，邊走邊哭。我看到她在哭就減速，不過她繼續走，我也繼續上路。我目送她一陣子，因爲我擔心會出事。」

「你爲什麼有這種想法？」

「她在哭。」

「你目送她回到家裡嗎？」

「是的。」

「你知道她家在哪裡？」

「我知道。」

「然後發生了什麼事？」我問著，也知道警方爲什麼要找他了。我了解他們爲什麼會懷疑，也知道如果他們聽到他剛才告訴我的話，一定更懷疑他。

「我看著她進門。」

「她有看到你嗎？」

「沒有，有一陣子我沒有打開車燈。」

我的天，我想。「克里德，你可知道警方爲何想追查？」

他將手中的液體轉得更急了，他的眼睛稍微垂了下來，他的眼珠子混合了褐色與綠色，很不尋常。

「我沒有對她怎麼樣。」他說著，我也相信他。

「你只是因爲看到她心煩而在留意她，」我說。「而且你喜歡她。」

「我看到她在心煩，我看到了。」他端起罐子喝了一口。

「你可知道她是陳屍在什麼地方？那個釣客在什麼地方找到她的？」

「我知道那個地方。」

「你到過那個地方。」

他沒有回答。

「你到過那個地方，而且留下她的糖果。在她死後。」

「很多人到過那邊，他們都去看。不過她的家人沒去。」

「她的家人？你是說她母親？」

「她沒去。」

「有人看到你去那邊嗎？」
「沒有。」
「你將糖果留在那邊，送她一份禮物。」
他的嘴唇再度顫抖著，眼中噙著淚水。「留下火球給她。」他說「火」字時聽起來像是「吼」。
「為什麼擺在那邊？為什麼不放在她的墓上？」
「我不想讓別人看到我。」
「為什麼？」
他望著那個罐子，無需說出口，我知道為什麼。我可以想像他在走廊上拖地板時，那些學童們會替他取些什麼綽號。我可以想像一旦克里德・林賽喜歡上某人了，會招惹來什麼樣的揶揄與嘲弄。他喜歡愛蜜莉・史丹娜，而她喜歡倫恩。
我離開時天色已經暗了，黛波拉像一隻沉默的小貓般跟著我走回我的車子。我的心隱隱作痛，像是我在拉扯胸部的肌肉。我很想給她錢，可是我知道我不該這麼做。
「妳叫他那隻手要小心一點，要保持乾淨，」我告訴她，然後打開那部雪佛蘭的車門。「妳也要幫他找個醫生。妳們這裡有醫生嗎？」
她搖頭。
「妳叫妳母親去幫他找一個。漢堡店的人會告訴她。妳可以這麼做嗎？」

她看著我，拉起我的手。

「黛波拉，妳可以打電話到輕鬆旅遊汽車旅館找我。我沒有電話號碼，不過電話簿上有。這是我的名片，讓妳可以記得我的名字。」

「啥沒有電話。」她說著，拉住我的手，專注地望著我。

「我知道妳沒有電話。不過如果妳必須打電話，可以找公共電話，可以嗎？」

她點頭。

有部車子駛上山來。

「啥是啥母親。」

「妳幾歲了，黛波拉？」

「十一歲。」

「妳在黑山上小學嗎？」我問著，驚訝地想到她和愛蜜莉同齡。

她再度點頭。

「妳認識愛蜜莉・史丹娜嗎？」

「啥比啥高年級。」

「妳們不是同年級的？」

「不是。」她放開我的手。

那部車是老掉牙的福特車，有盞車頭燈壞了，車子隆隆駛過時，我看到那個女人朝我們的方向望過來。我永遠忘不了那張疲倦困頓的臉，嘴巴凹陷，頭髮用網子罩住。黛波拉跑向她的母親，我關上車門。

我回到旅館後泡了好久的熱水澡，然後想吃點東西。不過在我望著客房服務的菜單時，我發現自己心不在焉，因此決定不如先讀點書。十點半時我被電話嚇了一跳。

「什麼事？」

「凱？」是衛斯禮。「我必須和妳談談。很重要。」

「我到你房間去。」

我立刻過去敲門。「是我。」

「等一下。」他的聲音由門後傳來。

過了一陣子，門開了。由他的臉色看來，情況不妙。

「怎麼了？」我走進去。

「是露西。」

我由桌面判斷，他下午大都在講電話。到處都是便條紙。他的領帶在床上，襯衫也沒塞進去。

「她出了車禍。」他說。

「什麼？」我心頭一陣冰涼。

他將門打開，心煩意亂。

「她還好吧？」我無法思考。

「事情發生在今天傍晚稍早，九十五號公路，就在里奇蒙北方。她顯然曾前往匡提科，然後出去用餐再開車回來。她在奧北克餐廳用餐，妳知道，位於維吉尼亞州北部的澳洲牛排館？我們知道她曾到過漢諾瓦的一家槍店——綠頂公司——她就是在離開那邊之後才發生車禍。」他邊說邊踱步。

「班頓，她沒事吧？」我無法動彈。

「她在維吉尼亞醫院。情況很糟，凱。」

「噢，我的天。」

「她顯然是在下亞特里與艾蒙特交流道時駛出路面，然後失控翻覆。州警查出車主是妳時，由現場打電話到妳的辦公室，請費爾丁幫忙聯絡妳。他打電話給我，因爲他不想在電話中告訴妳這件事。他的看法是，因爲他是個法醫，他擔心妳聽到露西出車禍之後會有何反應——」

「班頓！」

「對不起。」他將手搭在我肩上。「老天。我不善於處理這種事，尤其當事人……呃，當事人是妳。她有多處擦傷與腦震盪，她能活著眞是奇蹟。那部車子翻了好幾圈，妳的車子。車身全毀，他們必須將車身鋸開才能救她出來，再用直升機送她就醫。老實說，他們原本以爲，由車身毀損的情況看來恐怕無法倖免於難。她能存活眞是令人難以置信。」

我閉上眼睛坐在床緣。「她有喝酒嗎？」我問。

「是的。」

「告訴我還有什麼事。」

「她被控酒後開車。他們在醫院中檢驗她的酒精濃度，相當高。我不確定有多高。」

「沒有其他人受傷？」

「沒有波及其他車輛。」

「謝天謝地。」

他坐在我身旁，揉搓著我的頸部。「她沒有傷到人眞是萬幸。她出去用餐時喝了許多酒，我猜。」他伸出臂膀攬住我，將我拉近了些。「我已經替妳訂了機票。」

「她在綠頂公司做什麼？」

「她買了一把槍，一把席格索爾P230。他們在車內找到那把槍。」

「我必須馬上趕回里奇蒙。」

「要到一早才有班機，凱。到時候再說。」

「我好冷。」我說。

他將他的西裝外套披在我肩上，我開始顫抖。我看到衛斯禮的神情時所感受到的恐懼，以及他口氣的緊張，使我想起他打電話告訴我馬克出事的那個晚上。

我在電話中一聽到衛斯禮的口氣，就知道情況不妙，然後他開始解釋倫敦發生爆炸案，馬克在火車站裡，爆炸時剛好路過，那與他完全無關，並不是衝著他來的，不過他仍遭到池魚之殃。我哀慟逾恆。即使在我父親過世時，我也不曾體驗過那種錐心之痛。父親過世時我年紀太小，還不知如何因應，當時我母親在哭泣，似乎失去了一切。

「不會有事的。」衛斯禮說著，這時他起身替我倒了杯酒。

「你還知道些什麼？」

「沒有了，凱。來，這會有幫助。」他遞了一杯不加水的蘇格蘭威士忌。

如果房內有菸，我會立刻放入口中點燃。我會破戒，就此忘了我戒菸的決心。

「你可知道她的主治醫師是誰？有哪些傷口？安全氣囊有沒有發揮功能？」

他再度揉搓我的頸部，沒有回答我的問題，因為他已經說得很清楚，他知道的都已說完了。

我匆匆喝著威士忌，因為我需要那種感覺。

「那麼，我一早起程。」我說。

他的手指往上揉搓我的頭髮，感覺很美妙。

我閉上眼睛，開始和他談起我當天下午的經歷。我告訴他我到醫院探視莫特警官。我告訴他彩虹山的居民，以及那個不會用代名詞的女孩，還有克里德，他知道愛蜜莉．史丹娜在參加完教會的青年團契聚會之後，沒有走繞過湖邊的捷徑。

「好感傷，因為他在告訴我時，我彷彿身歷其境，」我繼續說著，回想她的日記。「她原本要提前和倫恩碰面，當然他沒有現身。然後他對她不理不睬，所以她沒等到聚會結束就離席。她在大家離開前就跑開了。

「她匆忙離去，因爲她受到傷害，也受到羞辱了，她不想讓別人知道。克里德恰巧開著貨車路過時看到她，他想確定她平安到家，因爲他看得出來她正在心煩。他暗戀著她，就像她暗戀著倫恩。而如今她已經慘死。這件事像是有人愛上了某人，卻沒有回報。好像是受傷者會傷害人。」

「凶殺案總是這麼回事，眞的。」

「馬里諾在哪裡？」

「我不知道。」

「他的偵辦方向全錯了。他很清楚這一點。」

「我想他與鄧妮莎．史丹娜已經牽扯不清了。」

「我知道。」

「我看得出來會發生這種事。他很寂寞，情場失意，事實上在桃麗斯離去之後就一直找不到合適的對象。鄧妮莎．史丹娜遭逢不幸，正需要援手，這很符合他飽受摧殘的男性自尊。」

「顯然，她很有錢。」

「是的。」

「怎麼會這樣？我以爲她前夫在教書。」

「就我所知，他家裡很有錢。他們在西部開採石油或什麼的。妳必須將妳和克里德．林賽碰面的事向上回報，那看來對他不利。」

我明白這一點。

「我可以了解妳的感受，凱。不過妳告訴我的話讓我有點不自在。他跟蹤她，還將車頭燈熄掉，這令我起疑。他知道她的住處，還很清楚她在學校的一舉一動，這也令我起疑。他前往她的陳屍處，並留下糖果，這更令我起疑竇。」

「她的皮膚爲什麼會在法古森的冰箱裡？克里德．林賽怎麼和這個證據扯上邊？」

「若不是法古森將皮膚放在那邊，就是別人放的。就這麼簡單。我不認爲是法古森放的。」

「爲什麼？」

「偵查結果與他不符。妳也知道。」

「高特呢？」

衛斯禮沒有回答。

我抬頭望著他，因爲我已經了解他的沉默，我可以像沿著一道洞穴冰冷的穴壁般跟著他的沉默前進。「你有些話沒告訴我。」我說。

「我們剛接到倫敦一通電話。我們認爲他再度犯案了，這次是在倫敦。」

我閉上眼睛。「天啊，不要。」

「這次是個男孩，十四歲。幾天前遇害的。」

「與艾迪．希斯一樣的手法？」

「咬痕已經切除，頭部中彈後棄屍，夠接近了。」

「那並不意味著高特沒有來過黑山。」我說著，心中疑團叢生。

「此刻我們無法這麼斷言。高特行蹤不定，不過我實在不了解他。艾迪．希斯和愛蜜莉．史丹娜兩個案子有許多共通點，不過也有許多不同點。」

「有不同點是因為這是不同的案子。」我說。「我也不認為是克里德．林賽將皮膚放在法古森的冰箱裡。」

「聽著，我們不知道皮膚為什麼會出現在那邊。我們不知道是不是有人放在他門口，而法古森由機場回家時發現了。他像任何優秀的刑警一樣將皮膚存放在冰箱裡，只是沒來得及告訴別人便已過世。」

「你是說克里德等到法古森要回來時才送過去？」

「我是說警方要考慮是不是克里德放的。」

「他為什麼要這麼做？」

「良心不安。」

「然而高特可能藉著這麼做來耍我們。」

「那當然。」

我靜默了半晌，然後我說：「如果這一切都是克里德做的，那你要如何解釋鄧妮莎．史丹娜的指紋出現在法古森穿的內褲上？」

「如果他有穿女性內衣褲的怪癖，他在蒐證時可能順手牽羊。他在偵辦愛蜜莉的案件時經常出入她家，他可以很輕易地拿走她的內衣褲。他在自慰時穿著她的內衣褲可以增強性幻想。」

「你眞的這麼想的？」

「我眞的不知道自己怎麼想的。我將這些說給妳聽，是因爲我知道會發生什麼事。我知道馬里諾會怎麼想。克里德．林賽是嫌犯，事實上，他所告訴妳關於跟蹤愛蜜莉．史丹娜的那番話，已經讓我們有充分的理由可以搜查他的房子和貨車。如果我們找到任何蛛絲馬跡，而且如果史丹娜太太認爲他的長相或聲音像當晚闖入她住處的人，克里德就要依殺人罪被起訴。」

「刑事鑑識的證據呢？」我說。「實驗室還有更多的結果出來嗎？」

衛斯禮起身，將衣襬塞進去說道：「我們已經追查到那捲艷橘色膠帶來自紐約的亞帝卡監獄。顯然，某位典獄長對膠帶老是失竊感到不堪其擾，因此決定訂做特別的，不會那麼容易被偷走。

「所以他選擇艷橘色，那也是囚衣的顏色。因爲膠帶是用來修理監獄內的設備，例如床墊，所以一定要防火。休福公司曾接過一份那種訂單——我想大約八百箱——在一九八六年。」

「眞是怪事。」

「至於綁鄧妮莎．史丹娜的那些膠帶上所採集到的證物，黏在上頭的殘留物是一種亮光漆，與她的臥室櫃子上的亮光漆吻合。既然他是在她臥室裡綁她，那也是理所當然的結果。所以這個資料沒什麼作用。」

「高特從來沒有在亞帝卡監獄坐過牢，有嗎？」我問。

衛斯禮對著鏡子打領帶。「沒有，不過也不能排除他以別種方式取得那捲膠帶的可能性。可能是別人給他的。在州立監獄還位於里奇蒙時，他曾和一個管理員交情不錯——就是後來被他殺害的那個管理員。我想這事值得清查，以免有若干膠帶流入那邊。」

「我們要到什麼地方去嗎？」我問著，看著他將一條乾淨的手帕放入後口袋，並將手槍插入他腰帶間的槍套裡。

「我要帶妳去吃晚餐。」

「如果我不想去呢？」

「妳會去的。」

「你倒是信心十足。」

他靠過來吻我，將我肩上的西裝夾克取下來。「現在我不希望妳一個人獨處。」他穿上夾克，看起來儀表堂堂，英俊瀟灑。

我們找到一家燈光明亮的大型貨車休息站，裡面應有盡有，由丁骨牛排到中國小吃都有。我吃蛋花湯和蒸餃，因爲我覺得不大舒服。穿著工作服和長靴的男人大嚼他們盤內的牛排與豬肉，還有淋著濃汁的蝦子，同時以異樣的眼光看著我們。我的幸運籤警告我要提防酒肉朋友，而衛斯禮的則是婚姻有望。

我們在午夜後不久回到汽車旅館時，馬里諾在等著我們。我將我所知道的告訴他，他顯得很不高興。

「我希望妳沒有上去那邊，」他說。我們在衛斯禮的房間裡。「找人約談不是妳的權責。」

「我經過授權，可以全力偵辦任何暴力致死案件，也可以依我的意思提任何問題。你說這種話眞是太荒謬了，馬里諾。我們已經共事多年了。」

「我們是同一個團隊，彼德，」衛斯禮說。「我們這一個小組就是爲此而成立的，我們就是爲此而來這裡的。聽著，我不想當老頑固，不過我不能讓你在我的房間裡抽菸。」

馬里諾將他的菸與打火機放回口袋裡。「鄧妮莎告訴我愛蜜莉經常向她抱怨克里德的事。」

「她知道警方在找他？」衛斯禮問。

「她不在城裡。」他避重就輕地回答。

「她在哪裡？」

「她有一個姊妹在馬利蘭州生病了，她過去那邊住幾天。我要說的是，克里德讓愛蜜莉感到害怕。」

我曾目睹克里德坐在墊子上縫合自己的大拇指，我看過他不懷好意的眼神與蒼白的臉，他會嚇壞小女孩我並不覺得意外。

「還有很多問題懸而未決。」我說。

「是啊，也有很多問題已經迎刃而解。」馬里諾繼續說。

「認爲這件案子是克里德・林賽犯下的，實在說不通。」我說。

「越來越說得通了。」

「不曉得他的住處有沒有電視。」衛斯禮說。

我想了一下子。「當然，山上的居民沒什麼家當，不過他們似乎都有電視。」

「克里德有可能由電視上得知艾迪．希斯案的詳細情形。這些眞實的刑案與若干報導確實在這個案子中出現。」

「狗屎，這種刑案全宇宙到處都有。」馬里諾說。

「我要睡覺了。」我說。

「那，可別讓我妨礙到妳了，」他站起來時望了我們兩人一眼。「我可不想妨礙別人的好事。」

「我受夠了你的明嘲暗諷。」我的怒氣逐漸高漲。

「我可不是明嘲暗諷，我只是看到什麼就說什麼。」

「別挑起這種話題。」衛斯禮平靜地說。

「我們就來談。」我既疲憊又沮喪，而且喝過威士忌後膽子也壯了。「我們就在這個房間裡說清楚講明白，我們三個人一起談，因爲這就是我們三個人的事。」

「那當然不是，」馬里諾說。「這房間裡只有一段男女關係，那與我無關。我對此有何看法是我的事，而且我有權有自己的看法。」

「你的看法是自以爲是而大錯特錯，」我怒不可遏地說。「你表現得像個陷入迷戀的十三歲男孩。」

「那眞是我聽過最天大的屁話。」馬里諾臉色鐵青。

「你佔有慾太強，醋勁又大，快把我逼瘋了。」

「妳做夢。」

「你不能再這樣了，馬里諾。你會破壞我們的關係。」

「我不曉得我們有過關係。」

「我們當然有。」

「很晚了，」衛斯禮警告。「大家壓力都很大。我們都累了，凱，現在不適合談這種事。」

「我們就只有這時候可以談，」我說。「馬里諾，混蛋，我很關心你，可是你卻將我推開。你在這裡陷入一些情況，讓我嚇個半死。我不確定你是否知道自己在做什麼。」

「我告訴妳吧。」馬里諾的神情彷彿他恨我。「我認爲妳沒有資格說我陷入什麼情況。首先，妳什麼狗屁也不懂；其次，至少我不會與一個已婚人士亂搞。」

「彼德，夠了。」衛斯禮厲聲開口。

「你說的一點沒錯。」馬里諾衝出房間，用力將門帶上，我確定整個旅館裡的人都可以聽到。

「我的天，」我說。「眞是一塌糊塗。」

「凱，妳拒絕了他，所以他才會失去理智。」

「我沒有拒絕他。」

衛斯禮憂心忡忡地踱著步。「我知道他愛慕著妳，我知道這些年來他一直眞心的喜歡妳，我只是不曉得會這麼深切。我完全不曉得。」

我不知該怎麼說。

「那傢伙並不笨，我想只要過一陣子他就會想出解決之道了。不過我沒想到那會影響他到這種地步。」

「我要睡覺了。」我又說了一次。

我睡了一陣子，然後醒過來。我凝視著暗夜，想著馬里諾以及我的所做所爲。我正在談一場不倫之戀，而我並不爲此擔心，我也不了解這一點。馬里諾知道我有一段情，他爲此而醋意大發。我永遠無法與他有浪漫的情懷，我必須告訴他，不過我想不出要在什麼場合談這種事。

我四點起床，坐在寒冷的陽台上望著星空。北斗七星就在正上方，我想起了露西幼年時曾擔心如果站在那些星星底下太久，那些星星會在她身上倒水。我想起她完美的骨架與肌膚，及綠得出奇的眼眸。我想起了她望著嘉莉·葛里珊的神情，也相信那必定是出差錯的部分原因。

14

露西不是住單人病房，我一開始走過她身旁卻視而不見，因爲她看起來像個我不認識的人。她的頭髮因沾滿血而僵硬，呈暗紅色，而且豎了起來，她的眼睛則呈現出黑色與藍色。她靠坐在床上，像服過麻藥般不知置身於何處。我趨前握住她的手。

「露西？」

她勉強張開眼睛。「嗨。」她虛弱地說。

「妳覺得怎麼樣？」

「不會太糟糕。對不起，凱阿姨。妳怎麼來的？」

「我租了一部車子。」

「什麼車？」

「林肯。」

「我敢說一定是兩邊都有安全氣囊。」她有氣無力地笑了笑。

「露西，怎麼回事？」

「我只記得到餐廳去，然後就是有人在急診室替我縫合頭部。」

「妳有腦震盪。」

「他們認為我在車子翻覆時頭部撞到車頂。我對妳的車子眞覺得過意不去。」她的眼中噙著淚水。

「不用為車子的事操心，那不重要。妳可記得意外怎麼發生的？」

她搖頭，伸手取面紙。

「妳可記得妳在奧北克餐廳吃晚餐，或是妳到綠頂去？」

「妳怎麼知道的？喔，算了。」她的神情一瞬間變得很茫然，眼皮沉重。「我在四點左右到餐廳去。」

「妳和誰見面？」

「只是一個朋友。我在七點離開，想趕回來這裡。」

「妳喝了很多酒。」我說。

「我覺得我沒有喝那麼多。我不知道我為什麼會駛出路面，不過我想應該是出了什麼狀況。」

「什麼意思？」

「我不知道，我記不起來了，不過似乎是出了什麼狀況。」

「那家槍械販售店呢？妳可記得到那家店去？」

「我不記得離開那家店。」

「妳買了一把點三八半自動手槍，露西，妳記得嗎？」

「我知道我是爲此而去的。」

「所以妳是在喝過酒後到槍具店去。妳能否告訴我妳打算做什麼？」

「我不想毫無防備地住在妳這裡。彼德建議我買那把槍。」

「馬里諾建議的？」我問道，大感震驚。

「我前幾天打電話給他，他說要我去買一把席格槍，還說他一向到漢諾瓦的綠頂買。」

「他人在北卡羅萊納州。」我說。

「我不知道他人在何處。我打他的呼叫器，他回電給我。」

「我有槍。妳爲什麼沒問我？」

「我要自己的槍，我現在已經夠大了。」她眼睛再也睜不開了。

我離去前在走廊上找到她的主治醫師，並和他談了片刻。他很年輕，和我談話的口氣好像我是個心急如焚的阿姨，分不出腎臟與脾臟。在他匆匆向我解釋腦震盪是腦部因爲遭到重擊而受傷時，我不置一詞也不動聲色。在我曾指導過的一個醫學院學生走過並叫我的名字時，他才面紅耳赤。

我離開醫院前往我的辦公室，我已經離開一個多星期了。我的書桌看來正如我所擔心的情況，我花了幾個小時試著加以整理，同時試著與處理露西車禍的州警官聯絡。我留下一則留言，然後打電話給在戶籍資料處的葛洛莉亞．關愛。

「運氣好不好？」我問。

「我眞不相信我會在一星期內和妳談兩次話。妳又在對街了嗎？」

「是的。」我忍不住笑了起來。

「到目前前止還沒什麼收穫，凱，」她說。「我們在加州找不到一個死於嬰兒猝死症候群、名叫梅莉．喬．史丹娜的孩子。我們試過幾種其他的死因追查。妳能否提供死亡的日期或地點？」

「我會想想辦法。」我說。

我想到要打電話給鄧妮莎．史丹娜，結果只是一直盯著電話。我正打算要打時，我一直聯絡不上的州警官利德回電給我了。

「你能否將你的報告傳眞給我？」我告訴他。

「事實上，漢諾瓦那邊的報告比較齊全。」

「我以爲車禍是發生在九十五號公路。」我說，因爲州際公路是州警的管轄範圍，無論車禍現場在何處。

「辛克萊警官和我一起到達現場，所以他幫我處理。在查出車主是妳時，我覺得有必要立刻查證。」

我以前倒沒有想過，車主是我會讓他們大費周章。

「辛克萊警官叫什麼名字？」我問。

「縮寫應該是A.D.吧。」

我運氣不錯，打電話給安德魯‧辛克萊時，他剛好在辦公室。他告訴我露西是自己開車肇事，她高速行駛於亨里科郡交界處北方的九十五號公路往南行。

「車速多快？」我問他。

「時速七十五哩。」

「煞車痕跡呢？」

「我們找到三十二呎長的痕跡，顯然她踩煞車後滑出路面。」

「她爲什麼要踩煞車？」

「她高速駕駛，而且是酒後駕車，女士。可能她打盹，忽然發現快撞到別人的車尾槓了。」

「辛克萊警官，必須有三百二十九呎長的煞車痕，才能判斷行駛時速爲七十哩。你只找到三十二呎煞車痕，我看不出來你是怎麼判斷她的時速是七十五哩。」

「那個路段的速限是六十五哩。」他只能這麼說。

「她的酒精濃度呢？」

「零點一二。」

「不知你能否盡快將你的現場圖及報告傳眞給我，也請你告訴我，我那部車子拖吊到什麼地方了。」

「拖吊到漢諾瓦的德薩科，在一號公路下方。車身全毀了，女士。如果妳可以給我妳的傳眞號碼，我就立刻將這些報告傳過去。」

我在一小時內接到傳眞，我依照他所描述的研判，辛克萊基本上是假設露西喝醉了，而且在開車時睡著了。在她忽然醒來並踩煞車時，車子打滑失去控制並滑出路面，她想將車轉回來，結果車身翻覆，在衝過兩個車道之後翻車撞上一棵樹。

我對他的假設以及一個重要的細節深感懷疑。我的賓士車有防鎖死煞車系統，在露西踩煞車時，她不應該像辛克萊警官形容的那樣出現打滑現象。

我離開辦公室，下樓到停屍間。我的副手費爾丁和我去年雇用的兩個年輕女法醫正在三張不鏽鋼病床上解剖屍體。鋼鐵和鋼鐵碰撞的刺耳聲響中夾雜著流理台的流水聲、冷氣送風聲、發電機的嗡隆聲。巨大的不鏽鋼冷凍室的門打開了，一個停屍間的助手推出一具屍體。

「史卡佩塔醫生，妳能否看看這個？」惠特醫生來自托北卡。她戴著沾滿血跡的塑膠面罩，聰慧的灰眼眸由面罩後望著我。

我走向那張床。

「傷口這裡看來是不是像油煙？」她用沾著血的手套比著頸後的彈孔。

我湊過去。「邊緣有灼燒現象，所以也許是灼傷的。有穿衣服嗎？」

「他沒有穿襯衫。案發現場是他的住處。」

「那就很難說了。我們需要用顯微鏡檢驗。」

「入口還是出口？」費爾丁問著，一邊打量他自己手邊那具屍體的傷口。「趁妳在場，我要妳投一票。」

「入口。」我說。

「我也是。妳會在附近嗎？」

「進進出出。」

「在城內進進出出，或是在這裡進進出出？」

「都有。我帶著呼叫器。」

「還好吧？」他問，他切割肋骨時結實的二頭肌鼓動著。

「眞是一場惡夢。」我說。

我花了半小時才到達有二十四小時拖吊服務的德薩科加油站，我的車子就由他們處理。我看到我的賓士車在圍牆邊，看它成爲一堆破銅爛鐵令我好不心疼。我兩腿發軟。

車子前端整個扭曲，與擋風玻璃擠成一團，駕駛座凹陷成像是沒有牙齒的嘴巴。車門已經用油壓剪撬開，與車身中央部分一起剪斷。我走近時心跳加速，身後傳來一股深沉悠緩的聲音時，我嚇了一跳。

「我能效勞嗎？」

我轉身面對著一個頭髮斑白的老人，他戴著褪色的紅帽子，帽緣處有普尼卡的字樣。

「這是我的車子。」我告訴他。

「我希望當時開車的人不是妳。」

我注意到輪胎並沒有爆胎，而且兩個安全氣囊都已脹起。

「眞是可惜。」他搖頭望著我那部已經撞得慘不忍睹的賓士。「相信這是我看過的第一部五百E型車。這邊一個工作人員很懂賓士車，他說保時捷幫忙設計這款車的引擎，而且產量不多。這是幾年份的？九三年？我想妳老公應該不是在這附近買的。」

我注意到尾燈碎裂了，尾燈附近有一處擦撞痕跡，看來像是綠漆。我彎身看個仔細，神經開始緊繃。

那個人又繼續說下去。「當然，我看哩程數也不高，比較可能是九四年份的。如果妳不介意我問的話，這一部要多少錢？大約五萬？」

「這是你拖吊過來的嗎？」我站直身體，我的眼睛掃視著各個細部，也發現疑點叢生。

「特比昨天晚上拖進來的。我猜妳不曉得它的馬力多大。」

「在車禍現場時車子就是這個樣子嗎？」

那個人看來滿頭霧水。

「例如，」我繼續說：「話筒不在話機上。」

「翻車撞樹，那是理所當然的事。」

「還有遮陽板也豎了起來。」

他也彎腰由後車窗探視。他搔搔脖子。「我想當時天已經暗了，車窗玻璃又上過色，我沒有注意到遮陽板豎起來。沒有人會在晚上把遮陽板豎起來的。」

我小心翼翼地彎身到車內，看著後視鏡。鏡子稍向上翻，以減少後方車輛車頭燈的強度。我由手提袋中取出鑰匙，側坐在駕駛座上。

「如果我是妳，就不會這麼做。裡面的碎裂金屬像刀片一樣，駕駛座和車內也都沾滿了血。」

我將車上電話掛回原位，打開開關。由電話的聲響聽起來還能用，紅燈不斷閃爍著，提醒我電池快沒電了。收音機與ＣＤ音響沒有打開，車頭燈與霧燈開著。我拿起電話按下重撥鍵，鈴聲響起，接聽電話的是一個婦女。

「這裡是九一一，您好。」

我掛上電話，我的脈搏悸動，頭皮發麻。我環視著車內灰皮革、儀表板、置物箱、內部頂上的紅色污漬，這些污漬既紅又稠，將掉落的頭髮黏在車內。

我取出一把銼指甲刀，將車尾擦撞處的綠漆刮下。我將綠漆包在面紙裡，然後試著將撞毀的尾燈拆下。我弄了老半天拆不下來，於是請那個人去拿把螺絲起子。

「這是九二年份的車，」我在快步離去時說著，那人瞠目結舌，留在現場。「三百一十五匹馬力，花了八萬美金，全國只有六百部——原本只有六百部。我在里奇蒙的麥克喬治車行買的。我沒有老公。」我回到那部林肯車內時呼吸急促。「車內不是血跡，可惡！可惡！可惡！」我低聲說著，將車門帶上，發動引擎。

我疾馳上路，車輪磨擦地面發出刺耳聲響。我飛速駛上高速公路，回到九十五號公路南下路段。我在通過露西車禍現場的亞特里與艾蒙特交流道時減速停在路邊。我盡量遠離路面，在車潮呼嘯駛過時，一陣陣強風朝我襲來。

辛克萊的報告上註明我的賓士車在八十六哩路標北邊大約八十呎處偏離路面。我這時停在那個地點北面至少兩百呎，我注意到右側車道有尾燈的破璃碎片，不遠處還有煞車痕。這道車痕是向一旁打滑，大約兩呎長，距離一道三十呎長的直行煞車痕約十呎遠。我在車陣間穿梭，撿拾玻璃。

我再度徒步往前行，大約走了一百呎後，到達辛克萊在報告上所標示的那處路面。我目瞪口呆地望著一片黑色的橡膠痕，那是我的倍耐力輪胎昨天晚上留下來的。那根本不是煞車痕，而是像我剛才離開德薩科加油站那樣突然加速時輪胎留下的痕跡。

露西是在留下這些痕跡之後才失控偏離路面。我在泥地裡看到她的輪胎印，她想急轉彎回到路面，一個輪胎磨擦到路面邊緣。我勘察翻車時在路面造成的凹痕與安全島的樹幹之擦撞痕跡，以及散落各地的金屬與塑膠碎片。

我開車回到里奇蒙，不確定該怎麼辦或要打電話給誰。然後我想到了州警局的刑警麥基。我們曾經數度一起處理車禍現場，也曾在我的辦公室內在桌上用模型車模擬事故發生的情形。我留言給他的辦公室，他在我回家後不久就回電了。

「我沒有問辛克萊有沒有將她駛離路面處的輪胎印做成印模，不過我想他應該沒有。」我在將一切解釋清楚後說道。

「不，他不會這麼做。」麥基附和。「這件事我聽說了不少傳言，史卡佩塔醫生，有不少傳言。情況是，利德趕到現場後首先就注意到那是妳的車牌。」

「我和利德談過幾句，他對此案的了解不很深入。」

「沒錯。在一般情況，當漢諾瓦的警方……呃，辛克萊，趕過來時，利德會告訴他，一切已在掌控之中，然後他會自己畫現場圖及丈量。不過他看到妳的車牌，開始緊張。他知道這種三位數車牌是政府要員的車子。辛克萊開始做自己份內的工作，利德則用無線電與電話聯絡，打電話找他的長官追查車主。後來找到車主是妳，這時他的第一個念頭是車內的人是妳。所以妳可以想見當時的情況了。」

「亂成一團。」

「沒錯。後來才發現辛克萊剛從警校畢業，妳這樁車禍是他處理的第二件案子。」

「就算是他的第二十件，我也看得出來他可能會犯下什麼錯誤。他沒有理由到距離露西偏離路面的地點兩百呎處尋找打滑痕。」

「妳確定妳看到的是打滑痕？」

「絕對不會錯。你把印模做出來，你會發現路肩的輪印與後方路面的輪印吻合。那種打滑痕只有在外力造成車輛忽然改變方向時才會出現。」

「然後在大約兩百呎外有加速的痕跡，」他將想法說出來。「露西遭人追撞後踩煞車，仍繼續前行。幾秒鐘後她忽然加速並失控。」

「或許也就是這個時候她打電話給九一一。」我說。

「我會找電話公司追查那通電話的確切時間，然後我們可以將錄音帶調出來。」

「有人在她車後用大燈照射，她將後視鏡往上翻，最後不得不將後方的遮陽板也豎起來，以擋住強光。她沒有打開收音機或CD音響，因爲她正在專心想事情。她很清醒，也嚇壞了，因爲有人正在追殺她。

「這個人最後由後方追撞她，露西於是踩煞車，」我繼續描述我揣摩出來的現場情況。「她繼續向前開，發現那人又要撞上來了。露西在驚慌之下踩油門，結果失控。這一切可能就在幾秒內發生。」

「如果妳在現場發現的確實如此，則當時情況的確有可能就是這樣。」

「你能不能加以調查？」

「沒問題。那些漆呢？」

「我會送過去，還有尾燈，全都會送到實驗室去，我會催他們加快速度處理。」

「在文件上註明我的名字。叫他們在結果一出來就打電話給我。」

我在樓上的工作室內放下電話時已經五點，天色已晚。我環顧四周，有點茫然，在自己家裡卻覺得像個陌生人。

我飢腸轆轆，隨後是一陣反胃，我喝了一點淡酒，在醫藥箱內尋找胃藥。我的胃潰瘍在夏天時會消失，不過它和舊情人不一樣，它總是會回來找我。

我的兩支電話都響了，也都由答錄機應答。我泡在浴缸裡用酒服藥時，聽到傳眞機響起。我知道我妹妹桃樂絲會馬上趕過來，一有緊急情況她總是會到場，因爲那可以滿足她對戲劇化的需求。她會藉機做研究。無疑地，在她的下一本童書裡，她的書中人會處理車禍問題。書評家會讚揚桃樂絲的敏感與智慧，她照顧她想像出來的人物，比照顧她自己的獨生女還要出色。

我發現那份傳眞是桃樂絲的飛機行程表。她明天下午會到達，也會和露西待在我的住處。

「她不會住院太久吧？」幾分鐘後我打電話給她時她問。

「我想我下午可以接她回來。」我說。

「她看來一定很慘。」

「發生車禍後大部分人看來都很慘。」

「不過會不會留下永久的疤痕？」她壓低聲音。「她頭部的傷呢？」

「維吉尼亞醫院正是以處理頭部創傷馳名，」我說：「露西交由他們照顧是最好不過了。」

「她不會破相吧？」

「不，桃樂絲，她不會破相。妳對她酗酒了解多少？」

「我怎麼會知道這種事？她在妳附近上學，似乎都不想回家。她即使回家也不會找我或她祖母談心事。我想如果有人知道的話，應該是妳才對。」

「如果她酒醉駕駛，法院可能勒令她戒酒。」我盡可能耐心地說著。

沉默。然後是：「我的天！」

我繼續說：「即使他們沒這麼要求，基於兩個理由，要她戒酒也是個好主意。最明顯的好處是，她必須處理這個問題；其次，如果她自願接受協助，法官或許會對她從輕發落。」

「我就把這事交給妳處理了，妳是我們家中的醫生兼律師。不過我了解我的小女兒，她不會這麼做的。我無法想像她會前往連電腦都沒有的精神病院。她會再也沒臉見人了。」

「她不會到『精神病院』去，而且接受戒酒或戒毒治療也不是什麼丟人現眼的事。真正丟臉的是任其繼續毀了妳的一生。」

「我一向是只喝三杯酒。」

「會上癮的有很多種類型，」我說。「妳的癮頭就是男人。」

「喔，凱。」她笑出聲來。「妳會說這種話眞令我意想不到。對了，妳有在跟誰交往嗎？」

15

法蘭克・羅德參議員聽到傳言說我發生車禍，因此在隔天早上天還沒亮就打電話給我。

「沒有，」我衣衫不整地坐在床緣告訴他。「是露西開我的車。」

「噢，天啊！」

「她復原得不錯，法蘭克。我今天下午就要接她回家。」

「本地有一家報紙報導妳發生車禍，而且懷疑是酒醉肇事。」

「露西被困在車上一陣子。有位警員看到我的車牌並查出車主是我，因此以為是我，結果一個記者以訛傳訛，就這麼發稿了。」我想到了辛克萊警官，我猜犯下這錯誤的應該是他。

「凱，我能幫上什麼忙嗎？」

「你對工程研究處發生的事有沒有什麼線索？」

「有若干有趣的發展。妳有沒有聽過露西提起一個名叫嘉莉・葛里珊的人？」

「她們是同事。我見過她。」

「顯然她和一家間諜用品社有關聯，那家公司專門販售高科技的監視器材。」

「不會吧。」

「恐怕就是如此。」

「我可以了解她為什麼會想到工程研究處任職，以她這樣的背景，聯邦調查局還會雇用她眞令我訝異。」

「沒有人知道。顯然那家店是她男朋友開的。我們知道她經常出入那家店，原因是她一直受到監視。」

「她和男人約會？」

「怎麼？」

「那家間諜用品社的老闆是男的？」

「是的。」

「誰說那是她男朋友？」

「顯然是有人看到她出入那家店向她詢問時她說的。」

「你能否多談談他們的細節？」

「目前知道的也不多，不過我有那家店的地址。妳要不要等一下，我把地址找出來。」

「有沒有她家裡的地址？或是她男朋友家裡的地址？」

「那我恐怕沒有。」

「那麼你有什麼資料就提供給我吧。」

我轉頭找紙筆寫下來，也開始動腦筋思考。那家店的名稱是「千里眼間諜用品社」，位於春田購物廣場，就在九十五號州際公路旁。如果我立刻起程，可以在十點左右到達，並可及時趕回來，到醫院接露西回家。

「所以妳知道，」羅德參議員說：「葛里珊小姐已經因爲和那家間諜用品社有關聯而遭工程研究處解聘，她在申請這項職務時顯然未提及這種背景。不過到目前爲止，沒有任何她涉及侵入案的證據。」

「她當然有動機，」我強忍住怒氣說著。「對一個販售間諜用品的人而言，工程研究處簡直像聖誕老人。」我停頓一下，思考著。「你可知道她是什麼時候受雇進入聯邦調查局的？是她申請這項職務，還是工程研究處徵募她的？」

「我看看。我的資料在這裡。上頭只說她在去年四月提出申請，於八月中旬開始上班。」

「露西也是八月中旬開始任職。在此之前嘉莉從事什麼工作？」

「她似乎一直都在電腦界，硬體、軟體、程式設計，還有工程，那也是聯邦調查局對她有興趣的原因之一。她很有創意，而且企圖心強，而不幸的是她不大誠實。依照幾位接受訪談的人的說法，她是一個幾年來藉著欺瞞而一步步往上爬的女人。」

「法蘭克，她申請工程研究處的職務，以便替間諜用品社蒐集情報，」我說。「她可能也是那種厭惡聯邦調查局的人。」

「這些都有可能，」他同意。「問題是要找出證據。即使我們可以找到證據，除非有她竊走什麼東西的物證，否則我們也無法將她起訴。」

「露西在這件事發生前曾經向我提起過，她參與了工程研究處一項生物測定鎖系統的研發。

你知道此事嗎？」

「我不曉得有這種研究計畫。」

「不過如果有這種研究計畫，你是不是一定會知道？」

「我很有可能會知道，我知道不少匡提科目前正在進行的機密計畫的詳細資料——因爲那項犯罪防治法案，我替聯邦調查局爭取了不少經費。」

「那麼露西竟然說她在參與一項根本不存在的計畫，那就奇怪了。」我說。

「遺憾的是，這一點只會對她的涉案更不利。」

我知道他說的沒錯。嘉莉．葛里珊涉有重嫌，而露西的嫌疑更重。

「法蘭克，」我繼續說：「你知不知道嘉莉和她男朋友是開什麼樣的車子？」

「這種資料當然拿得到。妳爲什麼對此有興趣？」

「我有理由相信露西的車禍不是意外，而且她可能仍然身陷危險當中。」

他停頓了一下。「讓她到聯邦調查局接受保護一陣子妥不妥？」

「若是平時，那是最好不過，」我說。「不過我看她目前最不想去的地方就是聯邦調查局。」

「我明白了，嗯，我可以理解。如果妳要我協助的話，我可以安排其他地方。」

「我想我可以找到一個地方。」

「我明天會到佛州去，不過妳有我在那邊的電話。」

「又要募款了?」我知道他已心力交瘁,因爲再過一個多星期就要選舉了。

「那也是原因之一。還有一些常見的芝麻瑣事。我的對手正忙著將我抹黑成厭惡女人的男人,像一個妖魔鬼怪似的。」

「你爲女性所爭取的福利比我認識的任何一個人都要多,」我說。「尤其是爲我。」

我著裝完畢,七點半時已經在租來的車子裡喝我的第一杯咖啡。天氣陰冷,我一路往北行駛,無心觀看沿途景致。

一套生物測定鎖系統就如其他的鎖一樣,若要通過就得將鎖「弄開」。有些鎖只需要一張磁卡,而其他的則需要動用各種工具才能打開,例如油壓剪。不過利用掃描指紋來運作的鎖,無法這麼單純的用蠻力撬開。我思索著工程研究處的侵入案,腦中萌生幾個想法。

露西的指紋是在大約凌晨三點掃描入系統中,而只有在她的手指確實出現才有可能——或者有人仿製她的手指。我回想起我幾年來參加過的國際辨識學會的會議,知道有許多惡名昭彰的歹徒費盡心機地試圖改變他們的指紋。

罪孽深重的歹徒約翰·狄林傑在他的指頭上滴強酸,而名氣比較不響亮的羅斯科·皮地斯則利用開刀割除手指第一節的指紋。這些方法和其他方式都失敗了,那些人如果不要這麼大費周章地改變老天賜給他們的那套指紋,或許日子還好過一些。他們變造後的指紋已被聯邦調查局歸入「肢體不全檔」。老實說,這個檔案搜尋起來比一般檔容易許多。更何況,如果你原本就是個嫌犯，灼傷或變造後的手指更會讓人起疑。

不過讓我印象最深刻的一個案例是，幾年前一個最詭計多端的歹徒，他有一個哥哥在葬儀社任職。那個歹徒已經多次身繫囹圄，他試圖替自己製作一雙可以留下別人指紋的手套。他藉著將死者的手不斷浸泡在液體塑膠中，形成一層又一層的薄膜，直到那副「手套」可以拉下來。

這個計畫因爲兩個原因而未能得逞。那個歹徒未能將每一層薄膜間的氣泡擠掉，這使得他在隨後犯案時留下的指紋顯得很怪異。他也未花心思去打聽他所仿冒的那個人的身分。如果他調查清楚，就會知道那個死者是一個重刑犯，在保釋期間自然死亡。

我回想起我到工程研究處參觀的那個艷陽高照的午後，如今覺得像是幾年前的事了。我當時察覺到嘉莉．葛里珊在進門時手中攪拌著一種黏性物質，我如今回想起來，那可能就是液體的樹脂或橡膠。也是在那次參觀時聽到露西談起她正在參與那套生物測定鎖系統的研究。也許嘉莉正是打算製作一份露西大拇指的橡膠模型。

如果此案眞如我所揣測是嘉莉所爲，我知道這可以加以證實。我沒想到爲什麼我們都沒有問一個很簡單的問題，那套生物測定鎖系統是眞的掃描到與露西相符的指紋，或者只是電腦上這麼說？

「這個，我會認爲那就是露西的指紋。」衛斯禮在我用車上電話聯絡上他時這麼說。

「你當然會這麼認爲，每個人都會這麼認爲。不過如果有人將露西的大拇指做成模型，並用來掃描進那一套系統，則出現的應該是與她在聯邦調查局留下來的資料『左右顛倒』的指紋。換句話說，就是鏡射影像。」

衛斯禮停頓了一下，然後口氣中充滿訝異。「可惡。不過掃描器難道不會偵測到那個指紋左右顛倒，並拒絕放行？」

「很少掃描器能夠區別一枚指紋與左右顛倒的指紋，不過指紋檢查員則可以，」我說。「掃描進那套系統的指紋應該仍然存放在數位資料庫裡。」

「如果是嘉莉．葛里珊做的，妳想她會不會將指紋由資料庫中刪除？」

「我懷疑，」我回答。「她不是指紋檢查員。她應當不知道每次採集指紋時，都是左右顛倒的，那與指紋卡相符，原因是那些資料也都是左右顛倒的。如果你用那數位資料做成模型後按指紋，得到的其實是負負得正，與那左右顛倒的指紋左右顛倒的指紋。」

「所以用這種橡膠大拇指按出來的指紋，將與用那個人眞正的大拇指按出來的指紋左右顛倒。」

「沒錯。」

「天啊，我不擅長這種事情。」

「別擔心，班頓，我知道那會讓人一頭霧水，不過相信我吧。」

「我一向相信妳，看來我們必須將那枚有問題的指紋調出來？」

「一定要，而且必須立刻處理。我還有一件事情要請教你，你可知道一個與工程研究處有關的生物測定鎖系統的研究計畫？」

「由聯邦調查局主導的研究計畫？」

「是的。」

「我不知道有這種計畫。」

「我想也是。謝謝你，班頓。」

我們靜默了片刻，等對方說些非關公務的話，不過我不知道還能說些什麼。我還有好多事要思考。

「小心。」他告訴我，然後我們道別。

半小時後我在一座人車擁擠的大型購物廣場找到那家間諜用品社。這家公司在廣場內，與幾家著名商店毗鄰。它的店面很小，有一面櫥窗展示著合法的精良間諜用品。我在安全距離外徘徊，直到收銀台前的客人走開，讓我得以看到櫃枱後是什麼人。一個年邁、臃腫的男人正在打電話訂貨，我不相信他就是嘉莉．葛里珊的情人。這顯然又是她的謊言。

那個客人離去後，店內就剩下另一個客人，是一個穿著皮夾克的年輕人，他正在看櫥窗內展示的以聲音啓動的錄音機，以及可攜式聲調分析器。櫃枱後那個肥胖的男人戴著厚眼鏡，鏡框上還有金鍊子，看來就像個精明的生意人。

「對不起，」我盡可能平靜地說。「我想找嘉莉．葛里珊。」

「她出去喝咖啡，應該馬上就回來了。」他打量我的臉。「我能效勞嗎？」

「我先四處看看，等她回來好了。」

「當然。」

我正聚精會神地看著一個有隱藏式錄音機、反竊聽器、電話干擾器、夜視設備的箱子時，嘉莉・葛里珊走了進來。她看到我時停下腳步來，我有一瞬間以爲她會將手中的咖啡朝我臉上潑過來。她的眼睛像兩根鋼釘般直盯著我。

「我必須和妳談一談。」我說。

「這個時候恐怕不大好。」她試著擠出笑容，讓口氣彬彬有禮，因爲這時這家小店裡已經有四個客人了。

「這個時候當然很好。」我說著，和她對視。

「傑利？」她望著那個肥胖的男人。「你能不能自己處理一下？」

他瞪著我，像一隻準備撲上來的狗。

「我保證不會太久。」她向他保證。

「好啊，當然。」他口是心非地說。

我跟著她到店外，在一座噴水池旁找到一張沒人坐的長椅。

「我聽說露西出了意外，我覺得很遺憾。我希望她沒事。」嘉莉冷冷地說著，喝著咖啡。

「妳根本不在乎露西的情況，」我說。「妳也犯不著浪費時間對我展現妳的魅力了，因爲我已經推想出來。我知道妳做了什麼事。」

「妳什麼也不知道。」她冷笑著，空氣中充滿了水聲。

「我知道妳將露西的大拇指製作成橡膠模型，而要知道她的個人識別碼並不難，因為妳們經常在一起。妳只要仔細留意她鍵入的號碼即可。妳那天凌晨侵入工程研究處，就是用這個方法通過門禁。」

「天啊，妳的想像力太豐富了吧？」她笑著，眼神更冷峻了。「我給妳一個忠告，妳做這種指控要小心一點。」

「我對妳的忠告沒興趣，葛里珊小姐。我感興趣的是要給妳一個警告，不久就可以證明露西並沒有侵入工程研究處。妳很聰明，但還不夠聰明，而且妳犯了一個致命的疏失。」

她默不作聲，不過我可以看得出來她外表不動聲色，但腦筋正在飛速運轉。她急著想知道下文。

「我不曉得妳在說什麼。」她的語氣已不再自信十足。

「妳對電腦或許很行，不過妳不是一個刑事鑑識科學家。妳這個案子很簡單。」我用高明的律師都會用的技巧，將我的理論說出來。「妳要求露西協助妳從事一項與工程研究處的生物測定鎖系統有關的研究計畫。」

「研究計畫？根本沒有什麼研究計畫。」她咬牙切齒地說。

「那正是關鍵，葛里珊小姐，根本沒有這個研究計畫。妳欺騙她，藉此要她讓妳用液體橡膠製作她大拇指的模型。」

她笑了幾聲。「我的天，妳七號情報員電影看太多了。妳應該不會眞的認爲有人會相信

——」

我打斷她的話。「妳做的這個橡膠模型便是用來通過門禁，如此妳和別人便可以從事商業間諜活動。不過妳犯了一個錯誤。」

她臉色鐵青。

「妳要不要聽是什麼錯誤？」

她仍默不作聲，不過很想知道。我可以感受到她正心急如焚。

「妳懂嗎？葛里珊小姐，」我繼續用與她講道理的語氣說下去。「妳製作手指的模型時，指紋印其實是那根手指的鏡射影像，所以妳的橡膠大拇指的指紋其實與露西的指紋左右顛倒。換句話說，那是顛倒的。只要將凌晨三點掃描進那套系統的指紋調出來檢查，便可以看得一清二楚。」

她勉強嚥了下口水，她接下來所說的話證實了我的揣測。「妳無法證明那是我或什麼人做的。」

「噢，我們會證明的。不過在妳離去之前，我還有一個重要消息要告訴妳。」我靠近了點。我可以聞到她的咖啡香。「妳利用我外甥女對妳的感情，妳利用她的年輕以及天眞無邪。」

我靠得很近，幾乎湊到她臉上。「不准妳再靠近露西，不准妳再和她說話，不准妳再打電話給她，不准妳再想到她。」

我的手插在口袋裡摸到了我那把點三八手槍，幾乎想朝她動槍。

「如果我查出來是妳使她出車禍，」我繼續用和手術刀一樣冰冷的語調說道：「我會親自追捕妳到案，妳這一輩子休想過好日子。妳要保釋時我就會出現，我會告訴每一個保釋委員會以及典獄官，妳的人格異常，對社會是一種威脅。妳懂了嗎？」

「下地獄去吧。」她說。

「我絕對不會下地獄，」我說。「不過妳一直都在地獄裡。」

她忽然起身，怒氣沖沖地走回那家間諜用品社。我看到一個男人跟著她走進去，並開始和她交談。我坐在長椅上心跳急促。我不知道那個男人為什麼讓我緊張。他鮮明的側影、修長強壯的V形後背，以及黑得出奇的濃髮看來很顯眼。他穿著一套亮麗的藍西裝，帶著一個看似鱷魚皮的手提箱。我正要離去時，他朝我這個方向轉過身，有一瞬間我們的眼睛交會，他的眼睛是犀利的藍色。

我沒有奔跑。我像路中央的一隻松鼠，若東奔西跑，到頭來會回到原點。我開始快步走，然後才開始跑，而身邊的水聲聽起來像是他在追逐我的腳步聲。我沒有前往電話亭，因為我不敢停下腳步。我的心跳越來越快，我以為心臟要爆裂了。

我衝向停車場，打開車門時手不斷發抖。我立即飛馳上路，直到沒有看到那個人時才伸手拿電話。

「班頓！喔，我的天！」

「凱？老天，怎麼了？」他憂心的聲音在電話中吵雜不清，北維吉尼亞州的行動電話通訊一向以容易受干擾聞名。

「高特！」我上氣不接下氣地高聲叫著，在差點撞上前面一輛豐田車之前趕忙煞車。「我看到高特了！」

「妳看到高特？什麼地方？」

「在千里眼間諜用品社。」

「在什麼？妳說什麼？」

「就是嘉莉．葛里珊工作的那家店。與她接頭的人。他在那邊，班頓！我要離開時看到他走進去，他和她交談，然後他看到我，我開始奔跑。」

「慢一點，凱！」衛斯禮的語氣很緊張，我沒有聽過他那麼緊張。「妳目前人在哪裡？」

「我在九十五號州際公路南下路段。我沒事。」

「繼續開，老天，無論如何不要停。妳想他有看到妳上車嗎？」

「我想沒有。狗屎，我不知道！」

「凱，」他以充滿權威的口吻說道。「冷靜下來。」他緩緩地說。「我要妳冷靜下來，我不要妳出車禍。我要打幾通電話，我們會找到他。」

不過我知道我們找不到。我知道當第一個幹員或警員接到電話時，高特已經不見人影。他認出我了，我由他冷峻的藍眼眸可以看得出來。他知道我一有機會就會做什麼，他也會再度銷聲匿跡。

「我以為你說他在英國。」我呆滯地說。

「我說我們相信他在那邊。」衛斯禮說。

「你看不出來嗎，班頓？」我繼續說下去，因為腦筋動個不停，東想西想。「他與此案有關。他與工程研究處的案件有關。嘉莉‧葛里珊或許是他派去的，奉他的命行事，他的間諜。」

衛斯禮默不作聲地聽著。這種想法太可怕，他不願去想。

他再度開口，我知道他也開始驚慌失措了，因為不應該使用汽車電話進行這種交談。「奉命做什麼？」他的聲音劈啪作響。「他想到裡面做什麼？」

我知道，我很清楚他的目標。「犯罪人工智慧網路。」我說著，電話也斷訊了。

16

我回到里奇蒙，沒有看到高特惡毒的身影跟上來。我相信他有其他的事待辦，所以決定不來追殺我了。即使如此，我仍將家中的保全系統重新啓動。我無論走到何處，連上洗手間都隨身攜帶槍枝。

下午兩點過後不久，我開車前往維吉尼亞醫院，露西自己推著輪椅上我的車。雖然我像每個疼愛晚輩的阿姨一樣堅持要幫忙，不過她堅持自己操作，不要我幫忙。但是在我們回到家後，她終於願意接受我的照料，我扶她上床，她就坐著打盹。

我燉了一鍋山區居民常用來讓嬰兒及老年人喝的蒜湯，此外再加上一些義大利點心與栗子甜點，如此應該可以替她滋補一番。客廳中的爐火搖曳，香氣瀰漫空氣中，我的心情也好過了些。我若長時間沒有開伙，家中確實會顯得冷清清的，像沒有人住。感覺上幾乎像是我的房子在哀傷。

稍後，天空烏雲密布，即將下雨，我開車到機場接我妹妹。我已經有好一陣子沒有見到她了，她看來和往常不大一樣。她每次來訪看來都不一樣，因爲桃樂絲一直沒有安全感，所以才會這麼毛躁，她也有不斷改變髮型與服飾的習慣。

這個下午我站在機場大門時，我留意著由登機門出來的旅客，想找到熟悉的面孔。我由她的鼻子與酒窩認出她來，因爲這兩個部位不容易改變。她將頭髮往後梳，緊貼頭部，像戴著一頂皮製安全帽。她戴著一副大眼鏡，脖子上纏著一條艷紅色的圍巾。她穿著緊身馬褲與繫帶長靴，看來纖細時髦。她大步朝我走來，吻我的臉頰。

「凱，看到妳眞好。妳看來好疲倦。」

「媽好嗎？」

「她的臀部，妳知道。妳開什麼車？」

「租來的。」

「我首先想到的是妳沒有賓士車可開了。我無法想像我若沒有我那部車要怎麼辦。」

桃樂絲有一部一九〇E型賓士，那是她在和一個邁阿密警察交往時買的。那部車子原爲一個毒梟所有，被法院扣押後充公拍賣。車身是暗藍色，還加裝了擾流器。

「妳有行李嗎？」我問。

「只有這個。她車速多快？」

「露西什麼都不記得了。」

「妳無法想像電話鈴響時我的感受。我的天，我的心跳差點就停了。」

這時已在下雨，我沒帶雨傘。

「那種感覺除非身歷其境，否則無法描述。那一刻，那可怕的一刻，妳不知道到底發生了什麼事，不過妳知道是妳心愛的人的壞消息。我希望妳車子沒有停太遠，或是我在這裡等。」

「我必須到停車場付停車費，然後再繞回來。」我由我們站的位置就可以看到我的車。「那要花上十至十五分鐘。」

「那沒關係，不用為我操心。我就站在這裡面看著妳。我必須上一下洗手間。不用再為某些事情而操心，想必很好。」

待她上車，我們開車上路之後，她才進一步說明這句話是什麼意思。

「妳有使用荷爾蒙嗎？」

「做什麼？」雨勢滂沱，豆大的雨點落在車頂上，有如一群小動物在跺腳。

「改變。」桃樂絲由她的手提包內取出一個塑膠袋，開始小口吃著薑汁餅乾。

「什麼改變？」

「妳知道，更年期的熱潮紅、心情等。我知道有一個婦人在年過四十後便開始使用，心靈的力量很強大。」

我扭開收音機。

「我們只能吃一些難吃的點心，妳知道我沒吃東西會怎麼樣。」她又吃了一片薑汁餅乾。

「只有二十五卡，而我一天只能吃八片，所以我們必須停下來吃一點。當然還有蘋果。妳眞幸運，妳似乎都不用為體重操心，不過我想如果我也從事和妳一樣的工作，我或許也沒什麼胃口了。」

「桃樂絲，羅德島有一家戒癮中心，我想和妳談談。」

她嘆了口氣。「我爲了露西擔心得要死。」

「那種療程爲期四星期。」

「我不知道我能否忍受她將前往那邊、就這樣關在裡面的想法。」她又吃了一片餅乾。

「妳非忍受不可，桃樂絲。此事非同小可。」

「我懷疑她會去。妳知道她有多固執。」她想了一下。「呃，或許那也是件好事。」她又嘆了口氣。「或許她在那邊時，他們也可以糾正一些其他的事。」

「什麼其他的事，桃樂絲？」

「我不妨告訴妳吧，我拿她沒辦法。我也不知道問題出在哪裡，凱。」她開始哭泣。「我一直很尊重她，妳無法想像家中有這麼一個小孩子是什麼情景。像小樹枝般容易受外界影響。我不知道是出了什麼問題，當然不是家人的不良示範。有些事我會自責，但不是這種事。」

我將收音機關掉，望著她。「妳到底在說什麼？」我詫異地發現我竟然那麼不喜歡我妹妹。我覺得她是我妹妹實在沒有道理，我找不到我們之間有什麼共同點，除了有同一個母親，以及曾一度住在同一間屋子裡的回憶。

「我不相信妳都沒有想過這問題，或許對妳而言那很正常。」我們顛簸著下山坡，她的情緒越來越激動。「我不妨老實告訴妳吧，我曾經擔心過妳在這方面的影響，凱，我不是在批判妳，因爲妳的私生活是妳自己的事，有些事妳也是無能爲力。」她擤著鼻涕，外頭的雨勢更大了。

「可惡！太難了。」

「桃樂絲，拜託，妳到底在說什麼？」

「妳做什麼她都模仿妳。如果妳用某種方式刷牙，我保證她也會如法炮製。我老實說，我已經很體諒了，不是每個人都能做得到。凱阿姨長，凱阿姨短的。這麼多年了。

「我從來沒有抱怨過，或者試著將她由妳的懷抱中搶走。我一心只爲她好，所以我就聽任她這種孩子氣的英雄崇拜。」

「桃樂絲……」

「妳不曉得我做了多大的犧牲。」她大聲擤鼻涕。「我在學校裡老是被人拿來和妳比，也得忍受媽媽的批評，因爲妳不管做什麼總是那麼完美，我受夠了這種窩囊氣。

「我是說，可惡。烹飪、修理東西、保養車子、付帳單，我們成長期間，妳就像家中的男人，然後妳又變成了我女兒的父親——這麼說一點也不爲過。」

「桃樂絲！」

不過她不肯就此打住。

「這一點我就比不過妳了，我當然沒辦法當她的父親，我必須承認妳比我更像男人。噢，沒錯，這方面妳可以獲得壓倒性的勝利，史卡佩塔醫生，先生。我是說，狗屎，眞不公平。然後妳又成爲家中的波霸，家中的男人成了波霸！」

「桃樂絲，閉嘴。」

「不，我不，妳也不能逼我。」她氣鼓鼓地低聲說著。

我們彷彿又回到了以前那間小房子，擠在一張小床上，我們在那兒學會了互相仇視、打冷戰，父親則奄奄一息。我們在廚房裡默默地吃通心麵，他則在病床上掌控我們的生活。如今我們將進入我的房子，受傷的露西就在裡面，我很訝異桃樂絲竟然沒有看出來我們這齣不斷上演的戲碼已經和我們一樣老掉牙了。

「妳到底想要指責我什麼？」我打開車庫的門時說著。

「我們這麼說吧。露西沒有和人約會這一點可不是向我學的，這一點可是千眞萬確的。」

我將引擎熄火，望著她。

「沒有人像我這麼欣賞並享受男人，妳下回想批評我不是個好母親時，妳應該好好檢討自己對露西的人格發展有何影響。我是說，她到底像誰？」

「露西不像任何一個我認識的人。」我說。

「狗屎。她是妳的翻版。如今她酗酒，我想她也是個酷兒。」她又開始放聲痛哭。

「妳是說我是同性戀？」我怒不可遏。

「呃，她是跟人學來的。」

「我想妳應該進去了。」

她打開車門，發現我沒有打算下車後，滿臉詫異。「妳不進來嗎？」

我將鑰匙與保全系統的密碼交給她。「我要到超市去。」我說。

我在超市買了薑汁餅乾和蘋果，並在走道間逛了一陣子，因爲我不想回家。事實上露西的母親在場時，我一向不喜歡和露西在一起，桃樂絲這次來訪，顯然一開始就比平常更烏煙瘴氣。我多少也了解桃樂絲的感受，而她的羞辱及嫉妒也不讓我訝異，因爲那已不是新鮮事了。

使我心情惡劣的倒不是她的行爲，而是那提醒了我孑然一身。我想拿點心、糖果、山珍海味與人分享，希望藉著歡樂的聚餐來驅走我的孤寂。如果斟滿一杯威士忌可以塡補心靈的空虛，那我也會縱情暢飲。不過我只採購了一小袋食品回家，替我那小得可憐的家庭做晚飯。

飯後，桃樂絲坐在火爐旁的椅子上。她喝著飲料看書，我則照料露西就寢。

「妳會痛嗎？」我問。

「不大痛，不過我無法保持清醒。我的眼皮忽然很沉重。」

「妳現在正需要睡眠。」

「我會做噩夢。」

「妳想談談這些夢嗎？」

「有人在追殺我，追逐我，通常是開著車子。我也會聽到車禍的吵雜聲，使我醒過來。」

「什麼樣的吵雜聲？」

「金屬撞擊聲、安全氣囊爆裂聲、警笛聲。有時候覺得像半睡半醒，這些影像在我眼簾後方舞動著。我看到人行道上紅燈閃爍，還看到一些穿著黃色雨衣的男人。我滿地翻滾，渾身是汗。」

「妳會出現創傷後的壓力是正常現象，可能還會持續一陣子。」

「凱阿姨，我是不是會被逮捕？」她鼻青眼腫，又露出惶恐的眼神，令我爲之心碎。

「妳不會有事的，不過我要提出一項建議，妳可能不會喜歡。」

我告訴她羅德島新港戒癮中心的事，她開始哭泣。

「露西，妳酒後駕駛，反正也得接受這種輔導，當做是懲罰的一部分。妳若自動前往，趁機戒掉，不是更好嗎？」

她輕輕擦拭眼睛。「我眞不相信這種事情會發生在我身上。我的夢想全都幻滅了。」

「那不是事實，妳還活著，沒有其他人受傷。妳的問題可以解決，我也要助妳一臂之力。不過妳必須信任我並聽我的話。」

她垂頭看著擺在棉被上的雙手，淚如雨下。

「我也要妳對我實話實說。」

她沒有看我。

「露西，妳沒有在奧北克餐廳用餐——除非妳在他們的菜單中忽然加上一道通心麵。車內到處都是通心麵，我想那是妳買外帶食品沒吃完的。妳那天晚上到哪裡去了？」

她看著我的眼睛。「安東尼歐餐廳。」

「在史塔福那一家？」

她點頭。

「妳爲什麼要撒謊？」

「因爲我不想談起這件事。我到哪裡去不關別人的事。」

「妳和誰在一起？」

她搖頭。

「那無關緊要。」

「是嘉莉．葛里珊，對吧？幾個星期前她說服妳加入一個研究計畫，那也是妳惹上這麼多麻煩的原因。事實上我到工程研究處看妳時，她正在攪動液體橡膠。」

我外甥女將眼光別開。

「妳爲什麼不告訴我實話？」

淚水滾落她的面頰。看來沒有辦法和她談嘉莉的事了，我深吸一口氣繼續說下去：「露西，我想是有人想將妳撞到路面之外。」

她張大了眼睛。

「我去查看過車子以及車禍現場，有些細節讓我很困惑。妳可記得曾撥過九一一？」

「沒有。我有嗎？」她滿臉不解。

「最後一個使用那部電話的人打了，我想應該就是妳。有一個州警正在調那捲錄音帶，我們可以查出那通電話是什麼時候撥的，以及妳說了什麼。」

「我的天。」

「另外，有跡象顯示，當時有人在妳車後以強光照射妳。妳必須將後視鏡往上扳，並將遮陽板豎起來。妳會在夜間的高速公路上將遮陽板豎起來，我所能想到的唯一原因就是強光刺眼。」我停了一下，打量她極度震驚的臉。「妳不記得這些了？」

「不記得。」

「妳記不記得有一部綠色車子？或許是淡綠色的。」

「不記得。」

「妳可認得什麼人擁有這種顏色的車？」

「我必須想一想。」

「嘉莉呢？」

她搖頭。「她有一部敞篷的ＢＭＷ，是紅色的。」

「她的同事呢？她有沒有跟妳提起過一個名叫傑利的人？」

「沒有。」

「有一部車在我那部車的尾部毀損處留下綠漆，將尾燈也撞壞了。簡而言之，就是在妳離開綠頂之後，有人跟蹤妳，並由車後追撞妳。

「然後在幾百呎外，妳忽然加速，車子失控駛出路面。我的推測是妳在加速前進時也同時撥九一一。妳嚇壞了，而且當時那個追撞妳的人又逼近了。」

露西將棉被拉到下巴處。她臉色蒼白。「有人想害死我。」

「依我看來像是有人差點就害死妳了，露西，所以我才會問妳這些看似個人隱私的問題。一定有人會提出這些問題的，妳告訴我不是更好嗎？」

「妳知道的夠多了。」

「妳能不能看出這件事與妳在工程研究處發生的事有什麼關聯？」

「我當然能，」她激動地說。「我遭人設計了，凱阿姨。我沒有在淩晨三點進入那棟大樓，也沒有偷什麼機密。」

「我們必須證明這一點。」

她瞪著我。「我不確定妳相信我。」

我相信，只是不能告訴她。我不能告訴她我和嘉莉碰過面，我必須用我所受過的律師專業訓練來面對我外甥女，因爲我知道我不應該引導她。

「妳如果不敞開心胸對我說實話，我實在幫不上忙，」我說。「我已經盡可能不要有任何先入爲主的想法，並保持頭腦清醒，以便做出明確的決定。不過老實說，我不知道該怎麼想。」

「我不相信妳竟然……算了，去他的，妳愛怎麼想就怎麼想。」她淚眼汪汪。

「請別跟我鬧脾氣。我們在處理的是極其嚴重的事情，我們處理的結果也會影響妳往後的日子。有兩件待辦的事是當務之急。

「第一件是妳的安全，妳在聽過我所告訴妳的車禍情況之後，或許比較能理解我爲什麼要妳到戒癮中心去。沒有人知道妳在何處，妳會很安全。第二件是讓妳能擺脫這些糾纏不清的情勢，免得危及妳的前途。」

「我甭想成為聯邦調查局的幹員了。太遲了。」

「如果我們能證明妳的清白，並使法官能對酒後駕車從輕發落就不至於了。」

「要怎麼做？」

「妳要求我找一個大人物，或許已經找到了。」

「誰？」

「現在妳只要知道，如果妳聽我的話，照我所說的做，妳還大有可為。」

「我覺得自己像是要被送往拘留所。」

「那種治療基於許多理由都對妳有好處。」

「我寧可和妳住在這裡。我不希望一輩子都要貼上酒鬼的標籤，更何況我也不是酒鬼。」

「妳或許不是，不過妳必須正視妳喝酒過量的原因。」

「或許我只是不住在這裡時喜歡那種感覺。反正也沒有人要我住在這裡，所以也許那很合情合理。」她尖酸刻薄地說。

我們又聊了一陣子，然後我打電話給航空公司、醫院人員，以及一位擔任精神科醫生的好朋友。新港的邊丘戒癮中心聲名遠播，她明天下午便可以遷入。我想送她過去，不過桃樂絲不答應。她說這種時刻就應該由母親陪女兒，我到場既無必要也不恰當。半夜電話鈴響時，我身體很不舒服。

「我希望我沒有吵醒妳。」衛斯禮說。

「我很高興你打電話來。」

「妳對指紋的推論沒有錯，是左右顛倒的。那不會是露西留下來的，除非她自己做模型。」

「她當然沒有自己做模型。我的天，」我不耐煩地說。「我眞希望這件事就此結束，班頓。」

「還不是時候。」

「高特呢？」

「沒有他的蹤影。而千里眼間諜用品社的王八蛋則否認高特曾在他們店裡出現。」他頓了一下。「妳確定妳看到他了？」

「我可以在法庭上發誓。」

我無論在什麼地方都可以認得鄧波爾‧高特。有時候我在睡夢中會看到他的眼睛，看到那雙像藍玻璃般的明亮眼睛，透過一扇半掩著的門望著我，那扇門通往一個奇怪而黑暗的房間，房內瀰漫著惡臭。我會想像監獄管理員海倫穿著制服坐在椅子上，頭被砍斷，高特就這麼揚長而去，我也會想到那個可憐的農夫，他因爲在他的農地上發現一個保齡球袋並將之打開，而撞見恐怖的影像。

「我也覺得遺憾，」衛斯禮說。「妳無法想像我有多遺憾。」

然後我告訴他，我要送露西到羅德島。我將尚未告訴過他的都讓他知道，隨後在他向我說明他那邊的進展時，我將床頭几上的燈熄掉，在黑暗中聽他說話。

「這裡進展不大順利。我剛才也說了，高特再度失去蹤影。我們不知道他涉及哪個案子，以及沒有涉及哪個案子。我們在北卡羅萊納州有個案子，如今英國又有一個案子，而轉眼間他又在春田市現身，而且似乎涉及工程研究處發生的間諜案。」

「那不是似乎，班頓。他已經侵入聯邦調查局的腦部了。問題是，你打算怎麼辦？」

「目前工程研究處在改變程式碼、密碼，諸如此類的事。我們希望他尚未太深入內部。」

「希望不要。」

「凱，黑山警方已經取得克里德．林賽的房子與貨車的搜索令。」

「他們找到他了嗎？」

「沒有。」

「馬里諾有何看法？」我問。

「誰曉得？」

「你沒有與他碰面？」

「見了幾次。我想他花了許多時間陪鄧妮莎．史丹娜。」

「我以爲她出城了。」

「她回來了。」

「他們兩個人是認眞的嗎，班頓？」

「彼德已無法自拔。我沒有見過他這種模樣。我不相信我們能讓他回心轉意。」

「你呢？」

「我或許得四處奔波一陣子，不過很難說。」他的口氣很氣餒。「我只能建議。可是警員都只聽彼德的，而彼德則是誰的話也不聽。」

「史丹娜太太對林賽的事有什麼說法？」

「她說那天晚上闖入她房子內的人有可能是他，不過她真的沒有看仔細。」

「他的聲音很好認。」

「我們也向她提起這一點。她說她不記得闖入者的聲音，只記得他聽起來像是白人。」

「他的體臭也很濃。」

「我們不曉得他當晚有沒有味道。」

「我懷疑他有任何晚上個人衛生會特別好。」

「問題是，她的不敢確定只使他涉案的嫌疑更重。警方接到各種檢舉他的電話，到處都有人看到他做出一些鬼鬼祟祟的事，例如他開車經過時會目不轉睛地盯著某些小孩，不然就是有人在愛蜜莉失蹤後不久看到一部類似他的貨車出現在托馬霍克湖附近。妳也知道人們有定見之後會出現什麼情況。」

「你自己有什麼定見？」暗夜籠罩著我，像一張柔軟舒適的棉被，我可以清晰地感受到他發出的聲音之音質。他的聲音清脆雄渾，他的聲音和他的體格一樣，有一股陽剛的美感。

「克里德這個傢伙，條件不符，我對法古森也仍有疑惑。對了，我們已經取得ＤＮＡ的檢驗結果，皮膚是愛蜜莉的。」

「沒什麼好驚訝的。」

「法古森感覺起來不大對勁。」

「你對他還有什麼進一步的了解嗎？」

「我正在追查一些事情。」

「高特呢？」

「我們仍然必須將他列入考慮，將他視爲殺害她的嫌犯。」他停頓了一下。「我想見妳。」

我在黑暗中躺在枕頭上，我的眼皮沉重，我的聲音像在做夢。「我必須前往諾斯維爾，那邊離你不遠。」

「妳要去找凱茲？」

「他和薛德醫生在進行我的實驗，他們應該快完成了。」

「我可不想去參觀那個人體農場。」

「我猜你的意思是說你不想和我在那邊碰面。」

「我不想去不是不想和妳見面。」

「你會回家度週末。」我說。

「明天早上。」

「一切都還好吧？」問起他的家人有點尷尬，我們很少提起他的妻子。

「孩子們大了，不適合過萬聖節，所以至少不用爲了派對或變裝而傷腦筋。」

「沒有人是年紀大得不適合過萬聖節的。」

「妳知道，不給糖就搗蛋這種遊戲以前在我們家可是件大事。我必須開車送孩子們到處趕場，諸如此類的事。」

「你或許還帶著槍，並用X光檢查他們的糖果。」

「妳還眞會掰。」他說。

17

星期天一大早我就收拾行李準備前往諾斯維爾，我也協助桃樂絲打點露西即將前往的地點所需的物品。我很難讓我妹妹了解，露西不需要昂貴的衣服或是必須乾洗或熨燙的衣服。我強調不要帶貴重物品時，桃樂絲顯得很苦惱。

「噢，我的天，好像是她要被監禁了似的。」

我們在她的臥室內，免得吵醒露西。

我將一件摺好的運動衫塞進攤開在床上的行李箱裡。「聽著，就算是住高級旅館，我也不主張攜帶貴重首飾。」

「我住高級旅館時總是隨身攜帶許多貴重首飾。不同的地方是，我不用擔心在走廊上會遇到有毒癮的人。」

「桃樂絲，藥物成癮的人到處都有，妳不用到邊丘就可以遇到了。」

「她如果發現不能帶她的筆記型電腦過去，她會抓狂的。」

「我會向她解釋那不合規定，我有信心她可以了解的。」

「我覺得這種規定太嚴苛了。」

「露西到那邊去是要專心改善她自己，不是寫電腦程式。」

我拿起露西的耐吉運動鞋，想起了匡提科的更衣室，想起她在跑完黃磚路後身上沾滿泥巴又血跡斑斑。她那時候看起來好快樂，然而其實她不可能快樂。我對自己未能及早了解她的困難而感到難受。要是我多花點時間陪她，或許這一切都不會發生了。

「我還是覺得這太荒謬了。我如果必須到那種地方去，他們當然不會阻止我寫作，那是我最好的治療。眞可惜露西不擅長寫作，因爲如果她能寫作，我相信她就不會有這麼多麻煩了。妳爲什麼不選擇貝蒂福特勒戒所？」

「我覺得沒有必要將露西送到西岸去，而且得很久才能進去。」

「我想，排隊想進去的人很多。」桃樂絲摺著一條褪色的牛仔褲，若有所思。「想想看，或許會和電影明星們共處一個月。是啊，或許還會和其中一個人談戀愛，隨後就發現自己住在馬里布了。」

「露西現在需要的不是遇見電影明星。」我不快地說。

「我只是希望妳知道，會爲這種事而傷腦筋的人不只她一個。」

我停下手邊的工作瞪著她。「有時候我眞想狠狠打妳耳光。」

桃樂絲滿臉詫異，也有點驚惶。我從來沒有對她大發雷霆。我不曾讓她像我一樣看清楚她那種自我中心、爲瑣事煩心的生活，她不會有這種自知之明的，而那當然正是問題之所在。

「即將有書要出版的人不是妳。我們討論許久，然後我又要四處跑。如果有人訪問我，並問起我女兒時，我要怎麼說？妳想我的出版商對此會做何感想？」

我環顧四周，看看還有什麼要放進箱子裡。「我不在乎妳的出版商對此會做何感想。老實說，桃樂絲，我不在乎妳的出版商對任何事做何感想。」

「那會有礙我的聲譽，」她對我的話置若罔聞，繼續說下去。「我必須告訴我的出版商，以便研商出最佳策略。」

「不准妳對妳的出版商提起露西的隻字片語。」

「妳變得很暴力，凱。」

「或許如此。」

「我想那是一種職業風險，妳整天都在肢解人。」她脫口而出。

露西必須自備肥皂，因爲那邊的肥皂她不會喜歡。我到浴室內拿肥皂，桃樂絲的聲音由身後傳來。我進入露西的浴室，發現她坐在床上。

「我不知道妳醒了，」我吻她。「我過幾分鐘就要出門。稍後有一部車子會來接妳和妳媽。」

「我頭部的傷口呢？」

「過幾天就可以拆線了，那邊的人會幫忙處理。我已經和他們討論過這些事情了，他們很清楚妳的情況。」

「我的頭髮會痛。」她摸著頭頂，做了個鬼臉。

「妳有部分神經受傷，過一陣子就好了。」

我在另一場滂沱大雨中開車到機場。落葉覆蓋在人行道上，像是泡水的麥片，氣溫降到華氏五十二度。

我先飛往夏洛蒂市，因爲如果由里奇蒙出發，總得先到其他城市轉機。幾個小時後我到達諾斯維爾時天氣仍然一樣，不過氣溫更低，天色也暗了。

我搭一部計程車，司機是當地人，自稱爲「牛仔」，他告訴我在開計程車的餘暇他就寫歌、彈鋼琴。他送我到達旅館時，我已經知道他每年會到芝加哥一趟，以取悅他老婆，也知道他經常開車接送由強森市前來採購的貴夫人。他讓我想起了像我這種人已經失去的純眞。我給了牛仔一筆可觀的小費，他在我辦住房登記時在外頭等候，然後載我到卡漢餐廳，這家餐廳可以俯瞰田納西河，而且號稱有全美國最美味的牛排。

餐廳內高朋滿座，我必須在櫃枱等候。我發現今天是田納西大學校友返校的週末，觸目所及盡是亮橘色的夾克與運動衫，各年齡層的校友喝酒談笑，仍沉醉在當天下午的比賽中。他們喧嚷的聲音此起彼落，我若沒有特別留意某一段交談，聽到的便只是不絕於耳的吼叫聲。

伏爾隊打敗了甘柯克隊，那簡直和世界歷史上任何一場戰役一樣轟轟烈烈。戴著田納西大學球帽的雙方人馬偶爾會轉頭要求我附和，我也總是熱切地點頭表示認同，因爲若在這種場合承認我「沒有去看比賽」，保證會被視爲異類。我到將近十點才入座，那時候我已經心急如焚了。

我這個晚上沒有吃任何義大利料理或是只求裹腹的食物，因爲我已經好久沒有飽餐一頓，這時已經餓壞了。我叫了背骨牛排、餅乾、沙拉，在看到那瓶田納西陽光辣椒醬上寫著「試試我」，我也真試了。然後我還嘗了本地的招牌餡餅。這頓飯吃得大快朵頤。我坐在一盞第凡內燈下的一個僻靜角落裡俯瞰田納西河，橋上的燈光在河面映出各種長度與強度的光影，彷彿河水在測量我聽不到的音樂之電子強度。

我試著不去想刑案，可是我周遭都是像小火把般的艷橘色，然後我腦海中浮現了愛蜜莉細小的手腕上那些膠帶。我看到她嘴上的膠帶，我想到了亞帝卡監獄內那些可怕的人，也想到了高特和像他那樣的人。當我要求服務生替我叫車時，諾斯維爾似乎和我曾經到過的城市一樣恐怖。

我在門外等了將近十五分鐘，這令我更感到不安，然後半小時過去了，就等牛仔出現，不過他像是到天涯海角去了。到了半夜，我一籌莫展又形單影孤地望著服務生和廚師們各自打道回府。

我再回去那家餐廳一次。

「我在等你們幫我叫的一部計程車，已經等了一個多小時了。」我告訴一個在清理櫃枱的年輕人。

「今天是校友返校日，女士。問題出在這裡。」

「那我知道，不過我必須回到我的旅館去。」

「妳住在哪一家？」

「凱悅。」

「他們有專車。要我替妳試試看嗎？」

「麻煩你。」

那部專車是廂型車，健談的年輕駕駛一直問我一場我沒去觀賞的美式足球賽，我這時想著，誤搭賊車接受邦狄或高特這種陌生人的協助真是容易。艾迪・希斯就是這麼遇害的。他母親叫他到附近的便利商店買一罐湯，一小時後他全身赤裸，頭部中彈。他這個案子裡也用了膠帶。那捲膠帶可能是各種顏色，因爲我們從來沒有見過。

高特古怪的行徑包括他在艾迪・希斯中彈後才用膠帶綑綁他的手腕，然後在棄屍前又將膠帶拆掉。我們仍搞不懂他爲什麼要這麼做，我們對那些變態的幻想所知仍極有限。爲什麼要用絞刑結而不用更簡單而安全的活結？爲什麼會用艷橘色的膠帶？我想著高特會不會使用亮橘色膠帶，我覺得會。他當然喜歡炫耀，他當然喜歡膠帶。

殺害法古森並將愛蜜莉的皮膚放在他的冰箱裡，聽起來也像是他的作風。不過對她性侵害則不像他，這一點令我百思不解。高特曾殺害兩名婦女，而且不曾顯示對她們有性方面的興趣。被他剝光衣服毒打的是那個男孩，艾迪是他一時衝動抓來凌辱爲樂的。英國又有一個男童成爲他的受害者，或是說目前看來如此。

我回到下榻的旅館，酒吧裡人滿爲患，大廳中也擠滿了高談闊論的人群。我默默回到我的房間時，聽到我那一層樓也喧嚷不已，我正打算打開電視看一部電影，這時我擺在梳妝台上的呼叫器響了起來。我想或許是桃樂絲想找我，或者是衛斯禮，不過所顯示的前幾碼是七〇四，那是北卡羅萊納州西部的區域碼。馬里諾，我想，我既吃驚又激動。我坐在床上回電。

「哈囉?」一個婦人輕柔的聲音問道。

我一時困惑得無法開口。

「哈囉?」

「我是回電呼叫器上的號碼,」我說。「呃,這個號碼出現在我的呼叫器上。」

「喔。妳是史卡佩塔醫生?」

「妳是?」我問道,不過已經心裡有數。我在貝格雷法官的辦公室以及鄧妮莎・史丹娜家裡都聽過那聲音。

「我是鄧妮莎・史丹娜,」她說。「很抱歉這麼晚了才打電話。不過我真欣慰能聯絡上妳。」

「妳怎麼會有我呼叫器的號碼?」我沒有印在名片上,因爲不想受到干擾。事實上,知道的人不多。

「彼德告訴我的,馬里諾隊長告訴我的。我覺得很難受,我告訴他如果我能和妳談談的話會有幫助。很抱歉打擾妳。」

我很訝異馬里諾竟然會做這事,那是他像是變了個人的另一個例子。不知道他此刻是否就在她身旁。不知道有什麼事情那麼重要,使她非得在這種時刻呼叫我。

「史丹娜太太,我能幫什麼忙嗎?」我問道,因爲我不能對這個遭逢如此創傷的婦女太過無禮。

「這個，我聽說妳發生了車禍。」

「對不起？」

「我很欣慰妳沒事。」

「發生車禍的人不是我，」我說著，既困惑又不安。「是別人開我的車。」

「我很欣慰。上帝在照顧妳。不過我有一個想法想要與人討論——」

「史丹娜太太，」我打岔。「妳怎麼知道那件車禍？」

「我們這邊的報紙上有登，我的鄰居也都在談論。他們都知道妳來這裡協助彼德。妳和那個聯邦調查局來的人，衛斯禮先生。」

「那篇報導到底是怎麼寫的？」

史丹娜太太遲疑了片刻，似乎有點尷尬。「呃，報上提起妳因為酒後開車被捕了，還說妳駛出路面。」

「這種事登在艾須維爾的報紙上？」

「後來《黑山新聞報》也登了，還有人聽到電台也有報導。不過聽說妳沒事我就放心了。妳知道，發生意外會讓人痛苦萬分，除非親身經歷，否則無法想像那種感受。我在加州時曾發生過一次嚴重車禍，至今仍會做惡夢。」

「真遺憾聽到妳也發生過車禍。」我告訴她，因為不知道要說些什麼。我覺得這次交談很怪異。

「事發時是晚上，那個人變換車道，我猜我剛好位於他的盲點。他從後方追撞我，使我的車子失控，結果我衝到對面車道，撞上另一輛車子。那個人當場死亡，一個開著福斯汽車的老婦人。我一直無法忘懷，那種記憶眞會讓人嚇壞了。」

「是的，」我說。「的確如此。」

「然後我想起襪子發生的事。我想我就是因此才會想打電話。」

「襪子？」

「妳記得吧，那隻被扭斷脖子的小貓。」

我沉默不語。

「妳懂吧，他這樣對待我，妳也知道，我接到一些電話。」

「妳還會接到那種電話嗎，史丹娜太太？」

「還接過幾通。彼德要我查閱電話通聯記錄。」

「或許妳應該這麼做。」

「我想說的是，我發生這些事，然後是法古森刑警出事，襪子也出事，接著又是妳出車禍。所以我擔心這些都有關聯。我當然也一直叮嚀彼德要提高警覺，尤其他昨天還摔了一跤。我剛將廚房地板擦過，結果他就滑了一跤，有點像是舊約上的某種詛咒。」

「馬里諾還好吧？」

「有些瘀傷，不過可能滿痛的，因爲他一向將槍枝插在褲子後面。他眞是個好人。若沒有他，這些日子我不知道要怎麼過。」

「他人在哪裡？」

「我想他睡著了，」她說著，我開始發現她很善於避重就輕。「如果妳願意告訴我他要怎麼聯絡妳的話，我會很樂於叫他打電話給妳。」

「他有我的呼叫器號碼。」我說著，由她的緘默中我也察覺到她知道我不信任她。

「對啊，他當然知道。」

和她談過電話後我無法入眠，然後我打了馬里諾的呼叫器。我的電話在幾分鐘後響起，在我接聽之前就掛斷了。我打給櫃枱。

「你們剛才是不是轉接一通電話給我？」

「是的，女士。我想那個人掛斷了。」

「你知道是誰嗎？」

「不知道，女士，對不起，不過我無法知道。」

「是男的女的？」

「是女的，說要找妳。」

「謝謝。」

我搞清楚狀況後，驚駭得睡意全消。我想像馬里諾睡在她床上，呼叫器放在桌上，我看到由黑暗中伸出去取呼叫器的是她的手。她看到呼叫器上顯示的號碼，然後到另一個房間打電話。

她發現那是諾斯維爾的凱悅旅館後，便打聽我是不是在此下榻。然而在櫃枱轉接到我房間時她就掛斷了，因爲她不想和我交談，她只想知道我人在何處，而這下子她知道了。可惡！諾斯維爾距離黑山只要兩小時車程。她不會來這裡的，我分析著，不過我無法甩掉心頭的不安，我也不敢再繼續往更黑暗的方向想。

天一亮我就立刻打了幾通電話。第一通是維吉尼亞州警局的調查員麥基，我由他的聲音聽得出來，他被我由酣睡中吵醒。

「我是史卡佩塔醫生，很抱歉這麼早就打電話。」我說。

「噢，請等一下。」他清了清喉嚨。「早。聽著，幸好妳打來了。我有消息要告訴妳。」

「太好了，」我說著，鬆了一口氣。「我就希望你有消息。」

「好。尾燈材料是常見的壓克力，不過我們可以將那些碎片拼湊還原。我們由其中一個碎片上的標誌可以確認那是來自賓士車。」

「好，」我說。「我們也是這麼想的。車頭燈的玻璃呢？」

「那比較棘手一點，不過我們運氣不錯。他們分析妳提供的車頭燈玻璃，由碎片的密度、設計、標誌等等看來，我們知道那是來自Infiniti J30 。那對我們追查那種漆的來源時很有幫助，可以縮小追查範圍。我們開始查Infiniti J30 『竹霧』的淡綠色漆。簡而言之，史卡佩塔醫生，撞妳的車子是一部九三年份Infiniti J30 ，漆上竹霧的綠漆。」

我既震驚又迷惘。「我的天。」我低聲說著，不寒而慄。

「這種車妳熟嗎？」他的口氣有點驚訝。

「不會吧。」我曾指責嘉莉・葛里珊，還威脅她。我原本很有把握。

「妳認得開這種車的人？」他問。

「是的。」

「誰？」

「一個北卡羅萊納州十一歲小女孩的母親，那女孩遭殺害棄屍，」我回答。「我參與偵辦那件案子，與那婦人碰過幾次面。」

麥基沒有回應。我知道我這番話聽起來很瘋狂。

「車禍發生時她也不在黑山，」我繼續說。「據說她是北上探視一個生病的姊妹。」

「她的車子應該也有毀損，」他說。「如果她就是肇事者，現在想必已經將車子送修了。事實上，或許已經修好了。」

「即使修好了，我的車子上留下的漆可以和她的車子比對。」我說。

「希望如此。」

「你的口氣好像不敢確定。」

「如果她車上的漆是原廠的，而且出廠後就不曾再烤過，則我們很可能面臨一個問題。烤漆的技術已經日新月異。大部分的車廠都採用一層透明底漆，那是一種聚亞胺酯亮光漆，那種漆雖然比較便宜，看來卻很高貴。不過這種漆並沒有很多層，在辨識車輛的漆時，必須依靠各部車在烤上各層漆時的次序。」

「所以如果有一萬部漆上竹霧色的Infiniti同時出廠，那我們就滿頭霧水了。」

「眞的會一頭霧水。辯護律師會說妳無法證明那些漆就是她車上的漆。尤其因爲車禍現場是州際公路，駕駛人來自全國各地。所以想查出漆上那種顏色的Infiniti有多少部銷往某個地區，也是無濟於事。而且她的住處也不在事發現場。」

「九一一的電話錄音呢？」我問。

「我聽過了。那通電話是晚上八點四十七分打的，妳外甥女說：『這是緊急事件。』她就說了這句話，然後便被許多噪音及雜音干擾而斷訊。她的口氣似乎很驚慌。」

這消息眞令人難受，而我打電話給衛斯禮，他妻子來接聽時我更覺得不好過。

「請稍候，我去叫他接聽。」她和以往一樣友善親切。

我在等候時萌生了些古怪的念頭。不知道他們是否分房睡，或者只是她比他早起床，所以她才要到另一個房間去告訴他我來電。

當然，也有可能她在他們的床上，而他在上洗手間。我心亂如麻，對我自己的感受也深感心虛。我喜歡衛斯禮的妻子，然而我不要她當他妻子，我不要任何人當他妻子。他來接聽時我試著使口氣平靜，可是做不到。

「凱，等一下，」他說著，他的聲音聽起來像是也被我吵醒了。「妳整晚沒睡嗎？」

「差不多。你必須趕回那邊去。我們不能依靠馬里諾，如果我們想試著和他聯絡，她會知道。」

「妳無法確定回電給妳的人是她。」

「不然會是誰？沒有人知道我在這裡，而且我才剛剛將我的旅館電話留在馬里諾的呼叫器上，幾分鐘後我就接到回電了。」

「或許是馬里諾打的。」

「櫃枱說是女人的聲音。」

「可惡，」衛斯禮說。「今天是麥可生日。」

「對不起。」我想哭，不知道爲了什麼。「我們必須查出鄧妮莎．史丹娜的車子是否受損，必須有人前往查看。我必須知道她爲什麼要追殺露西。」

「她爲什麼要追殺露西？她怎麼會知道露西那天晚上要到什麼地方，以及她會開什麼車？」

我想起露西曾告訴我，馬里諾建議她買槍。很可能史丹娜太太聽到他們的談話，我將這種想法告訴衛斯禮。

「露西有預先安排去買槍的行程嗎？或者她只是在從匡提科回來的途中臨時起意？」他問。

「我不知道，不過我會查個清楚。」我開始氣得發抖。「那個賤人。露西差點就喪命了。」

「老天，妳才差點就喪命了。」

「那個可惡的賤貨。」

「凱，冷靜點，聽我說。」他緩緩說著，想安撫我。「我會回去北卡羅萊納州，看看到底怎麼回事。我們會查個水落石出，我保證。不過我要妳盡快離開那家旅館。妳打算在諾斯維爾待多久？」

「我到人體農場和凱茲以及薛德醫生碰面之後便可以離開。凱茲八點會來接我。老天，我希望雨停了，我還沒有看窗外呢。」

「我們這邊陽光普照，」他說得好像諾斯維爾也應該艷陽高照似的。「如果有任何情況，而且妳決定不離開，就換一家旅館。」

「我會的。」

「然後回去里奇蒙。」

「不，」我說。「我在里奇蒙無法處理這件事，而且露西也不在那邊。至少我知道她安全無虞。如果你和馬里諾交談，別和他談起我，也別透露露西的下落，以免他告訴鄧妮莎・史丹娜。他已經失控了，班頓，他如今已經對她言聽計從，我知道。」

「我覺得妳這時候到北卡羅萊納州不是明智之舉。」

「我非去不可。」

「爲什麼？」

「我必須查出愛蜜莉・史丹娜的病歷，我必須徹底清查。我也要你幫我查出鄧妮莎・史丹娜曾經住過的每一個地方，我想知道其他的孩子和丈夫以及兄弟姊妹。或許還有其他的人死亡，我們或許還得開棺驗屍。」

「妳在想什麼?」

「首先，我敢說你會查出她根本就沒有什麼生病的姊妹住在馬利蘭州。她的目的是開車北上，將我的車子撞出路面，想把露西撞死。」

衛斯禮沒有答腔。我感覺得出來他不以爲然，因而覺得不大高興。我不敢將我眞心的想法說出來，可是又無法保持緘默。

「而且至目前爲止仍查不出她另一個孩子因嬰兒猝死症候群而死的記錄，那是她的第一個孩子。即使是加州的戶籍記錄裡也查不到。我不認爲眞的有這麼一個孩子，那也符合了那種模式。」

「什麼模式?」

「班頓，」我說。「我們不知道鄧妮莎·史丹娜沒有殺死她的親生女兒。」

他重重吐了一口氣。「妳說的對。我們不知道這一點，我們知道的不多。」

「莫特在開會時說愛蜜莉身體不好。」

「言下之意是?」

「孟喬森症，就是被監護人凌虐。」

「凱，沒有人會相信的。我自己就不願相信這種事。」

那是一種令人難以置信的症狀，負責照料的人——通常是母親——偷偷地並巧妙地凌虐孩子以引人注意。她們割孩子的肉、打斷孩子的骨頭、下毒、幾乎將孩子悶死。然後這些婦人會衝到診所以及急診室，一把鼻涕一把眼淚地訴說她們的小寶貝生病或受傷了，醫護人員也因而對這些母親深表同情。她會引起衆人的注意，她變得很善於操控醫護人員，而她的孩子最後可能會喪命。

「想想看史丹娜太太因爲她女兒遇害引起的注意。」我說。

「這一點我不否認。可是孟喬森症要如何解釋法古森的死亡，或是妳所說露西發生的事？」

「任何一個會對愛蜜莉做出那種事情來的人，都有可能對任何人做出任何事。何況也許史丹娜太太已經沒有親戚可以殺了。如果她的先生眞的是死於心臟病，我眞的會很訝異。她或許也是用某種神不知鬼不覺的巧妙手法害死他的。這些婦人是病態的騙子，她們不會覺得良心不安的。」

「妳所說的已經不只是孟喬森症了。我們現在討論的是連續殺人案。」

「案子不見得都會一成不變，因爲人也不見得會一成不變，班頓，這你也知道。女性連續殺人犯通常會殺害丈夫、親戚、其他與她有深厚關係的人。她們的手法通常與男性連續殺人犯不同。女性變態殺人狂不會強暴及勒死人，她們喜歡下毒，她們喜歡將年紀太小或太老或因某種原因無力抵抗的人悶死。她們的幻想不一樣，因爲男女有別。」

「她身邊的人不會相信妳的說法的，」衛斯禮說。「如果妳所言屬實，這種事也很難證實。」

「這類案子一向很難證實。」

「妳是建議我向馬里諾表明這種可能性嗎？」

「我希望你不要說。我當然不希望史丹娜太太打聽出我們的想法。我必須問她一些問題，我需要她的合作。」

「我同意，」他說，我知道他勉爲其難地又補上了一句：「事實上，我們眞的不能再讓馬里諾偵辦這個案子了。至少，他與一個嫌犯已經有私情，他或許正和凶手同床共枕。」

「就像上一個刑警一樣。」我提醒他。

他默不作聲。我們對馬里諾的安危感到憂心，也對此心照不宣。麥斯・法古森死了，而鄧妮莎・史丹娜的指紋出現在他當時所穿的內褲上。她可以輕而易舉地勾引他從事新鮮刺激的性遊戲，然後將他腳下的椅子踢掉。

「我眞不願意看到妳再深入此案，凱。」衛斯禮說。

「這也是我們彼此了解如此深的後遺症之一，」我說。「我也不願意。我希望你也不要再捲入此案。」

「那不一樣。妳是個女性，也是個醫生。如果妳的想法屬實，妳會引發她的殺機。她會想將妳捲入她的遊戲中。」

「她已經將我捲進去了。」

「她會讓妳越陷越深。」

「正合我意。」我再度氣憤塡膺。

他低聲說：「我想見妳。」

「你會的，」我說。「很快。」

18

田納西大學的腐敗物研究處一向被人稱爲「人體農場」，就我記憶所及一直都是以這個名稱聞名於世。像我這樣的人以此稱呼並無不敬之意，因爲我們這些研究死者並傾聽他們無聲的故事的人，比別人更尊重死者。我們的目的是協助生者。

二十多年前人體農場便是基於這個宗旨成立的，當時科學家決定深入研究死亡時間。這片數畝寬的樹林內，每天都有數十具屍體，腐敗程度各不相同。幾年來我定期來此做研究，我雖然在決定死亡時間方面稱不上完美，不過已經有所長進。

人體農場是由田納西州立大學的人類學系管理，賴爾．薛德博士是系主任，他們的系所在地很奇特，位於室內足球場的地下室。八點十五分凱茲和我走下樓梯，經過古代軟體動物與近代靈長類動物的實驗室，還有各種動物標本，以及用羅馬數字標示的各種奇怪的計畫名稱。很多門上都貼著漫畫以及簡潔有力的名句，讓我看了不禁發噱。

我們發現薛德醫生在他的桌子研究焦黑的人類骨頭碎片。

「早。」我說。

「早，凱。」他心不在焉地笑著說。

薛德醫生名氣響亮，不僅是因爲他的名字（譯註：薛德 Shade，意指陰影）有明顯的反諷意涵。他確實透過死者的肌肉與骨頭，以及他們擺置數個月後所顯現的情況，與死者的鬼魂往來。

不過他毫無架子，很含蓄又慈祥親切，看來比實際年齡六十歲老邁許多。他的頭髮很短，已經灰白，神情和藹可親，聚精會神。他身材高大結實，像個飽經風霜的農夫，那是另一個反諷，因爲他的綽號之一就叫做「陰影農夫」。他母親住在安養院裡，用碎布替他製作頭顱環。他送給我的那些看起來像是布做的甜甜圈，不過我在處理頭顱時，這些環很實用，因爲頭顱很笨重，而且會滾來滾去，無論是誰的頭都一樣。

「這是什麼？」我朝向燒焦的木塊般的骨頭靠近一點。

「一個被謀殺的婦人。她先生在殺害她之後試圖將她焚毀，而且燒得出奇的徹底。老實說，比火化場燒得還徹底。不過實在很笨，他就在自己的後院裡燒。」

「是啊，是很笨。不過也有些強暴犯在離開時錢包就掉在現場。」

「你的新玩意兒情況如何？」薛德醫生問凱茲。

「我不會因此而致富的。」

「他由一件內褲上採集到了指紋。」我說。

「那傢伙眞是個怪胎。竟然有人打扮成那副德性。」凱茲微笑著。他有時候顯得很鄉土氣。

「妳的實驗已經就緒，我迫不及待想看一眼。」薛德醫生站起來。

「你還沒看過？」我問。

「沒有，今天沒有。我們要妳過來看最後結果。」

「你當然一向會如此。」我說。

「以後也會如此，除非妳不想到場。有些人不想。」

「我總是想到場。如果我不想，就應該改行了。」我說。

「天氣還眞配合呢。」凱茲補上一句。

「很完美。」薛德醫生開心地宣布。「這一陣子的天氣想必與小女孩失蹤後至發現屍體那段期間相符。我們取得屍體時運氣也不錯，因爲我需要兩具，到最後一刻我都以爲無法取得。這種情況妳也了解。」

我了解。

「有時候屍體多得讓我們應付不來，有時則一具也找不到。」薛德醫生繼續說。

「我們取得的兩具屍體有一段傷心故事。」凱茲說著，這時我們已經開始上樓。

「全都有一段傷心故事。」我說。

「沒錯，沒錯。他罹患癌症，打電話過來問能否捐贈大體供科學研究。我們說可以，於是他就塡了表格，然後他走到樹林裡舉槍自盡。隔天早晨，他那體弱多病的妻子也服毒自殺。」

「就是用他們的屍體嗎？」我每次聽到這種故事，總會百感交集。

「在妳告訴我妳要做什麼之後馬上就發生了，」薛德醫生說。「時間的安排很耐人尋味，因爲我一時沒有剛過世的屍體，然後那個可憐的人打電話過來。反正，他們兩位也算做了好事。」

「是的，他們是做了好事。」我希望能設法向這些可憐的病患表達謝意，他們因爲生命正痛苦不堪地流逝而決定求死。

我們出門後搭上一部白色貨車，上頭有田納西大學的字樣。凱茲和薛德醫生都是用這部車運送捐贈的屍體或無人認領的屍體，再載到我們即將前往的地點。今天早晨天氣晴朗，如果不是在卡漢餐廳讓我見識到球迷對球隊的死忠，我可能會將這種萬里無雲的晴空稱為卡羅萊納州式的藍。

小山丘綿延入遠方的煙霧山，我們周遭的樹木一片火紅，我想起了在蒙崔特大門附近看到的那泥土路上的簡陋小屋。我想起了黛波拉和她的鬥雞眼，我也想到了克里德。有時候這個世界既美好又恐怖，令我難以消受。我如果不趕快採取行動，克里德·林賽可能會被捕入獄。我擔心馬里諾會死，我不希望看到他最後一面是像法古森那種情景。

我們沿路聊天，不久就經過獸醫系的農場，以及供農業研究用的玉米田和麥田。我想著露西和邊丘，也為她擔心。我似乎為我關愛的每一個人擔心，然而我那麼怯於表達，那麼理性，或許我最大的遺憾就是無法表達應該表達的情感，我也擔心恐怕沒有人會知道我多麼關心他們。路邊有烏鴉在啄食，陽光由擋風玻璃照進來，令我睜不開眼。

「你對我寄過來的照片有何看法？」我問。

「我帶在身上，」薛德醫生說。「我們在他屍體下方放了一些物品，看看會發生何種情況。」

「釘子以及鐵質排水孔，」凱茲說。「一個瓶蓋、硬幣以及其他金屬。」

「為什麼用金屬？」

「我很確定是金屬。」

「你在實驗之前有任何概念嗎？」

「是的，」薛德醫生說。「她躺在某種開始氧化的物品上，她的屍體也開始氧化。在她死後。」

「例如什麼？什麼東西可能造成那種痕跡？」

「我眞的不知道，我們再過幾分鐘就可以有進一步的了解了。不過那小女孩臀部的褪色斑痕是她壓在某種東西上頭之後氧化形成的。那是我的想法。」

「我希望沒有媒體在場，」凱茲說。「我被媒體搞得焦頭爛額，尤其是每年的這個時節。」

「因為正逢萬聖節。」我說。

「妳可以想像。我曾經把他們吊在帶刺鐵絲網上，後來還送到醫院去。上次是法律系的學生。」

我們停在一處停車場，這裡在旺季可能會因為有許多醫護人員前來而不好停車。在人行道盡頭有一座高聳、未上漆的木造圍牆，牆上有帶刺鐵絲網，圍牆裡面就是人體農場。我們下車時，一股腐臭味似乎讓艷陽也為之失色，我雖然經常置身於這種味道中，可是總無法眞正的適應。我已經學會了不要藉著不予理會來防堵這種氣味，也不曾用雪茄菸、香水或芳香劑來除臭。氣味和傷疤、刺青一樣是死者語言的一部分。

「今天有多少個住戶？」我在薛德醫生按識別碼打開大門時問道。

「四十四位。」他說。

「他們都在這裡一陣子了，妳的除外。」凱茲補上。「我們將那兩位保存剛好六天。」

我跟著他們走入他們怪異但有其必要的王國。氣味還不算太難聞，因爲空氣冷得像冰箱一樣，而且大部分客人都已經在此許久，他們最糟糕的階段已經過了。即使如此，這副異乎尋常的景象仍然令我每次都會駐足。我看到一部運屍體的小車停在一旁，還有一部輪床、一堆紅土，以及一些用塑膠繩圍著的小坑，有些屍體綁著磚塊沉屍在坑內的水中。老舊生鏽的車輛在行李箱內或駕駛座上都有令人觸目驚心的景象。例如有一部白色凱迪拉克車，駕駛就是一具白骨。

當然地面上也有很多人，他們與環境都已融爲一體，若不是偶爾有一顆金牙閃爍，或下巴張開，我可能看不出來。骨頭看來像樹枝或石頭，在這裡沒有人會再受到語言的傷害，除了截肢的手或腳，這些手腳的捐贈者，我希望他們仍在人世。

一棵桑樹下有一個頭顱正對我露齒而笑，兩眼之間的彈孔看來像是第三隻眼。我看到一個粉紅色牙齒的絕佳實例（或許是溶血造成的，或者是紅血球分解形成的，在每一場刑事鑑識會議中仍爲此爭論不休）。遍地都是胡桃樹，不過我不會吃這些胡桃，因爲屍水已經滲入土壤，流遍整個山嶺。死氣已滲入水中，風中，並浮升到雲中。在人體農場，連下雨也有死氣，昆蟲與動物就是靠死者維生。牠們很少將一具屍體吃完，因爲供應源源不絕。

凱茲和薛德醫生替我做的實驗是製造兩種現場。一個是模擬地下室中的屍體，監控屍體在黑暗、冷凍的情況下所出現的改變。另一個是將屍體在戶外的類似情況下存放同樣的時間。

地下室的模擬現場在人體農場唯一的建築物內進行，那只是一棟磚造的小屋。我們的贊助人，罹患癌症的丈夫，擺在內部的水泥板上，他四周用三夾板圍起來，以防他受到食肉動物以及天氣改變的影響。每天都拍照記錄，這時薛德醫生就拿這些照片給我看。前幾天肉體幾乎都沒有什麼改變，然後我開始注意到眼睛與手指已逐漸乾枯。

「妳準備進行了嗎？」薛德醫生問我。

我將照片放回公文袋裡。「我們來看一看。」

他們將板子掀開，我蹲在屍體旁邊仔細研究。那位丈夫身材瘦小，下巴仍有白鬍渣，手臂上有大力水手的錨型刺青。他置身於三夾板內六天後，眼睛凹陷，皮膚像麵團般軟綿綿的，他的左下半身有褪色現象。

他的妻子情況則沒有那麼好，雖然戶外的天氣情況與室內相當類似，不過我的同事說曾下過一或兩場雨。有時候她在陽光下曝曬，附近的美洲禿鷹羽毛也解釋了我看到的一些傷痕。她的屍體褪色情況更爲明顯，皮膚塌陷得很嚴重，一點都不是軟綿綿的。

我在距離小屋不遠、樹林濃密的這個地方觀察了她一陣子，她平躺著，全身赤裸，躺在四周的角豆樹、山胡桃樹、鐵木樹等的落葉上。她看來比她先生老，老態龍鍾得使她的身體回復到有如兒童般無法分辨出性別了。她的指甲塗上粉紅色，她有假牙，也有穿耳洞。

「我們將他翻身了，如果妳想看的話。」凱茲叫道。

我回到小屋內，再度蹲在那位丈夫身旁，薛德醫生則拿著手電筒照向背後的斑痕。鐵質排水孔留下的形狀很容易辨識，釘子留下的則是長條形的紅色斑紋，看起來像燒傷。最令我們關注的是硬幣留下的痕跡，尤其是一個兩毛五硬幣的痕跡。我仔細觀察，幾乎可以看出皮膚上有一隻老鷹的部分輪廓，我拿出愛蜜莉的照片加以比對。

「依照我的推論，」薛德醫生說：「是硬幣金屬不純含有雜質，使得屍體壓在硬幣上時，硬幣的氧化不均勻。所以有些地方是空白的，形成不規則的印痕，很像鞋印，鞋印通常也不完整，除非體重分布得很均勻，而且位於一個極爲平坦的表面。」

「他們有沒有將史丹娜的照片做影像強化處理？」凱茲問。

「聯邦調查局的實驗室正在處理。」我說。

「嗯，他們的進度可能會很慢，」凱茲說。「他們有那麼多資源，可是卻每況愈下，因爲案子越來越多。」

「你也知道預算的情況。」

「我們的預算少得像一堆白骨。」

「湯馬士，湯馬士，這個雙關語太恐怖了。」

事實上，這個實驗的三夾板就是我自費提供的。我原本打算添購冷氣機，不過因爲氣候轉涼，無此必要。

「很難讓政治人物對我們這裡所從事的工作感到熱中。妳的情況也一樣，凱。」

「問題是，死者不會去投票。」我說。

「我聽說過有幽靈選票呢。」

我們沿著尼蘭大道開車回去，我沿路欣賞著河景。在一處彎道我可以看到人體農場後方的圍牆由樹梢間冒出來，我想著史提克斯河。我想著那對贊助我們的夫妻橫渡河水，在那個地方了卻餘生。我由衷地感謝他們，因爲死者是我藉以拯救生靈的沉默大軍。

「眞可惜妳不能早一點來。」凱茲說，他一向很親切。

「妳錯過了昨天一場精采的球賽。」薛德醫生補充道。

「我覺得像是親眼目睹過了。」我說。

19

我沒有聽從衛斯禮的建議，而是回到凱悅旅館的同一個房間。我不想花時間搬到其他地方，此刻我有許多電話要打，還要趕搭飛機。

不過我在走過大廳及上電梯時保持高度警覺。我看著每一個婦女，然後我想起了我也得留意男人，因為鄧妮莎·史丹娜很精，她這一生都在從事欺瞞及詐騙的勾當，我知道惡魔有多聰明。

我匆匆走到我的房間，沒有看到特別引起我注意的人。不過我由手提箱中取出我的左輪手槍，將槍放在身邊的床上，然後開始打電話。首先我打電話到綠頂，接電話的是鍾，他人很好，曾替我服務過幾次，我毫不遲疑地開門見山問了若干有關我外甥女的問題。

「我眞是遺憾，」他說。「我看到報紙時眞不相信會有這種事。」

「她的情況不錯，」我說。「她的守護天使那天晚上陪著她。」

「她是個很特別的女孩。妳一定以她為榮。」

我這才想起我對此已經不那麼確定了，這個念頭令我覺得很難受。「鍾，我需要知道幾個很重要的細節。她那天晚上去買那把席格索爾槍時，你在値班嗎？」

「當然，就是我賣給她的。」

「她還買了些什麼嗎？」

「還買了一本雜誌，幾箱練靶彈。嗯，我想應該是聯邦海卓修克牌，對，這點我很有把握。等等，我還賣給她一個麥克叔叔的槍套，還有去年春天我賣給妳的那種足踝式槍套，是最高級的皮製拜安奇。」

「她怎麼付錢？」

「現金，老實說，那令我有點訝異。她購買的金額滿高的，妳也可以想像。」

露西一向很懂得節約儲蓄，我在她二十一歲時送了她一大筆錢。不過她有信用卡，所以我想她沒有刷卡是因爲她不想留下購買的記錄，我對此倒覺得不足爲奇。她當時很惶恐，而且疑神疑鬼，經常與執法人士相處的人大都會如此。對我們這樣的人而言，每個人都是嫌犯。我們常會反應過度，草木皆兵，在稍微覺得安全堪虞時便會掩飾我們的行蹤。

「露西是先和你約好或是直接上門？」

「她有先打過電話，說她什麼時候會到。事實上，她又打了一通來確認時間。」

「兩通電話都是你接的嗎？」

「不，只有第一通。第二通是里克接的。」

「你能否告訴我她打第一通到底說了些什麼？」

「不多。她說她和馬里諾隊長談過了，他建議她買席格索爾的P230，他還建議她找我接洽。妳也知道，隊長和我常一起去釣魚。她問我星期三晚上八點左右在不在。」

「你記得她是哪一天打電話的嗎？」

「呃，就在她來之前的一或兩天，我想是上星期一吧。對了，我還先問過她是否已經滿二十一歲了。」

「她有告訴你她是我外甥女嗎？」

「有的，看到她也讓我想起了妳——連聲音都很像。妳們都有那種深沉、平穩的聲音。不過她講電話眞的讓人印象深刻，極有智慧也很有禮貌。她似乎對槍枝很熟悉，顯然也經常打靶。事實上，她告訴我隊長還教過她射擊呢。」

我聽說露西有表明是我外甥女，不禁鬆了一口氣，那表示她並不是想瞞著我偷偷買槍。我想馬里諾日後也會告訴我的。我只是覺得遺憾她沒有先和我談過。

「鍾，」我繼續說。「你剛才說她又打了第二通，你能否談談這一點？什麼時候打的？」

「也是上個星期一。或許在一兩個小時之後。」

「她是和里克談的？」

「只說了幾句。我記得我正在招呼一個顧客，電話是里克接的。他說是史卡佩塔，她不記得我們約好的時間。我說星期三晚上八點，他就這麼轉告她。就這樣。」

「對不起，」我說。「她說什麼？」

鍾遲疑了一下。「我不確定妳在問什麼。」

「露西打第二通電話的時候自稱是史卡佩塔？」

「里克是這麼告訴我的。他只說是史卡佩塔打來的。」

「她不是姓史卡佩塔。」

「天啊，」他錯愕了一下子。「妳在開玩笑。我以爲那是理所當然的事。那麼，那就奇怪了。」

我想是露西呼叫馬里諾，他回電給她，很可能是由史丹娜打的。鄧妮莎．史丹娜一定以爲他是在和我說話，等馬里諾一離開房間，她由查號台很輕易地便可以知道綠頂的電話號碼，然後她只要打過去問她想問的問題。我覺得既鬆了一口氣又怒不可遏。鄧妮莎．史丹娜並不是想殺害露西，嘉莉．葛里珊或其他人也沒有這種意圖。受害的目標原本是我。

我再問鍾最後一個問題。「我不想找你做證，不過當你在招呼露西時，她有酒醉的跡象嗎？」

「如果她喝醉了，我什麼東西都不可能賣給她的。」

「她的神情如何？」

「她很匆忙，不過還會開開玩笑，也很親切。」

如果露西眞如我所懷疑般已經酗酒好幾個月甚至更久，則她當天很可能在酒精濃度零點一二時，神智仍很清醒，不過她的判斷力與反應都會受影響，她開車時對發生的狀況可能無法明快的反應。我掛上電話，又撥了一通到《艾須維爾市民時報》，地方版的採訪主任告訴我，撰寫那則意外的是琳達．梅菲爾。我運氣不錯，她在辦公室內，不久就轉接上了。

「我是凱．史卡佩塔。」我說。

「噢！我的天，我能效勞嗎？」她的聲音聽起來很年輕。

「我想請教妳一篇妳寫的報導，是關於我的車子在維吉尼亞出車禍的意外。妳在報導中說當時是我開車，後來並因酒後駕車被捕，妳可知道這與事實不符？」我的語氣平靜而堅定。

「噢，是的，女士，我眞的很抱歉，不過讓我向妳說明發生的情況。在車禍當晚的深夜有人打電話過來，那通電話只表示那部車子，賓士車，已證實是妳的車，並說懷疑駕駛是妳而且是酒後開車。我當時正忙著趕另一篇稿子，這時編輯來催我交稿送印。他告訴我，如果能證實那個駕駛是妳的話就發稿。那時截稿在即，我想已經沒有機會證實了。

「然後有一通電話出人意表地轉接到我手中。那位女士說她是妳的朋友，是由維吉尼亞的醫院打來的。她要我們知道妳在那場意外中並沒有嚴重受傷，她認爲我們應該知道，因爲史卡佩塔醫生——就是妳——有一些同事仍然在偵辦史丹娜家的案子。她說她不希望我們聽到這場車禍的其他說法，及登出會讓妳同事驚慌的報導。」

「妳就這麼聽信一個陌生人的話，照她所說的報導了？」

「她提供我她的姓名和電話號碼，而且也都查證屬實。何況如果她不是一個與妳熟識的人，她怎麼會知道那場意外，以及妳到此地來偵辦史丹娜家的案子？」

那位女士可以知道這一切，如果她是鄧妮莎．史丹娜，而且她在試圖殺害我之後在維吉尼亞的電話亭打電話。

我問：「妳怎麼查證？」

「我立刻打電話，是她接的，那是維吉尼亞的區域碼。」

「電話號碼還在嗎？」

「糟糕，我想還在吧。應該在我的筆記本上。」

「能否馬上找一下？」

我聽到紙張翻動的聲音，以及一些窸窸窣窣的聲音。過了好一陣子她才將號碼告訴我。

「非常謝謝妳。我希望妳已經登出更正啓事了。」我說著，我感覺得出來她嚇壞了。我爲她感到難過，也不相信她有意害人，她只是年輕又經驗不足，她當然不是想和我鬥智的變態殺人狂的對手。

「我們隔天就登出更正啓事了。我可以寄一份給妳。」

「不用了。」我說著，想起了在開棺驗屍時湧出的那一群記者。我知道是誰向他們透露消息的，史丹娜太太，她忍不住想引來更多注意。

我撥了那個記者給我的電話號碼，響了許久才有一個男人來接聽。

「對不起。」我說。

「哈囉？」

「是的，我必須知道這個電話在什麼地方？」

「哪個電話？妳的或是我的？」那人笑道。「因爲如果妳不知道妳的電話在哪裡，那妳就麻煩了。」

「你的。」

「我在一家雪福威商店門外的公共電話亭，正打算打電話給老婆，問她想吃什麼口味的冰淇淋，她忘了告訴我。剛才這部電話響起，所以我就接了。」

「哪一家雪福威？」我問。「哪裡的分店？」

「在加里街。」

「在里奇蒙？」我驚慌地問。

「對。妳在哪裡？」

我謝過他並掛上電話，然後開始在房內踱步。她曾到過里奇蒙。爲什麼？看看我住在什麼地方？她曾開車經過我的住處？

我望著窗外明亮的午後，晴朗的藍天與鮮明的樹葉似乎都在說不可能發生這麼齷齪的事。世上沒有邪惡的黑暗勢力，我所查出來的都不是眞的。不過我在風和日麗時，在瑞雪繽紛時，在城內洋溢著耶誕的燈火與音樂時，總是對此存疑。我每天早晨到停屍間時總是會有新的案子，有人被強暴或被槍殺，或在不經意的意外中喪生。

在我辦妥退房之前，我試著打到聯邦調查局的實驗室，原本只打算留言，不料我找的那位科學家正好在場。他就像我們這些除了工作之外便無所事事的人一樣，週末是別人的。

「事實上我已經盡力了。」他指的是他已經處理許多天的影像強化。

「沒有結果？」我失望地問著。

「我已經使影像清晰了一點，不過還是認不出來那是什麼東西。」

「你今天還會在實驗室多久？」

「再一或兩個小時。」

「你住在哪裡？」

「亞奎港。」

我不會喜歡這樣每天通勤，不過華府有家眷的幹員住在亞奎港以及史塔福和蒙克雷爾的人數出奇的多。亞奎港距離衛斯禮的住處大約一個半小時車程。

「我實在不願提出這種要求，」我繼續說。「不過我必須盡快取得這個影像強化的列印，那很重要。你可不可能送一份到班頓．衛斯禮的住處？必須繞路，比你原來的路程要多出一個小時。」

他猶豫了一下才說：「我如果現在出發的話就可以。我打電話到他家，問他怎麼走。」

我拿起我的行李袋。一直到進入諾斯維爾機場的女廁內，才將我的左輪槍放回手提箱內。我經過例行的檢查，並讓他們知道我的行李袋中有什麼物品，他們也例行地繫上橘黃色螢光標籤，那使我又想起了那捲膠帶。不知道鄧妮莎．史丹娜怎麼會有橘色的膠帶，她是由什麼地方取得的？我看不出她和亞帝卡監獄會有什麼關聯，在我走過飛機跑道去搭那部小型螺旋槳飛機時也認定此案與監獄無關。

我坐在靠走道的座位，陷入我的思緒中，所以沒有注意到其他大約二十名旅客的緊張氣氛，直到我突然發現機上有警察。其中一人和地面上的一個人交談，眼光偷偷掃視著每個人。我在和他們一樣進行偵查時也會有同樣的眼光，我太了解這種神情了，我也開始動腦筋想著他們在找什麼不法之徒，以及他可能做了什麼事。我想著如果他由他的座位突然躍身而起時我要如何因應。我要絆倒他，要在他經過我身旁時由他後面將他抱住。

共有三個警官，他們喘著氣冒著汗，其中一人在我身旁停下來，他的眼睛望著我的安全帶。他的手靈巧地擺在他的半自動手槍上，並將槍套釦鬆開。我文風未動。

「女士，」他用充滿警察架勢的口吻說：「妳得跟我來。」

我愣住了。

「座位底下的袋子是妳的嗎？」

「是的。」我緊張不已。其他客人都不敢動彈。

那名警官迅速地彎腰拿起我的皮包以及行李袋，他的眼睛一直盯著我。我站起來，他們讓我下飛機。我只想到有人將毒品塞入我的袋子裡，是鄧妮莎·史丹娜栽贓的，我瘋狂地環顧著跑道以及機場的玻璃窗。我想找正在看我的人，一個婦女，如今已隱身於陰影之中，看著我被她陷害得百口莫辯。

一個穿著紅色跳傘衣的地勤人員指著我。「就是她！」他激動地說。「在她的腰帶上！」

我恍然大悟。

「只是一具電話。」我緩緩將手肘移開，以便讓他們看到我的外套裡面。通常我在穿著寬鬆的衣服時，就將行動電話掛在腰帶上，如此可以不用老是由袋子裡掏出來。

一個警員轉了轉眼珠子。那個地勤人員滿臉惶恐。

「噢，糟糕，」他說。「看起來眞像是一把九〇手槍。我曾經和聯邦調查局的幹員相處過，她看起來好像也是個幹員。」

我瞪著他。

「女士，」一個警官說：「妳這些袋子中有攜帶任何槍械嗎？」

我搖頭。「沒有，我沒有。」

「眞是抱歉，不過他以爲妳在腰間配戴著一把槍。駕駛員檢查旅客名單，並未發現任何人獲得授權帶槍上飛機。」

「有人告訴你我攜帶槍械嗎？」我問穿著跳傘衣的那個人。「如果有，是誰？」我再環顧四周。

「不，沒有人告訴我。我在妳經過時以爲我看到的是槍，」他囁嚅地說。「是裝行動電話的那個黑盒子。眞是抱歉。」

「沒關係，」我也於心不忍了。「你只是盡你的職責。」

一位警官說：「妳可以回飛機上了。」

我回到座位時，全身劇烈的發抖，雙膝幾乎撞在一起，我也覺得全機的人都在看我。我沒有看任何人，只試著看報紙。駕駛員很善解人意地宣布剛才發生的事。

「她配帶的是九〇行動電話。」他繼續解釋延誤的原因，大家都笑了。

這次困擾不是她造成的，我無法怪罪她，不過我驚覺到自己幾乎是本能地認定是她造成的。鄧妮莎．史丹娜控制了我的生活。我所愛的人成爲她的棋子，她已經掌控了我的思想與行爲，而且如影隨形地跟在我身後。這種想法令我很反感，那使我快氣瘋了。這時一隻柔軟的手觸碰我的臂膀，我跳了起來。

「我們眞的覺得很過意不去，」一位空服員平靜地說著。她長得很美，有一頭捲燙的金髮。「至少讓我們請妳喝一杯。」

「不用了，謝謝。」我說。

「要不要吃點什麼？我們恐怕只有花生。」

我搖頭。「不用放在心上。我倒希望你們將任何會危及旅客安全的物品都徹底檢查。」我繼續說著得體的場面話，而我的心思早已四處飛馳了。

「妳風度這麼好，眞是有雅量。」

我們在夕陽西沉時降落在艾須維爾，我托運的手提箱很快就由一間小行李室中的輸送帶送了出來。我再回到女廁裡將手槍放入我的皮包內，然後到路邊招來一部計程車。那位計程車司機是位老先生，戴著毛線帽，帽緣往下拉蓋住耳朵。他的尼龍夾克髒兮兮的，袖口處已磨損，他擺在方向盤上的大手看來很粗糙。他開車的速度很平穩，他跟我說，前往黑山還有一段距離，他是替我擔心車資，因爲可能要將近二十美金。我閉上眼睛開始落淚，我將之歸咎於爲了驅寒而開的暖氣太強了。

這部紅白色的老舊道奇車內的隆隆聲讓我覺得像在搭飛機，我們往東前往一個在不知不覺間已經面目全非的小鎮，鎮民可能還不知道那個帶著吉他回家的小女孩的實際遭遇，他們無法理解我們這些奉命前來幫忙的人之遭遇。

我們正遭到各個擊破，因為敵人有過人的感應力，可以察覺我們的弱點及可能受傷害之處。馬里諾已成為這個女人的俘虜，也是她的武器供應者。我那個與我情同母女的外甥女頭部受傷，目前在戒癮中心，她沒有喪命眞是奇蹟。一個住在山間與清風明月為伴的單純工友，如今也要為了一件與他無關的案件面臨嚴刑拷打，莫特會因為已經不適任而退休，法古森則已命喪黃泉。

邪惡的因果像一棵樹般擴散開來，擋住了我腦中全部的光亮。無從得悉邪惡源自何方，將止於何處，我不敢靠得太近，看個仔細，以免它盤根錯節的枝幹會將我絆倒。我不願去想我的腿或許無法再接觸到地面了。

「夫人，還有沒有什麼事情需要我幫忙的？」我恍惚間聽到司機在和我說話。

我張開眼睛。我們停在輕鬆旅遊汽車旅館前面，也不知道停在這裡多久了。

「我不想吵醒妳，不過到床上睡比坐在這裡舒服多了，也許還更便宜呢。」

又是那一位黃頭髮的櫃枱人員歡迎我回來，並替我辦住房登記。他問我想住在旅館的哪一面。我回想著，一面是面向愛蜜莉上的那所小學，另一面則可眺望州際公路全景。其實也沒什麼差別，因為四面環山，白天時山色亮澄澄的，入夜後在星空的襯托下顯得黑漆漆的。

「讓我住在禁菸區就行，麻煩你。彼德．馬里諾仍然住在這裡嗎？」我問。
「當然，不過他很少回來。妳要住在他隔壁嗎？」
「不，還是不要也罷。他是個癮君子，我想盡量離香菸遠一點。」當然，那只是個藉口。
「那麼我替妳安排在不同邊。」
「那很好。班頓．衛斯禮來投宿時，你能否叫他立刻來找我？」然後我要求他打電話給租車公司，請他們一早就開一部有安全氣囊的車過來。
我進入我的房間，將門上鎖並扣上鏈栓，還搬了一把椅子頂住門把。我滴了幾滴香水在浴缸中，泡了好久的熱水澡，我的左輪就放在馬桶上。香氣像溫暖關愛的手般撫摸著我，由我的喉嚨往上滑過臉部並輕輕滲入頭髮。這是許久以來我首次覺得心曠神怡，我偶爾再添入熱水，香水的油膜在水面像雲層般捲繞著。我將沐浴的隔帘拉上，在這芳香撲鼻的溫暖中做著夢。
我重溫與班頓．衛斯禮親熱的時刻，次數則多不勝數。我不想承認那些影像在我腦海中出現的次數有多頻繁，然後我終於情不自禁地接納它們。那是我所見過最強烈的影像，我也將我們在此首次親熱的每個細節記得一清二楚，雖然不是在這個房間。我記下了那個房間的號碼，也會永遠銘記於心。
事實上我的情人不多，不過他們都是出類拔萃的男人，很敏感，也相當能接受我是一個不像女人的女人。我有女人的身體與敏銳感觸，但是我的精力與幹勁像男人，剝奪我的幹勁，就是剝奪他們自己的男人味。所以他們盡可能的將他們最好的給我，即使是我前夫湯尼，他是他們之中最原始的一個，性愛則是我們共享的情慾競爭。我們像兩頭勢均力敵的動物在叢林中相會，我們互相較勁，各取所需，互蒙其利。

而班頓則截然不同，我仍然難以置信。我們的男性與女性結合的方式無與倫比，也別具一格，因爲彷彿他是我的另一面。或許我們是同一個人。

我不確定自己在期待什麼，當然我在我們在一起之前許久便已經想像過了。他外表強悍，內心溫柔，像是在大樹間的吊床上的戰士，昏昏欲睡又溫暖。不過我們在那個清晨在陽台上開始彼此愛撫時，他的手令我刮目相看。

他的手指爲我輕解羅衫，愛撫著我，它們的動作彷彿和女人一樣了解女人的身體，我感受到的不只是他的激情，我感受到他的共鳴，彷彿他想治療我內心的傷痛。他似乎爲那些曾經強暴別人或毆打別人或凌辱別人的人感到悲傷——彷彿他們的集體罪過使他無權享受我這種女性的軀體。

我曾在床上告訴他，我沒想到有男人那麼能享受女人的身體，也說我不喜歡被人狼吞虎嚥或被人凌駕制伏，所以我很少有性行爲。

「我可以了解爲什麼有人會想要將妳的身體狼吞虎嚥。」他在黑暗中直言無諱地說。

「我也可以了解爲什麼有人會想要將你的身體狼吞虎嚥，」我也毫不矜持地說。「不過就因爲有人想凌駕制伏別人，所以我們才會來偵辦案件。」

「那麼我們不要說『狼吞虎嚥』以及『凌駕制伏』了，不要再使用那種字眼。我們另外想些新的字眼。」

我們很輕易就想出了新字眼，而且我們很快就說得很流利了。

我泡過澡後神清氣爽，想在背包內找件不一樣的新衣服穿，不過那是緣木求魚。我穿上已經穿了好幾天的深藍色夾克、長褲、高領毛衣。那瓶威士忌的酒精濃度低，我緩緩地啜飲著，看著全國新聞網。我有幾次想打電話到馬里諾的房間，不過在撥電話之前就將話筒放下了。我的思緒往北神遊至新港，我想找露西談話，我也抗拒這股衝動。我如果能接通，那對她不好，她必須集中心志戒酒，而不是掛念著家人。於是我改打給我母親。

「桃樂絲在馬里歐特過夜，一早再搭飛機回邁阿密。」她告訴我。「凱，妳在哪裡？我整天都試著打電話到妳住處找妳。」

「我在路上。」我說。

「那種話我聽多了，都是妳在從事那種偵探工作。不過妳應該可以告訴妳母親。」

我可以在腦海中想像著她一邊呑雲吐霧邊講電話。我母親喜歡大耳環及濃妝艷抹，她看起來不像我這種義大利北部的人。她不是金髮白膚。

「媽，露西情況如何？桃樂絲說了些什麼？」

「首先，她說露西是酷兒，而她也將之歸咎於妳。我告訴她那太荒謬了。我告訴她因爲妳沒有和男人交往，或許也不喜歡性，並不意味著妳是同性戀。那和修女是同樣的道理。雖然我也聽到傳言——」

「媽，」我打岔：「露西還好吧？她到邊丘的旅程好嗎？她的神情如何？」

「怎麼？她變成證人了不成？她的神情？妳竟然用這種語氣和妳單純的母親說話，而且自己都不知道。她在途中喝醉了，如果妳想知道的話。」

「我不相信！」我說著，更氣桃樂絲了。「我以爲讓露西和她母親一起去可以避免發生這種事。」

「桃樂絲說除非露西在入戒癮中心時喝醉了，否則保險公司不願付錢。所以露西在整趟旅途喝得爛醉如泥。」

「我才不管保險公司是否願意付錢，而且桃樂絲也不窮。」

「妳也知道她的理財方式。」

「我願意支付露西的任何費用。妳也知道這一點，媽。」

「妳的口氣像是大富豪裴洛的老婆羅絲似的。」

「桃樂絲還說了些什麼？」

「簡而言之，我只知道露西在鬧脾氣、生妳的氣，因爲妳不肯帶她到邊丘。尤其那是妳挑選的，而且妳又是個醫生。」

我暗罵了聲，這有點像是在和風爭辯。「是桃樂絲不肯讓我去的。」

「和以前一樣，妳們兩人各執一詞。妳什麼時候回來過感恩節？」

不用說，在我們說完時，也就是說在我已經忍無可忍掛上電話時，我泡澡的功效也全部泡湯了。我又倒了些威士忌，但是停了下來，因爲在我家人惹我生氣時，全世界的酒都不夠我喝。我想起了露西。我將酒收起來，不久之後有人敲我的門。

「我是班頓。」他的聲音傳來。

我們擁抱了許久，他由我摟住他的方式可以感受到我的絕望。他牽我到床邊，坐在我身旁。

「從頭說起。」他說著，握住我的雙手。

我於是娓娓道來。待我說完了，他臉上帶著我在洽公時所熟悉的那種不露聲色，我對此覺得很不自在。我不希望當我們在這房間獨處時他面無表情。

「凱，我要妳稍安勿躁。妳可知道我們提出這樣的指控有多嚴重？我們不能封閉起心靈摒除了鄧妮莎．史丹娜是無辜的這種可能性。我們尚不得而知。

「而妳在飛機上發生的事也可以讓妳明白，妳的分析並不是百分之百正確。我是說，這眞的令我憂心忡忡。某個地勤人員想充英雄，而妳立刻聯想到那也是鄧妮莎．史丹娜在暗中搞鬼，認爲那是她又想要妳了。」

「她不只想要我，」我說著，將我的一隻手由他手中抽回來。「她想殺我。」

「那仍舊只是揣測。」

「依照我打過幾通電話的查證結果，不是揣測。」

「妳無法證明。我懷疑妳能證明。」

「我們得找到她的車子。」

「妳今晚想開車經過她的房子？」

「是的。不過我仍沒有車。」我說。

「我有一部。」

「你拿到影像強化的列印了嗎？」

「在我的手提箱內。我看過了。」他站起來聳聳肩。「那對我而言沒有什麼意義。只是一個模糊的小斑點，利用無數的灰階使它看起來成爲更濃、更詳細的小斑點。」

「班頓，我們得採取行動。」

他望著我良久，緊抿著嘴，那神情就是他已下定決心，不過仍有疑慮。「我們就是因此而來的，凱，我們來此就是要採取行動。」

他租了一部紅色的日產 Maxima 型汽車，我們出門時才發覺冬天的腳步近了，尤其在這山區。我上車時全身發抖，我知道那多少也與心情沮喪有關。

「對了，你的手和腿情況如何？」我問。

「好得像新的一樣。」

「那可眞是太神奇了，因爲你的手腳割傷時可不是新的。」

他笑了，純粹是覺得訝異。衛斯禮沒想到這時候我還有心情說笑。

「我們有一則與那捲膠帶有關的消息，」他隨後說。「我們一直在追查這地區有誰可能在那捲膠帶生產時在休福公司工作過。」

「好主意。」我說。

「有一個名叫羅伯·卡塞的人曾經在那家工廠擔任領班。那種膠帶製造時他住在希克利市附近，不過他在五年前退休遷居到黑山。」

「他目前住在這裡嗎？」

「他恐怕已經過世了。」

可惡，我暗忖著。「你對他有何了解？」

「白人男性，六十八歲中風死亡。他有一個兒子住在黑山，卡塞就是爲了他，才想在退休後搬到這裡吧，我猜。那個兒子仍然住在這裡。」

「你有他的地址嗎？」

「可以查得到。」他轉頭望著我。

「他的兒子叫什麼名字？」

「和他父親同名。繞過這個彎道就是史丹娜家的房子了。妳看那座湖多黑，簡直是一片漆黑。」

「沒錯。你也知道愛蜜莉入夜後不會走湖邊，克里德的說法證實了這一點。」

「我不想爭論。我也不會走這條路。」

「班頓，我沒有看到她的車子。」

「她可能出門了。」

「馬里諾的車子在那邊。」

「那並不意味著他們沒有出門。」

「那也不意味著他們出門了。」

他沒有答腔。

窗戶亮著燈光，我覺得她像是在家。其實我沒有證據，也沒有任何跡象，不過我感覺到她在試探我，即使她沒有察覺。

「你認為他們在這裡做什麼？」我問。

「妳認爲呢？」他說著，言下之意很清楚。

「那太簡單了。推論人們在做愛太簡單了。」

「這麼推論很簡單，是因爲做愛很簡單。」

我對此頗爲不悅，因爲我希望衛斯禮有深度一點。「你說這種話，讓我感到訝異。」

「如果是他們說的，妳就不會訝異了。那正是我的言下之意。」

我還是不確定。

「凱，我們現在談的不是我們之間的關係。」他補充道。

「我當然不認爲我們是在談我們的關係。」

他知道這並不是我的肺腑之言。我很清楚同事之間滋生戀情是不智之舉。

「我們該回去了。目前我們也無能爲力。」他說。

「我們要怎麼追查她的車子?」

「明天一早就去查。不過我們現在已經查出一些蛛絲馬跡了。此刻車子不在，使它看起來好像不曾發生車禍。」

隔天早晨是星期天，我在鐘聲中醒來，不知道鐘聲是不是來自愛蜜莉葬身的那所小長老教會。我瞇起眼看錶，認爲或許不是，因爲才九點多。我想他們的主日禮拜應該在十一點開始，不過話說回來，我對長老教會所知有限。

衛斯禮睡在我平常下床的那一側，那或許是我們成爲親密愛人唯一比較沒有默契的一點。我們都習慣由距離歹徒可能闖入的窗戶或門口較遠的那一側起床，彷彿隔著這麼幾呎的床墊就可以使情勢改觀，有機會掏出你的槍來。他的手槍在他那一側的床頭几，我的左輪則在我這一側。麻煩的是，如果眞有歹徒闖入，衛斯禮和我會互相射擊。

窗帘發著光，像是燈罩，顯示外頭陽光普照。我下床要求客房服務送咖啡過來，然後查問我租的車子，櫃枱人員信誓旦旦地說已經上路了。我坐在椅子上背對著床鋪，以免被衛斯禮裸露在棉被外的肩膀及臂膀分心。我取出經過影像強化處理的列印資料，再拿出幾枚硬幣、一個放大鏡開始工作。衛斯禮說的沒錯，影像強化處理之後只是使一個無法辨識的小斑點的陰影加深，不過我看著在那小女孩臀部留下的斑痕越久，就越能看出一些形狀來。

陰影最濃的位置是在中心旁的一個不完整圓形。我無法說那陰影是在哪一個方向，因爲我不知道她身體下方那已經開始氧化的物體原本是向上或向下或向側方。

讓我感興趣的形狀看來像是鴨子或什麼鳥類的頭。我看出一個圓形的頭頂，然後是一個突出處，像是鳥嘴，然而那不像是兩毛五分硬幣後面的老鷹圖案，因爲這形狀太大了。我正在研究的這個形狀佔了整個陰影的四分之一以上，有一個凹處看來好像是鳥的頸背。

我將我用來比對的硬幣拿起來翻個面，邊看邊將硬幣轉面，忽然想出了答案。就這麼簡單且完全符合，我既驚訝又激動。在愛蜜莉．史丹娜身體下方開始氧化的物體就是兩毛五的硬幣，不過那是正面朝上，而看來像鳥的形狀其實是喬治．華盛頓眼睛的凹陷處，而看起來像鳥頭和鳥嘴的部分其實是美國第一任總統充滿自豪的額頭以及他的假髮後方的捲曲處。當然要形成這種效果，只有在我將那個硬幣轉面，讓華盛頓面朝桌面，他貴族式的鼻尖指向我的膝蓋。

我思忖著，愛蜜莉的屍體會擺在什麼地方？我想四處都會有兩毛五的硬幣不小心留在地板上。不過還有殘留的漆和髓木。在什麼地方可以找到髓木和一個兩毛五的硬幣？嗯，當然是地下室——一個曾經處理過髓木、漆、胡桃木以及桃花心木和其他木材的地下室。

或許那間地下室曾用來當做某人的嗜好場所。清理珠寶？不對，說不通。修理鐘錶的人？看來也不對。然後我想起了鄧妮莎．史丹娜家中的鐘，我的心跳也爲之加速。不知道她的亡夫閒暇時是否曾修理過鐘。不知道他是否曾用地下室來修理時鐘，不曉得他是否用髓木來固定及清理小零件。

衛斯禮正在酣睡。他搔搔臉頰，彷彿有什麼東西在臉上，然後將棉被拉高，蓋住耳朵。我取出電話簿，尋找一個曾在休福公司工作的員工之子。總共有兩個羅伯．卡塞，一個是二世，一個是三世。我拿起電話。

「哈囉?」一個婦人問道。

「請問妳是卡塞太太嗎?」我問。

「那要看妳找的是蜜特兒還是我了。」

「我想找羅伯·卡塞二世。」

「噢。」她笑了,我感覺得出來她是個親切友善的婦人。「那妳要找的就不是我了。不過羅伯不在這裡,他上教堂去了。妳知道,他有時候會在週日到教會裡幫忙準備領聖體,所以得早一點出門。」

我很訝異她對我這個素昧平生的人竟然透露這麼多訊息,我深受感動,這世上仍有一些地方的鄉親們願意信賴別人。

「他是上哪一所教堂?」我問卡塞太太。

「第三長老教會。」

「他們的主日禮拜是十一點開始?」

「和往常一樣。對了,克羅牧師很棒,如果妳沒有聽過他講道的話。要我傳話給羅伯嗎?」

「我稍後再試著打打看好了。」

我向她道謝,然後掛上電話。我轉過身時,衛斯禮已靠坐在床上,睡眼惺忪地望著我。他東張西望看著列印資料、硬幣,以及我椅子旁桌子上的放大鏡。他伸了伸懶腰笑了。

「怎麼了？」我不悅地問道。

他只搖搖頭。

「十點十五分了，」我說。「如果你想陪我上教堂，最好快一點。」

「教堂？」他蹙眉。

「就是人們敬拜上帝的地方。」

「這裡有天主教教堂？」

「我不知道。」

他這時滿頭霧水了。

「我今天早上要到一家長老教會做禮拜，」我說。「你如果還有其他事情待辦，我或許得搭你的便車。我大約一個小時前查問過，我租的車還沒到。」

「如果我送妳過去，妳要怎麼回來？」

「我不想操這個心。」這個小鎮的鄉親連在電話中都可以幫助陌生人，我忽然有了幾個計畫。我覺得像是可以看到將會發生什麼事。

「好吧，我帶著呼叫器。」衛斯禮說著將腳放到地板上，我從電視機旁邊的插座上拿下正在充電的備用電池。

「很好。」我將我的行動電話塞入手提袋中。

20

衛斯禮送我到那座原石砌的教堂的前門台階，時間還早，不過教友們已陸續到達。我在陽光下瞇起眼，看著教友們在狹窄的街道下車，向他們的孩子叮囑，然後關上車門。我沿著石頭人行道向左轉向公墓，我可以感受到背後有好奇的眼光在注視我。

這個早晨很冷，雖然陽光刺眼，但仍無暖意，照在身上像一床冰冷的被單。我將生鏽的鐵門推開，這道大門其實沒什麼作用，只是充充門面罷了。它既不能防止任何人出去，當然也不會禁止任何人進來。新的潔亮花崗石墓碑閃著寒光，舊墓碑則朝各方向傾斜，像是墓穴開口說話嘴裡的無血舌頭。這裡的死者也會說話，每當我們回想起他們時，他們就會說話。我走向角落她的埋屍處時，薄霜在我的鞋下吱嘎碎裂。她的墳墓因爲曾被重新開棺、再度掩埋，而像一個紅色的黏土疤痕，我再度望著那可愛的小天使紀念碑和感傷的墓誌銘，不禁悲從中來。

世間絕無僅有——
我的是唯一。

不過愛蜜莉・狄金生這詩句如今對我而言有不同的含意。我以全新的觀點來解讀，也對挑選這句詩的婦人有了截然不同的看法。依我看最醒目的是「我的」這兩個字。我的。愛蜜莉沒有她自己的生活，她只是一個自我中心、神智失常、對自我有無法滿足的慾求的婦女的延伸。

對她母親而言，愛蜜莉只是一顆棋子，我們全都是棋子。我們是鄧妮莎的玩偶，任她著裝卸裝、擁抱或肢解。我想起了她的房內擺設，全是一些毛絨絨、有流蘇花邊、很女孩子氣的裝飾品。鄧妮莎是一個渴望引起大家注意的小女孩，隨著年歲增長，她也學會了如何獲得注意。與她接觸過的人生命都被她毀了，而且她每次都在外界溫暖的關懷中飲泣。每個人提起這個殺人如麻、滿手血腥的女性時都說：可憐，可憐的鄧妮莎。

愛蜜莉墓地上的紅土結了一道道細長的冰柱，我不曉得這種現象是什麼原理，不過我的推論是，當濕氣在沒有滲透性的黏土中結凍時，它像冰一樣會膨脹，因無處可以擴張，所以只能往上發展。看起來有點像是她的靈魂正試圖由地面浮現時被寒氣凍結住了，她像純潔的水晶和水一樣，在陽光下閃耀生輝。我頓覺一波傷感襲來，我體認到我喜愛這個死後我才認識的女孩。她有可能是露西，或者說露西有可能是她。她們兩人的母親都未能善盡母職，一個已回歸天國，另一個目前仍倖存於世。我跪下祈禱，然後深吸了一口氣，折返教堂。

我進門時風琴彈奏著，因爲這時我已遲到了，教友們在唱第一首聖詩。我坐在後排盡量避免引人注目，不過還是招來了側目，人們也紛紛轉頭。陌生人上這個教堂很容易就可以認出來，因爲很少有生面孔出現。禮拜儀式繼續進行，我在祈禱之後爲自己祈福，與我坐同一排的一個小男孩在他姊姊去拿海報時，目不轉睛地盯著我。

克羅牧師鼻子尖尖的，穿著黑袍，看起來人如其名（譯註：克羅Crow，意為烏鴉）。他在宣道時雙臂比著手勢，就像雙翅，而在較戲劇化的時候，看來彷彿他會展翅飛走。如珠寶般燦爛奪目的彩色玻璃上描述著耶穌的神蹟，有雲母斑紋的原石彷彿灑滿了金粉。

進行到領聖體時，我們唱著〈我正如此〉，我望著身旁的人，打算仿效他們的做法。他們沒有排隊到前面領聖餅及酒，而是由接待員沿著走道默默送來葡萄汁與小麵包。別人遞什麼給我，我就照單全收，我們唱著讚美歌與祝禱歌，然後他們突然要散會了。我從容不迫地等著，直到牧師在門口送走所有教友，只剩他一人時，我才叫他的名字。

「感謝你寓意深遠的佈道，克羅牧師，」我說。「我一向很喜歡『糾纏不休的鄰人』這個故事。」

「我們可以從中得到許多啓示。我常向我的孩子講起這則故事。」他握著我的手說道。

「我們每個人聽了都可獲益無窮。」我附和。

「眞高興妳今天能和我們一起做禮拜。我相信妳一定就是我聽說過的那位聯邦調查局法醫，我在前幾天的電視新聞裡也看過妳。」

「我是史卡佩塔醫生。」我說。「不知道你能否告訴我羅伯・卡塞是哪一位？我希望他還沒走。」

「噢，還沒。」牧師說著，正如我所料。「羅伯來幫我們準備領聖體。他或許在收拾東西。」他望向聖壇處。

「你介意我去找他嗎？」我問。

「一點也不。對了，」——他的神情轉爲哀戚——「我們眞感謝妳在這裡所做的努力。我們都不會和往日一樣了。」他搖頭。「她可憐、可憐的母親。有些鄉親如果在經歷了她那種遭遇之後，可能都會不再信上帝了。可是鄧妮莎不然，她每個星期都來，是我所認識最好的基督徒之一。」

「她今天早晨有來？」我問著，寒毛直豎。

「像以往一樣擔任唱詩班。」

我沒有看到她，不過來做禮拜的教友至少有兩百人，唱詩班在我後方的樓台上。

羅伯·卡塞二世已年逾五旬，身體硬朗，穿著廉價的藍色條紋西裝，沿著一排排的座位收聖體。我向他自我介紹，深恐會嚇到他，不過他似乎是那種老神在在型的。他和我坐在同一排長椅上，在我向他解釋我的要求時，他邊思索著邊拉扯他的耳垂。

「沒錯，」他用我聽過最悠緩濃重的北卡羅萊納州口音說道。「爸爸這輩子都在那家工廠上班。他退休時他們送他一部很好的落地型彩色電視，以及一副金質領帶夾。」

「他一定是一個出色的領班。」我說。

「呃，他是上了年紀之後才當領班的。在此之前他擔任他們的包裝檢驗員，在此之前則只是個包裝員。」

「他的工作性質到底是什麼?例如說，當包裝員時?」

「就是負責膠帶的包裝，後來他就負責監督別人包裝，以防有任何疏失。」

「原來如此。你可記得那家工廠是不是出產過一種艷橘色的膠帶？」

羅伯．卡塞理著小平頭，眼睛是深褐色的，他思索著這個問題，臉上出現了恍然大悟的表情。「當然，我想起來了。我記得，因爲那種膠帶很特別，我在之前和之後都沒有見過。我想那是什麼地方的監獄訂製的。」

「沒錯，」我說。「不過我在想會不會有一兩捲流入本地。你知道，就是這裡。」

「應當不至於。不過這種事也會發生，因爲會有退貨之類的，就是有瑕疵的膠帶。」

我想起用來綁史丹娜太太和她女兒的膠帶邊緣的油污。或許是有一批貨被機器卡住了或因某種原因而沾到油漬。

「通常在檢驗不合格時，」我打岔，「員工可以帶回家或是廉價購買。」

卡塞默不作聲。他的神情有點困惑。

「卡塞先生，你可知道你父親會將那種艷橘色膠帶送給什麼人？」我問。

「就我知道只有一個人，傑克．惠勒。他已經過世好一陣子了，不過他死前在麥克的平價商店旁邊開了一家自助洗衣店。我記得轉角那家雜貨店也是他經營的。」

「令尊爲什麼會送他一捲那種膠帶？」

「這個，傑克喜歡打獵。我記得我爹說傑克很擔心在樹林裡會被人誤以爲是火雞而朝他開槍，因此大家都不想和他一起去狩獵。」

我沒有答腔。我不知道他到底想說什麼。

「他會發出很大的聲響，穿著會反光的衣服，把其他的獵人都嚇跑。我看他除了小松鼠外什麼也沒有獵到過。」

「這和那捲膠帶有什麼關係？」

「我相信我爹送他那捲膠帶是當成玩笑。也許傑克會用那種膠帶纏他的獵槍，或貼在他衣服上。」卡塞露齒而笑，我也因而注意到他牙齒掉了幾顆。

「傑克住在哪裡？」我問。

「松林小屋附近。差不多就在黑山與蒙崔特的中間。」

「他有可能將那捲膠帶再送給別人嗎？」

卡塞望著他手中裝聖體杯子的托盤，他蹙眉思索著。

「例如，」我繼續說：「傑克是不是會和其他人一起去打獵？或許有什麼人需要一捲膠帶，因為那種艷橘色或許是獵人使用的？」

「他會轉送給誰我就不得而知了。不過我要告訴妳，他和恰克．史丹娜很熟，他們每一季都去找熊，我們則希望他們找不到。不曉得為什麼有人想碰上大灰熊，而且就算獵到熊了又能做什麼？只能做成地毯，熊肉又不能吃，除非你是拓荒英雄丹尼爾．布恩，而且快餓死了。」

「恰克．史丹娜就是鄧妮莎．史丹娜的丈夫？」我問道，設法不動聲色。

「是的，也是個好人。他過世讓我們好傷心。如果我們知道他心臟不好，我們就不會讓他太過勞累了。」

「不過他會去打獵？」我追問。

「我跟著他和傑克出獵過好幾次。他們兩個喜歡到樹林裡，我總是告訴他們應該到非洲去狩獵，那裡才有大型猛獸。妳知道，我個人的話連椿甲蟲也不會殺。」

「如果椿甲蟲和螳螂一樣的話，你也不該殺椿甲蟲。那會招來噩運的。」

「兩種昆蟲不一樣，」他一本正經地說。「螳螂是完全不一樣的昆蟲，不過我想意思應該一樣。不，夫人，我不會殺螳螂。」

「卡塞先生，你和恰克・史丹娜熟嗎？」

「我只和他一起打獵和上教堂。」

「他也教書。」

「他在私立的教會學校教聖經。我如果有能力讓我兒子去念那個學校，我會讓他去念。」

「你還能告訴我有關他的什麼事情？」

「他在加州當兵時遇見了他老婆。」

「你有沒有聽他提起過一個夭折的孩子？一個名叫梅莉・喬的小嬰孩，或許是在加州出生的？」

「哎，沒聽說過。」他滿臉詫異。「我一直以爲愛蜜莉是他們的獨生女。他們也曾經有一個小女嬰夭折？喔，天啊。」他滿臉痛苦。

「他們搬離加州之後發生了什麼事？」我追問。「你知道嗎？」

「他們搬來這裡是因爲恰克不喜歡西部，他小時候常和家人一起來這裡度假。他們通常都住在灰鬍子山的小木屋。」

「那在什麼地方？」

「蒙崔特，就是比利．葛拉翰住的小鎮。如今葛拉翰很少住在這邊了，不過我曾看過他的妻子。」他停頓了一下。「有沒有人告訴過妳，吉妲．費茲傑羅在這附近一家醫院內被燒死了？」

「我知道這件事。」我說。

「恰克很擅長修理鐘錶，他把它當成嗜好，到後來『畢特摩之家』所有的鐘錶都是他修理的。」

「他都在哪裡修理？」

「他到畢特摩之家修理鐘錶，不過附近居民都將他們的鐘錶直接交給他。他在他的地下室有一個工作室。」

卡塞先生可以滔滔不絕談上一整天，我設法委婉地向他告辭。我到教堂外用我的行動電話打衛斯禮的呼叫器，並留下警方使用的代碼一〇一二五，意指「與我碰面」。他會知道在什麼地方。我正打算回到教堂的走廊避風寒，這時由幾位陸續離去的人的談話中得悉，他們是唱詩班的。我幾乎要驚惶失措了。我一想到她，她就出現了。鄧妮莎．史丹娜在教堂門口等著朝我微笑。

「歡迎。」她熱忱地說著，眼睛則和銅一樣冷峻。

「早，史丹娜太太，」我說。「馬里諾隊長有陪妳來嗎？」

「他是天主教徒。」

她穿著一件黑色的毛外套，衣襬長達黑皮鞋的頂端，她也戴著一雙黑色的羊皮手套。她脂粉未施，只在性感的雙唇上了點色，她蜜色的波浪型金髮垂在肩頭。我發現她的美像今天一樣冷，我不曉得自己怎麼會同情她或相信她的痛苦。

「妳怎麼會到這個教堂來？」她接著問。「艾須維爾有一座天主教教堂。」

我不曉得她對我還了解些什麼，不曉得馬里諾還告訴了她什麼。「我想向妳女兒致意。」我說著，緊盯著她的眼睛。

「妳眞是太好了。」她仍面帶微笑，眼睛仍盯著我。

「事實上，我們在這裡碰面眞是太好了，」我說。「我必須請教妳幾個問題。或許如果現在就問比較方便？」

「這裡？」

「我比較想到妳府上去。」

「我要去買三明治當午餐。我不想吃週日大餐，彼德也想減肥。」

「我對吃東西不感興趣。」我不想掩飾我的情緒，我的心和我的表情一樣硬。她曾試圖殺我，她差點就殺了我外甥女。

「那我和妳在我家裡碰面好了。」

「我希望能搭妳的便車，我沒有車。」

我想看她的車，我必須看一看。

「我的車送修。」

「那很不尋常，我記得還很新。」如果我的眼睛是雷射光，她早已被我燒得千瘡百孔了。

「我恐怕是買了一部爛車，必須把它交給外州的經銷商處理。那部車在我有一次外出時突然拋錨了。我是搭一個鄰居的便車來的，不過歡迎妳和我們同行。她在她的車上等。」

我跟著她走下原石台階，再沿著人行道走了幾步。路邊還停了幾部車子，其中一或兩輛正要開走。她的鄰居是一個年長的婦人，戴著一頂粉紅色的圓頂無邊帽，並戴著助聽器。她坐在一部老舊的白色別克車駕駛座，暖氣機隆隆作響，車內傳來福音音樂。史丹娜太太請我坐前座，但我拒絕了，我不想讓她在我背後，我要隨時盯著她的一舉一動，我也希望我帶著我的點三八手槍。不過帶槍上教堂似乎不大妥當，而且我也沒有料到會與她不期而遇。

史丹娜太太和她的鄰居在前座聊天，我則默默坐在後座。這段路才幾分鐘車程；然後我們到達了史丹娜家，我注意到馬里諾的車子仍停在我和衛斯禮昨晚緩緩經過時所停的位置。我不曉得與馬里諾碰面會是什麼情景，我不知道我要說些什麼或他會以什麼樣的態度對待我。史丹娜太太打開她的前門，我們進門，我注意到馬里諾的旅館房間鑰匙以及汽車鑰匙放在門廳一張桌子上的盤子裡。

「馬里諾隊長呢？」我問。

「在樓上，睡覺。」她將手套脫下。「他昨晚人不大舒服。妳知道，有一隻小蟲子到處跑。」

她將外套鈕釦解開，稍微抖了一下肩膀，將外套脫掉。她在脫下外套時將眼光移開，彷彿她已經習慣讓有興趣的人有機會欣賞她那什麼衣服都無法掩飾的胸部。她的身體語言充滿挑逗性，這時她在挑逗我，不過那與挑逗男人不同。鄧妮莎．史丹娜是在炫耀她的身材，她一心想與其他女性爭奇鬥艷，這也讓我更進一步了解她和愛蜜莉的關係會是什麼樣子。

「或許我應該上去看看他。」我說。

「彼德只是需要補補眠。我會端些熱茶上去給他，馬上過來陪妳。妳何不在客廳裡坐坐，不用客氣。妳要咖啡還是茶？」

「都不用，謝謝。」我說著，屋內的死寂令我惶兀不安。

我一聽到她上樓便四下觀望。我回到門廳，悄悄將馬里諾的車鑰匙放入我的口袋裡，再走入廚房。流理台左邊有一扇門通往室外，這扇門的對面有另一扇門用門栓鎖住。我將門栓拉開，扭轉門把。

由陰冷而有霉味的空氣可以知道那是地下室，我在牆邊摸索著電燈開關。我的手指摸到了，並將燈打開，照亮了漆著暗紅色的木質樓梯。我走下樓，因為我必須看看裡面有些什麼。我已下定決心，即使擔心被她發現也要一探究竟。我的心急劇跳動，彷彿想跳出胸腔。

恰克．史丹娜的工作枱仍在，凌亂地擺著工具與零件，還有一個時間固定不動的老舊鐘面。到處都是木髓釦，大部分的木髓上頭都有它們以前清理並撐托著的精密零件留下的油膩印紋。有些木髓散落在水泥地板上，與一些鐵線、小釘子、螺絲混雜在一起。一些老爺鐘的空殼在陰影處默默站崗，我還看到古老的收音機與電視機，還有各式各樣布滿塵垢的家具。

牆壁是沒有窗戶的白色磚塊砌成的，一片大型木質掛板上掛著一捲捲的延長線，以及各種不同材料與厚度的其他繩索。我想著樓上那些家具的流蘇，想到椅子把手、椅背上用繩索編成的複雜花邊手工藝，也想到了天花板的掛鉤所懸掛的植物。我想像著這些套索打著與套在法古森脖子上一樣的絞刑結。回想起來，竟然都沒有人來搜查過這座地下室，真令人難以置信。即使在警方尋找小愛蜜莉時，她很有可能就一直在這地下室中。

我拉扯一條繩子，想打開另一盞燈，不過電燈泡燒壞了。我仍然沒有手電筒，我的心跳急促得令我在四處走時幾乎喘不過氣來。在一面堆放木柴、結滿蜘蛛網的牆壁附近，我找到另一扇可以通往戶外的門。在一部熱水器旁還有一道門通往一間設備齊全的浴室，我將燈打開。

我望著沾著漆的老舊白色瓷質衛浴設備。馬桶或許已經好幾年沒有沖了，因爲馬桶內部已經因爲水長年沒動而呈生鏽的顏色。洗手槽中放著一把刷子，刷毛僵硬彎曲，像一隻手，然後我望向浴缸內部。我在裡面找到了一枚兩毛五的硬幣，喬治．華盛頓的臉朝上，我在排水口處發現了血跡。我退出來，這時候樓梯頂端的門突然關上，我聽到門栓拉上的聲音。鄧妮莎．史丹娜將我鎖住了。

我朝幾個方向奔跑，眼睛四面張望，試著思考要如何是好。我衝向木柴旁邊那道門，扭動門把，拉開防盜鍊栓，忽然發現自己在陽光下的後院裡。我沒有看到人影或聽到人聲，不過我相信她在注視著我。她想必知道我會由這個方向出來，我惶恐地體認到出了什麼事。她根本不是要困住我，她只是想使我進不了她的房子，想確保我無法上樓。

我想到了馬里諾，我繞過角落跑向車道時，我的手抖得太厲害，幾乎無法由口袋中拿出他的鑰匙。我將他光亮的雪佛蘭車的前座門打開，那把不鏽鋼溫徹斯特牌霰彈槍就放在他平時擺放的前座底下。

我朝那棟房子跑回去，車門沒關，手中那把槍和冰一樣的冷。前門鎖住了，正如我所料，不過門的兩邊都有玻璃窗，我用槍托將一扇玻璃擊碎，碎玻璃四處飛散，掉在屋內的地毯上。我用圍巾裹住手臂，小心翼翼地將手伸進去將門打開，然後我跑上鋪著地毯的樓梯，覺得我好像變成別人了，或是我的身體與思想已分家了，我的舉止像機器而不像人。我想起了昨天晚上亮著燈的那個房間，直奔過去。

門關著，我將門打開時看到她在裡面，鎮定地坐在馬里諾躺著的床鋪邊緣，他的頭上套了一個垃圾袋，脖子上纏著膠帶。接下來的事是同時發生的。我將霰彈槍的保險扳開，子彈上膛，她則抓起他放在桌面的手槍並站了起來。我們同時舉槍，我開槍了。震耳欲聾的槍聲像一陣勁風擊中了她，她往後傾倒，背靠著牆壁，我則不斷地拉槍機、開槍、拉槍機、開槍。

她靠著牆壁滑倒，女孩子氣的壁紙上沾滿血跡，空氣中瀰漫著煙硝味。我將馬里諾頭上的袋子解開，他的臉已呈藍色，我在他的頸動脈已經摸不到脈動。我重擊他的胸部，朝他的嘴巴吹氣一次，然後壓他的胸部四次，他喘了一口氣，他開始呼吸了。

我抓起電話撥九一一，像是警方在危急時用警用無線電求救般地大叫著。

「警官受傷！警官受傷！派救護車！」

「女士，妳在哪裡？」

我不曉得地址。「史丹娜家！請快一點！」我沒有將電話掛回去。

我試著讓馬里諾坐起來，不過他太重了。

「來啊，來啊。」

我將他的臉轉向一側，再將手指放在他的下巴以使他的氣管保持暢通。我環顧四周尋找藥瓶子，尋找她可能讓他服用的任何東西。床邊的茶几上有空酒杯，我嗅一嗅酒杯，聞到波旁威士忌的味道，我茫然地望著她，我看到血與腦漿濺得到處都是，我則像在做臨死掙扎般顫抖著。她背靠著牆壁，幾乎像是坐著，癱在一灘血泊當中。她的黑衣服彈痕累累，沾滿血跡，她的頭垂向一側，血滴在地板上。

警笛聲傳來時，那種聲音聽起來好像會永遠這麼悲鳴個不停，然後我才聽到許多匆匆上樓的腳步聲，以及擔架攤開的聲音，接著衛斯禮不知不覺間出現了。他張開雙臂緊抱住我，一群穿著跳傘衣的人則圍著馬里諾。窗外閃爍著紅光與藍光，我發現我已射破玻璃了，灌進來的風很冷冽。風拂動沾著血跡的窗帘，窗帘的圖案是氣球自由自在地飛過淡黃色的天空。我望著冰藍色的絨毛墊子及擺得到處都是的塡充動物玩具。鏡子上有彩虹印花，還有一張小熊維尼的海報。

「是她的房間。」我告訴衛斯禮。

「沒關係。」他撫著我的頭髮。

「是愛蜜莉的房間。」我說。

21

我隔天早晨離開黑山，當天是星期一，衛斯禮想與我同行，不過我選擇獨行。我還有事情待辦，而他也必須陪馬里諾。馬里諾經過洗胃，將胃中的戴莫洛鎮靜劑清洗出來後仍在住院。他不會有事，至少身體沒事，然後衛斯禮會帶他去匡提科。馬里諾必須像一個臥底的幹員般提出任務報告。他需要休息、安全，以及朋友。

我在飛機上自己坐一排，我做了許多筆記。愛蜜莉・史丹娜的謀殺案在我殺了她母親之後已經眞相大白，我已經在警局做了筆錄，這個案子還得再查一陣子，不過我不擔心也沒有理由擔心，我只是不知道該有何感受。我不覺得遺憾，這點讓我有點不自在。

我只覺得疲倦，連做點芝麻瑣事都覺得很費力。我的體內彷彿灌了鉛一般，連動筆都很吃力，腦筋也很遲鈍。有時候我發現自己茫然望著前方視而不見，眼睛眨也不眨，而且我也不知道自己就這麼怔忡了多久，或我曾到過何處。

我的當務之急是將這個案子寫下來，部分原因是要提供聯邦調查局偵查此案，也有部分原因是要讓警方偵查我。警方的偵辦已有眉目了，不過有些問題將永遠懸而未決，因爲已經死無對證。例如我們永遠無法明確知道在愛蜜莉遇害當晚到底發生了什麼事，不過我有一套推論。

我相信她在她的聚會結束前便匆匆返家，與她母親吵了一架。這或許是在晚餐時發生的，我懷疑史丹娜太太很可能在愛蜜莉的食物中放了大量的鹽來懲罰她。攝取大量的鹽是一種凌虐孩子的方式，可怕的是這很常見。

愛蜜莉或許曾被迫喝鹽水。她會開始嘔吐，那孩子會出現鈉含量過高的現象，最後會昏迷不醒，在史丹娜太太將她抱到地下室時，她或許已奄奄一息或已經斷氣。這套推論可以解釋愛蜜莉看似矛盾的驗屍結果，那可以解釋她的鈉含量偏高，以及傷口沒有生命反應。

至於她母親為什麼要模擬艾迪・希斯的謀殺案，我只能想像一個罹患孟喬森症候群的婦女會對這種駭人聽聞的案子感到高度興趣。只不過鄧妮莎・史丹娜的反應與別人不同，她會想像一個母親如果在這麼恐怖的情況下遭逢喪女之慟，會引來什麼樣的注意。

那種幻想會使她興奮激動，而且她可能已在腦中研擬出計畫。那個週日晚她很可能刻意毒死她女兒，以執行她的計畫。或者她可能在盛怒之下無意間毒死了愛蜜莉，而決定執行她的計畫。我永遠無法知道答案，不過此刻那也無關緊要了。這案子永遠不會上法庭。

史丹娜太太將她女兒的屍體放在地下室的浴缸裡，我懷疑她就是這時候才朝愛蜜莉腦後開槍，讓血由排水孔流出，然後她再故布疑陣成性侵害案。她將愛蜜莉的衣服脫掉，愛蜜莉在她暗戀的男孩要收獻金之前就離席，那個原本要當獻金的兩毛五硬幣在她的褲子脫掉時無意間掉了出來，隨後六天她的臀部就壓在硬幣上。

我想像在將近一個星期後的夜間，史丹娜太太再將一直冰存著的愛蜜莉的屍體取出來。她很可能用毛毯包裹屍體，所以我們才會發現那些毛纖維。她可能將屍體放在塑膠袋裡。顯微鏡裡查出的髓木也很合理，因爲史丹娜先生使用髓木釦在地下室修理鐘錶許多年了。至目前爲止，史丹娜太太用來綁她女兒和她自己的那捲艷橘色膠帶仍未尋獲，那把點二二口徑的手槍也下落不明。我懷疑能找到這兩項證物。史丹娜太聰明了，不會保留這兩項會使入她於罪的證物。

如今回想起來，案情似乎很單純，在許多方面都是顯而易見。例如膠帶撕下的順序與發生的情況就完全相符。當然，史丹娜太太會先綁住她女兒，那無需將所有需要用到的膠帶都先撕下來黏在家具的邊緣。愛蜜莉的母親不用壓制她，因爲她已經不能動彈，所以史丹娜太太的雙手可以活動自如。

而當史丹娜太太綁她自己時，就得用點心機。她先將需要用到的膠帶全部撕下來，黏在櫃子上。她象徵性地將自己綁住，以便自行脫困，她沒料到在取那些膠帶片段時次序弄亂了，反正她也沒有理由知道那些次序是否重要。

我在夏洛蒂轉機飛往華府，下機後搭計程車前往羅素大樓，我與羅德參議員約好在此碰面。我在三點半到達時，他正在參議院表決法案。我耐心地在會客室等候，一些年輕男女助理則接聽著不斷打進來的電話，因爲世界各地都有人想找他協助。不曉得他如何能承負如此重擔。不久他就進來了，他朝我笑了笑，我由他的眼神可以看出他已經了解所發生的一切。

「凱，見到妳眞好。」

我跟著他走入另一個房間，房內有更多桌子及接聽電話的助理；然後我們走進他的私人辦公室，他將門關上。他有很多傑出藝術家的畫作，他顯然也愛好書。

「主任稍早打電話給我了，眞是一場噩夢，我不曉得要說什麼好。」他說。

「我沒事。」

「來，請坐。」他帶我到長沙發，然後他自己坐在對面一張不起眼的椅子上。羅德很少隔著桌子接待賓客。他無需如此，因爲他和我所認識的每一個大人物一樣，他的崇高地位使他謙卑又親切。

「我現在腦中一片茫然，渾渾噩噩的，」我說。「稍後才會出現麻煩。創傷後的壓力以及諸如此類的症狀之後才會出現，知道會有這種症狀並不能因此而免疫。」

「妳自己要好好保重，找個地方休息一陣子。」

「羅德參議員，我們能如何幫露西的忙？我想替她洗刷冤屈。」

「我相信這一點妳已經做到了。」

「不盡然。聯邦調查局知道掃描進門禁系統的不會是露西的指紋，不過那未能完全證明我外甥女是清白的。至少那是我得到的訊息。」

「不是這樣，完全不是如此。」羅德參議員翹起腳看著我。「或許有一個關於在聯邦調查局內部流傳的問題。我的意思是說，耳語。因爲鄧波爾．高特也涉及此案，所以有很多事情無法討論。」

「所以露西必須一直接受別人異樣的眼光，因爲她不能將眞相公諸於世。」我說。

「沒錯。」

「那麼，有些不信任她的人，會認爲她不應該待在匡提科。」

「也許會有這種人。」

「那還不夠好。」

他耐心地注視著我。「妳不能保護她一輩子，凱。讓她自己去療傷止痛吧，最後她也會因此而獲益的，只要別讓她觸法就好。」他笑了笑。

「我會盡全力做到這一點，」我說。「她仍然揹負著酒醉駕車的罪名。」

「她是遭人追撞，甚至是意圖謀害的受害者，我想法官對此應該會有不同的看法。我也會建議她自動從事社區服務。」

「你有想到什麼她可以從事的服務嗎？」我知道他有，否則他也不會提起了。

「我是有想到。她不知是否願意再回工程研究處？我們不知道犯罪人工智慧網路遭高特竄改的情形有多嚴重，我想建議主任讓露西透過這套系統替聯邦調查局追查高特動了什麼手腳，看看有何補救措施。」

「法蘭克，我知道她一定很興奮。」我說著，內心充滿感激。

「我找不到更合適的人選了，」他繼續說。「那也讓她有復職的機會。她並未自願做什麼錯事，可是她未能做出明智的判斷。」

「我會告訴她。」我說。

我由他的辦公室出來之後，到偉樂旅館投宿。我太累了，不想回里奇蒙，我眞正想做的事是飛往新港。我想去探視露西，即使只能待一兩個小時。我要她知道羅德參議員爲她做了什麼事，她已經昭冤申枉，她的前途一片光明。

以後將會萬事順利，我知道。我要告訴她我有多愛她，我要看看我能否將我難以啓齒的字眼說出口。我傾向於掩藏感情，因爲我擔心一旦表達感情，這段感情就會離我而去，就像我這一生的幾段情。而我也習慣於面對自己的恐懼。

我在房間裡打電話給桃樂絲，沒有人接電話。接著我打給我母親。

「妳這次又到什麼地方了？」她問，我可以聽到水流聲。

「我在華府，」我說。「桃樂絲呢？」

「她剛好來我這裡幫忙做晚餐，我們在做檸檬雞和沙拉——妳應該看看那棵檸檬樹，凱。葡萄柚好大。我一邊和妳講電話，還一邊在洗萵苣呢。妳如果可以偶爾來探望妳母親，我們也可以一起吃飯，家常便飯。我們可以像一家人。」

「我想和桃樂絲談談。」

「等一下。」

電話放下時喀的一聲，然後桃樂絲來接聽。

「露西在邊丘的輔導員叫什麼名字？」我劈頭就問。「我想現在他們應該已經爲她指派輔導員了。」

「那無所謂了。露西沒在那邊了。」

「請再說一遍，」我說。「妳剛才說什麼？」

「她不喜歡那種療程，跟我說她想離開。我不能逼她，她已經是成年人了，而且她又不是有什麼約束之類的。」

「什麼？」我大感震驚。「她在那邊嗎？她回到邁阿密了？」

「不，」我妹妹說，她很冷靜。「她要在新港待一陣子。她說這時候回到里奇蒙不安全，或是諸如此類的廢話。她也不想來這裡。」

「她自己一個人待在新港，而且頭部受傷，還有酗酒的問題，而妳卻不聞不問？」

「凱，妳還是老樣子，反應過度了啦。」

「她待在什麼地方？」

「我不曉得，她只說她想四處逛一陣子。」

「桃樂絲！」

「我提醒妳，她是我女兒，不是妳的。」

「那是她今生最大的悲劇。」

「妳能不能就此一次不要管別人的狗屁閒事？」她厲聲說道。

「桃樂絲！」我聽到我母親的聲音說道：「我不准妳說髒話。」

「我告訴妳吧，」我用氣得想殺人的冰冷語氣說道。「如果她出了什麼事，我唯妳是問。妳不只是一個可怕的母親，也是一個可怕的人。我眞遺憾妳是我妹妹。」

我掛上電話，拿出電話簿，打電話給航空公司。我如果趕緊出門，還可以趕上一班飛往羅德島首府普羅維登斯的班機。我跑出門，一路跑過偉樂旅館高雅的大廳，引來路人側目。門僮替我攔了部計程車，我告訴司機，如果他能盡快送我到機場，我可以給他加倍的車資。他飛馳狂飆。我在廣播傳出我的班機即將起飛時趕到機場，我找到座位後，滿腹心酸淚差點奪眶而出，我勉強將淚水往肚裡吞。我喝了些熱茶並闔上眼睛，我對新港不熟，不知該在何處投宿。

搭計程車由普羅維登斯前往新港時，司機告訴我這趟行程要花上一個多小時，因爲正在下雪。我透過有雨水痕的窗戶望著路旁一座座黝黑的高聳花崗岩牆壁，牆面的水滴已結冰，由車底灌進來的風又濕又冷，令人難受。大片雪花飄降在擋風玻璃上，像柔弱的甲蟲，我如果緊盯著看就會頭暈。

「你能不能推薦一下新港的旅館？」我問計程車司機，他說話的神情就是個典型的羅德島人。

「馬里歐特旅館是妳的最佳選擇，就在水邊，購物與餐廳都只要走路就到了。羊島上還有一家雙樹旅館。」

「我們試試馬里歐特。」

「是的，夫人。就到馬里歐特去。」

「你如果是一個年輕女性，想在新港找工作，你會到什麼地方找？我有個二十一歲大的外甥女想在這裡待上一陣子。」對一個全然陌生的人提出這種問題似乎太蠢了，不過我已經一籌莫展。

「首先，我不會挑這種季節。新港這時候死氣沉沉的。」

「不過如果她就是挑這個季節，如果她剛好學校放假。」

「嗯。」他思忖著，我則聆聽著擋風玻璃上的雨刷聲。

「或許到餐廳去？」我試探著問。

「噢，當然。有很多年輕人在餐廳工作，那些水上餐廳收入不錯，因爲新港的主要經濟來源就是觀光客。不要聽信別人說是靠捕魚，這年頭一艘三萬噸重的漁船可能只捕獲三千磅重的魚，而且那已經算豐收了。」

他繼續說著，我則想著露西，思忖著她會到什麼地方去。我試著進入她的思想中，設法了解她的想法。我默默祈禱著，強忍著淚水，壓抑著最深的恐懼。我無法再應付任何悲劇了。不能發生在露西身上，不能失去她，不然我將情何以堪。

「這些地方大都營業到幾點？」我問。

「什麼地方？」

我這才體認到他剛才一直在談白鯧魚，談到這種用來當貓飼料的魚。

「餐廳，」我說，「現在還在營業嗎？」

「沒有，夫人，大都打烊了。現在都快凌晨一點了。妳如果想替妳外甥女找工作，最好明天一早再出門。大部分的餐廳都十一點開門，如果有供應早餐的話就會早一點。」

當然，我的計程車司機說的沒錯，我這時也只能先就寢，設法睡個覺。我下榻的馬里歐特旅館可以俯瞰港口，由我窗戶望出去，海水一片漆黑，漁船的燈火則在我看不到的天際晃動。

我七點起床，因爲沒有必要再待在床上。我整夜未眠，怕會做夢。

我點了早餐之後拉開窗帘，望向鐵灰色的天空，水與天幾乎一色，難以分辨。遠方有野雁列隊飛行，有如戰鬥機的分列式，原本下雪的天氣如今已轉爲下雨。我雖然知道這時候還沒有多少商店開門，但還是想要一試，我在八點時已經帶著我向管理員打聽來的熱門客棧、酒吧、餐廳的名單離開旅館。

我在船埠上走了一陣子，船員們穿著黃色雨衣、雨褲。我停下來找每一個願意聆聽的人交談，我的問題一成不變，而他們的答案也千篇一律。我描述我的外甥女，他們都不知道是否見過她。在港邊工作的年輕女性多得不可勝數。

我沒有拿雨傘，一路走過去，圍在頭上的領巾也不能擋雨。我走過用厚塑膠板固定住以避冬的光亮帆船與遊艇，也經過了一堆堆破舊鏽蝕的大錨。附近的人不多，不過有很多商店已經開始營業了，直到我在一家商店的櫥窗看到許多妖魔鬼怪時，才發現今天是萬聖節。

我沿著泰晤士街的鵝卵石路走了幾個小時，看著商店櫥窗展示著五花八門的商品，由貝殼藝品到手工藝品都有。我轉到梅莉街經過英湯客棧，向櫃枱人員打聽我外甥女，不過他沒聽過她的名字。在克莉絲蒂餐廳也問不出所以然來，我在這家餐廳內坐在可以俯瞰納羅甘雪海灣的窗邊喝咖啡。碼頭上濕淋淋的，有許多白色海鷗點綴其間，牠們全都面朝同一方向。我望著海景，這時兩個婦女走出去看海，她們戴著帽子和手套，她們的舉止讓我覺得她們不只是朋友。我又在爲露西而心煩了，因此只得離去。

我在班尼斯特碼頭的黑珍珠餐廳、安東尼餐廳、磚巷酒店打聽，然後前往城堡嶺的旅館詢問。卡拉漢咖啡店幫不上忙，一家供應捲心餅與奶油的精緻美食店也愛莫能助。我找了那麼多家酒吧，結果搞迷糊了，有些店家還跑了兩趟。我找不到她的蹤影，沒有人能幫我忙。我不確定有任何人會在乎，我心灰意冷地沿著波登碼頭走，雨越下越大，灰濛濛的天空落下滂沱大雨，一個婦人在匆匆走過我身邊時朝我笑了笑。

「親愛的，不要溺死了，」她說。「事情沒有那麼糟。」

我看著她走進碼頭盡頭的「鷹頸龍蝦公司」，我決定跟過去，因爲她很友善。我看到她走進一間玻璃隔間的小辦公室，裡面煙霧瀰漫又貼滿了發票，我只能看到染過的鬈髮及手在紙片的間隙中移動。

我要去找她必須走過許多大如船隻的綠桶子，桶內裝著龍蝦、蛤蜊、螃蟹。這些大桶子使我想起我們在停屍間內堆放輪床的方式。這些桶子堆得高達天花板，海水經由上方的水管注入這些桶子裡，再溢到地面。龍蝦公司內的聲音聽起來像在颳颱風，有海的味道。那些穿著橘色防水褲及高筒橡膠鞋的男人的臉像碼頭一樣飽經風霜，他們交談都得用大聲叫嚷的。

「對不起。」我在那間小辦公室門口說道，我不知道有一個漁人和那個女人在一起，因爲我原本沒有看到他。他粗糙的雙手紅通通的，坐在一張塑膠椅子上抽菸。

「親愛的，妳全身濕透了，快進來取暖。」那個婦人相當肥胖，相當忙碌，她又笑了笑。

「妳要買龍蝦嗎？」她站起身來。

「不，」我趕忙說。「我的外甥女走失了。她迷路了，或是我們搞混方向了之類的。我原本應該與她碰面的。反正我只是想知道妳有沒有見過她。」

「她長得什麼樣子？」那個漁人問。

我描述露西的模樣。

「妳最後一次看到她是在什麼地方？」那個婦人看來滿臉迷惑。

我深吸了一口氣，那個男人也看出端倪了。他看穿了我的心事，我可以由他的眼神看出來。

「她跑掉了。小孩子有時候就會這樣，」他說著，抽了一口手中的馬波羅香菸。「問題是，她是由什麼地方跑掉的？妳告訴我，或許我比較能想出來她可能會到什麼地方去。」

「她原本在邊丘。」我說。

「她剛出來？」那個漁人是羅德島人，他的最後一個音節都會降半音，好像他踩在他的字尾上。

「她半途離開。」

「那麼說她沒有接受治療，不然就是保險停止給付了。這裡常有這種事。我有一些夥伴到那地方待了四或五天後就得搬出來了，因爲保險不願給付。那種治療很有幫助。」

「她沒有接受治療。」我說。

他摘下髒兮兮的帽子，將雜亂的黑頭髮往後撫。

「我知道妳一定急死了，」那婦人說。「我可以幫妳泡杯即溶咖啡。」

「妳眞好，不過不用，謝謝妳。」

「他們若提前離開，通常會再度酗酒或吸毒，」那個男人繼續說。「我眞不想告訴妳，不過情況就是這樣。她或許去當女侍或當酒保，以便接近她想要的東西。這邊的餐廳待遇很好，我會去試試克莉絲蒂餐廳，還有班尼斯特碼頭的黑珍珠餐廳，以及安東尼餐廳。」

「這些地方我都試過了。」

「白馬餐廳呢？她在那邊可以賺不少錢。」

「那家餐廳在什麼地方？」

「在那邊，」他指向海灣。「在馬孛羅街，靠近『最佳西部』。」

「一般人會住在什麼地方？」我問。「她不會想花太多錢。」

「親愛的，」那個婦人說。「我告訴妳我會怎麼試。我會試漁人協會，就在那邊。妳要到我們這裡來一定得經過他們那邊。」

那個漁人點點頭，又點了一根菸。「那就是了，從那邊開始找起滿好的。他們也有雇用女服務生，以及在廚房裡幫忙的女孩。」

「那是什麼機構？」我問。

「就是潦倒落魄的漁人落腳的地方，有點像小型的ＹＭＣＡ，樓上有房間，還有餐廳和簡速小吃。」

「是天主教教堂經營的。妳可以找歐格倫神父談，他是那邊的神父。」

「一個二十一歲的女孩爲什麼會到那邊，而不到你們剛才提到的其他地方？」我問。

「她不會去那邊，」那個漁人說：「除非她不想喝酒。那地方不准喝酒。」他搖頭。「如果有人提前離開戒癮中心又不想再酗酒或吸毒就會到那邊去。我認識的很多人都到那邊去，我甚至還到那邊住過一次。」

我離開時雨勢大得雨水落到人行道後還會往上反彈。我渾身濕漉，飢寒交迫，又沒有別的地方可以去，許多前往漁人協會的人也是如此。

那地方像是一座磚造小教堂，前方有一面黑板，上頭用粉筆寫著菜單，還有一幅旗幟寫著「歡迎光臨」。我走進去，看到一些男士在一個櫃枱喝咖啡，其他人則在前門對面的一間簡樸餐廳內用餐。一些人對我投過來好奇的眼光，他們的臉龐都可看出經年累月在惡劣天氣中以及喝酒所留下的痕跡。一個看來年紀和露西一般大的女服務生問我是否要用餐。

「我要找歐格倫神父。」我說。

「我最近沒有看到他，不過妳可以到圖書館或教堂找找看。」

我走樓梯進入一間小教堂，裡面除了灰泥牆上的聖徒壁畫之外，空無一物。這是一間雅緻的教堂，有航海圖案的針繡座墊，地板則是由五顏六色的大理石鋪成，並鑲成貝殼形狀。我佇立著觀看聖馬可抓住一根船桅，而聖安東尼則拿著網，牆上還有一段引述聖經的話。

因爲他使暴風雨平息，浪也因而平靜。然後他們很欣喜，因爲已經風平浪靜，於是他帶他們到他們所渴望的天國。

我伸手到一個裝著聖水的大貝殼內，沾水替自己祈福。我在聖壇前祈禱了一陣子，並在一個小草籃內留下一份獻金。我爲露西和我獻出一張百元美鈔，也爲愛蜜莉獻出一枚兩毛五硬幣。我聽到門外有樓上住戶傳來的笑鬧聲以及口哨聲。雨點打在屋頂上有如擊鼓，毛玻璃外的海鷗鳴叫著。

「午安。」我身後一股平靜的聲音說道。

我轉身看到歐格倫神父，穿著黑衣。

「午安，神父。」我說。

「妳一定在雨中走很久了。」他的眼神親切，面容慈祥。

「我來找我的外甥女，神父，我已經束手無策了。」

我不用花太多時間描述露西。事實上，我才描述幾句就看出來神父知道她是誰，我不禁心花怒放。

「上帝慈悲，」他笑著說。「祂帶妳來此，就如祂帶領在海中迷失的人來此。祂幾天前帶領妳外甥女來此。我想她應該在圖書館裡，我要她在圖書館將藏書分類和做些雜務。她很聰明，對我們將一切電腦化有很出色的構想。」

我在一間擺滿暗色書架與舊書的昏暗房間內的餐桌找到她。她背對著我，沒有藉助電腦就在紙上寫程式，就像高明的音樂家靜悄悄的寫交響樂一般。我覺得她看起來憔悴了。歐格倫神父拍拍我的臂膀後離去，他輕輕帶上門。

「露西。」我說。

她訝異地轉身望著我。

「凱阿姨？我的天。」她以在圖書館內交談時刻意壓低的聲音說道。「妳在這裡做什麼？妳怎麼知道的？」她滿臉通紅，額頭有一道亮紅色的疤痕。

我拉過來一張椅子，雙手握住她的一隻手。

「請跟我回家。」

露西仍瞪著我，神情像是看到我的鬼魂。

「妳的冤情已經洗清了。」

「徹底洗清？」

「徹底洗清。」

「妳替我找了個大人物。」

「我答應過妳了。」

「妳就是那個大人物，對不對，凱阿姨？」她低聲說著，將眼光移開。

「聯邦調查局已經接受了是嘉莉做的，而不是妳。」我說。

她熱淚盈眶。

「她這種做法眞是太可怕了，露西。我知道妳受到多大的傷害，也知道妳有多憤怒，不過妳沒事了。事情已經水落石出，工程研究處要妳回去。我們要設法處理妳的酒醉駕駛。法官會同情妳，因爲是有人將妳撞出路面，而且已有證據可以證明。不過我還是要妳接受治療。」

「我可以在里奇蒙治療嗎？我可以住在妳那邊嗎？」

「妳當然可以。」

她垂下眼，淚如泉湧。

我不想再傷她的心，不過還是得問。「那天晚上我在野餐區看到和妳在一起的人是嘉莉。她一定有抽菸。」

「偶爾。」她擦拭淚水。

「對不起。」

「妳不會懂的。」

「我當然懂。妳愛過她。」

「我仍然愛她。」她開始啜泣。「最笨的就是這一點。我怎麼可以這樣？可是我情不自禁，而她一直……」她擤鼻涕。「她一直在和傑利或什麼人交往，利用我。」

「她利用了每一個人，露西，不只是妳。」

她哭得像要哭一輩子似的。

「我了解妳的感受，」我說著，將她拉近了點。「妳沒辦法說不愛就不愛的。露西，要花點時間。」

我抱住她良久，她的淚水沾濕了我的脖子。我一直抱著她，直到地平線已成夜色中的一道暗藍線，我們在她的克難小房間內收拾她的物品。我們沿著遍地水坑的鵝卵石路及人行道前行，窗戶中散發著萬聖節的氣氛，雨水也開始結冰。